講談社文庫

一〇〇〇ヘクトパスカル

安藤祐介

JN179382

講談社

二十世紀から二十一世紀へ

九鬼周造

岩波書店

一〇〇〇ヘクトパスカル

目次

一〇〇〇ヘクトパスカル

第一章　天女

それまで僕は空を見たことがなかった。

五年前、大学三年生の五月の暖かな午後のことだ。古いレンガ造りの講堂の下、なだらかな石段の一番上に僕らは並んで腰掛けていた。

「空がどうして青いか、知っていますか？」

友恵《ともえ》にそう訊《き》かれた時、大いに戸惑った。

「どうしてだろう」

僕は答える代りに訊き返した。

「太陽の光が空を青くしているんです」

友恵は向かって左手のほう、法学部校舎の上の空に高く昇《のぼ》った太陽を指差す。僕はその方向を見上げ、思わず目をつぶった。

この白とも黄色とも表しがたい光が空を青く染めている。

光に射すくめられた目をしばたかせながら僕は首を傾《かし》げた。

最初は一人でそこに腰掛けていた。

キャンパスの正門を出て正面に広がる石畳《いしだたみ》。その敷地の奥に、昭和の初めに造られたゴシック様式の講堂が建っている。講堂の間口を占める五段ばかりの広い石段は、学生たちのベンチになっており、たくさんの学生が座っては去ってゆく。

昼休みの半ば頃からここに座り、気がつけばもう二時過ぎ。周りには膝《ひざ》の上で弁当を広げて遅めの昼食を楽しむ女子学生の一団、時折腕時計に目をやる男、談笑《だんしょう》するカップルなど何組かの姿があった。

石畳の広場の中央では演劇サークルらしき男女が輪になり、発声練習に励む。

「あ、え、い、う、え、お、あ、お」

リズミカルに弾む声を聴くともなしに聴きながら、僕は時折ぼんやりと空へ目を向けていた。道をひとつ隔てて広がるキャンパスには目立つ建物もなく、開けた空が自ずと視界に入ってくる。五月晴れの空は青く、昨日と変わらぬ爽《さわ》やかな空に見えた。

ジェット機が青空にゆっくりと一筋のヒコーキ雲を残しながら飛んでゆく。その様子を眺めていたところ、横から「すみません」と呼びかける声がした。

ふと目を向けると、二、三歩離れたところに小柄な女の子が白い日傘をさして立っている。その姿にはかすかに見覚えがあるのだが、はっきりと思い出せない。

目が合うなり彼女は俯《うつむ》き加減に視線を逸《そ》らして言った。

「いつもここに座っていますよね」

静かだが輪郭《りんかく》のはっきりした声だった。僕は「はい」と小さく声に出して頷《うなず》く。最近、日に一度はこの場所に座ってぼんやりと過ごしている。

「何をしてるんですか」

彼女は恐縮した様子で尋ねてくる。特に何もしていないというのが本当のところだが、そんな答えでは申し訳ないような気がした。

「空を見ていました」

別に冗談のつもりではなく、ちょうど今しがた空へ目を向けていたところだったのだ。すると彼女は、はにかんだような笑みを浮かべて言った。

「私も」

僕は「え？」と訊き返す。

「私も、ここでよく空を見てます」

そう言うと彼女は、日傘をさしたまま僕の隣に腰を下ろした。先ほどまでの緊張が急に和《やわ》らいだ様子で、声色には親近感さえ漂っていた。

日傘の下、彼女は空を見上げた。肩を並べて座ってみるとなおさら小さい。チェックのワンピースに白いカーディガンを羽織《はお》り、髪《かみ》は肩の少し上あたりに切りそろえてある。僕はどこかで会ったことがあるか尋ねてみた。

彼女は「あ、失礼」と僕のほうへ向き直って答えた。

「中国語のクラスで一緒の羽村《はむら》友恵です。ユーツンヨーフェイ」

中国の読み方を付け加えて名乗る。

新学期が始まってから一ヵ月半、週に一度同じ教室に居合わせていながら、僕は彼女のことを認識していなかった。

「申し訳ない。チォンシャンイーユェン。城山義元《しろやまよしもと》です」

気まずく思って友恵に詫《わ》びたのだが、彼女は気にする様子もなくにこりと笑う。そして空の青さについて僕に問うたのだった。


空が青いのは当たり前のことではないか。

首を傾げる僕の様子を察してかどうか、友恵は言葉を継《つ》ぐ。

「太陽の光が青く飛び散ってるんです」

友恵は空を見上げ、僕に分かるよう言葉を選びながらその青さについて語った。太陽の光が空で乱反射し、無数の青い光線が飛び交っているということらしい。

僕は唐突に始まった空の話に戸惑いつつも、新鮮な驚きを覚えた。空が青いのには理由があったのだ。

僕は友恵の言葉を自分なりにイメージしながら改めて空を見上げた。「ほお」。この青さは太陽の青だったのか。

僕は青空が青空たる所以《ゆえん》を知り、初めて空を見たような心地がした。

先刻のヒコーキ雲は形を崩して拡《ひろ》がりながら、青みの中に白く溶け残っていた。周りにはぽつぽつと真綿《まわた》のような雲が浮かぶ。それらの雲を見ていると、新たな疑問が湧《わ》いてきた。

「雲はなんで白いんだろう」

僕がそう訊くと、友恵は空へ目を向けたまま答えた。

「これも太陽の光のせいです。雲は光を受けると白く輝きます」

初めて言葉を交わす女の子と空の話をしているこの状況を不思議に感じながらも、空ほど万人に共通した話題はないのでは、とも思えてくるのがまた不思議だった。

好奇心の赴《おもむ》くまま、青空に浮かぶ雲の移ろいを追う。高い空を漂う綿毛のような雲が少しずつ大きくなってゆく。太陽の光に彩られた空の青と雲の白が、あちらこちらでせめぎ合っていた。

「空は青くて雲は白い。当たり前のことだと思っていたけれど、違うんだな」

「本当は、当たり前のことなんてないのかもしれませんね。青空を見ていると、青っていう色は本当に青なんだろうか、なんて思います」

「どういうこと？」

「あ、すみません。なんていうか、青空って一言で言っても、色々あるのになあって思うんです。空の青さは毎日違って見えるから。例えば、今日の空の色は……」

友恵は言葉を探した。僕も空を見上げながら釣られて考えてみる。よく見ると、青空だけれども白をたっぷりと混ぜたような優しい色をしている。

「ミルキーブルー、っていうところかな」

「それ！　しっくりきます」

空の青みはその日、その時により、絶えず変化するらしい。友恵はそのことを天気や太陽の高さとの関係を交えて話してくれた。例えば、湿気の多い時は青みが淡く、水色っぽくなるし、太陽の真上の高い部分は青みが強く、太陽より下の低い部分は白っぽく見える、というように。難しくて分からないところもあったが、聞いていて飽きなかった。

「どうしてそんなに空のことをよく知ってるの？」

「いえ、まだまだ知らないことだらけです」

「でも人よりはだいぶ詳しい」

友恵は「どうしてでしょう」と呟き、真剣な表情で考え込む。そして誰にともなく頷いた。

「単純に空を見ているのが好きだから、深く知りたいと思うし、知るとまた空を見たくなる」

授業のない時限や休み時間などによく、この講堂前の石段に座って空を見ているのだという。僕が友恵に対して既視感を抱いたのは、この場所で見かけたことがあったからかもしれない。

「歴史が好きな女の人が歴女《れきじょ》なら、空が好きな女の人は天女《てんにょ》かな」

「そんな、恐れ多い」

講堂の時計塔は午後二時半を示し、三時限目の講義を終えた学生が正門から外へ出てくる。

「さっき、嘘《うそ》を言ってしまった」

「嘘？」

「うん。本当は空を見てなんかいなかった」

「どういうことですか」

「ただぼんやり目にしていただけだった。でも、こうしてちゃんと見てみると面白い」

石畳の広場では、新たに集まってきたジャージ姿の数人が小さな輪になって柔軟体操をしていた。皆、石畳の上で仰向けになって身体をねじっている。友恵はそちらへ目を向けて言った。

「あの人たちも空を見ているのでしょうかね」

「そうかもしれない。どんな風に見えるんだろう」

ただ友恵の冗談に乗ったつもりのはずが、口にすると本当にやってみたくなった。ショルダーバッグを枕にして寝転んでみる。目の前が空でいっぱいになった。

「どうですか？」

友恵が笑い声混じりに訊く。

「なんとなく空に浮かんでいきそうな感じかな」

大げさではなくそんな気がした。周りの物を視界から取り除いて、空ひとつのみと向き合う。すると空が目の前に近付いたような気がして、吸い込まれてゆきそうな浮遊感に包まれる。

「面白そうですね」

友恵は日傘を畳んで傍らに置くと、両手を後ろについた。上体を大きく後ろへ傾け、顎《あご》を上げて天を仰ぐ。

午後の陽射しが身体を包み、微風《そよかぜ》が頬《ほお》をなでる。空に吹く風も穏やかなのだろうか、雲はのんびりと流れている。その下を小さな雲がひとつだけ、先を急ぐように駆けていった。

「四時限目は講義があるので、もう少し経《た》ったら行きます」

横から友恵の声がする。少し残念に思いながらも、仰向けになったまま「行ってらっしゃい」と答えた。

少しの間があってから、また友恵の声がした。

「城山さん、傘は持ってきましたか」

「持ってないけれど、どうして」

「なんとなく、雨が降ってきそうな気がします」

僕は冗談を流すふうに「まさか」と呟いた。空は晴れており、雨雲もない。所々に浮かんだ雲が白々と輝いているほかは、ヒコーキ雲が溶けそこないの脱脂粉乳《だっしふんにゅう》のように消え残っているのみだった。

小さな雲の群れが少しずつ形を変えながら、ゆっくりと風に流れてゆく。こうして無限に変化を繰り返すのだろうかと思うと、気の遠くなるような心地がした。

どのくらい経っていたのだろうか、頬に冷たいものを感じて目覚めた。目を開けると、明るい空から光を帯びた滴《しずく》が次々と落ちてくるのが見える。僕は慌てて身体を起こした。黒く濡《ぬ》れ始めた石畳から湿《しめ》った香りが立ち上っている。辺りを見回すと皆、雨に追い立てられ正門のほうへ駆けてゆく。

友恵の姿はもうない。傍らには赤いチェック柄の折り畳み傘が置かれていた。

第二章　空へいざなう

夕方の雨に洗われて、夜空はすっきりと澄み渡っていた。この夜空の色は何の色なのだろう。歩きながらそんなことを考えた。

大通りを脇へ曲がると住宅街に入り、ほどなく神田川《かんだがわ》に突き当たる。川沿いの道は街灯《がいとう》もまばらで、淀んだ川面《かわも》は夜の帳《とばり》に紛《まぎ》れている。暗がりの中から静かな水音が聞こえていた。

五月も半ばを過ぎたとはいえ、夜になると長袖《ながそで》一枚では肌寒く、肩をすぼめて先を急ぐ。

川に沿って軒を並べる家々の中、二階建ての小さな木造アパートが建っている。外階段の前で、赤い首輪を着けた三毛猫《みけねこ》が一匹、丸くなって寝転がっていた。その脇を通り抜けて階段を上り、二〇一号室の扉を開く。たたきの上には革靴が一足とスニーカーが三足。中へ入るとバンドの仲間たちが座卓を囲み、テレビを見ながら酒を飲んでいた。

「おお、義元、今日は遅かったな」

ギターボーカルの浅野武志《あさのたけし》がテレビに目を向けたまま言った。その隣でリードギターの林太一《はやしたいち》が畳に寝転がっていびきをかいている。

「夜勤の人が遅刻して、交代まで残業してた」

僕は丸く膨らんだビニール袋を座卓の上に置いた。アルバイト先のコンビニでもらってきた賞味期限切れの弁当だ。浅野が待ってましたとばかりに袋を開けて中身を取り出す。

「お疲れさん、まあ飲めよ」

OBの曾根田信作《そねだしんさく》が缶ビールを僕に手渡してくれた。この春に大手の家電メーカーに入社し、一ヵ月の研修期間を経て埼玉の営業所に配属が決定。スーツ姿が段々と板についてきている。初任給をもらって以降、差し入れの酒が発泡酒からビールに変わった。僕は「いただきます」と軽く頭を下げて受け取り、プルタブを開けた。

この部屋は僕らの溜まり場だ。溜まって何をするというわけでもなく、食べて飲んで寝て、時々思いついたようにテレビをつける。この部屋に来れば必ず仲間に会える。しかし時々ふと不安に駆られるのだ。

ここは本当に、自分の部屋なのだろうか。

神田川沿いの木造アパートに住んでいる。こう言うとよく四畳半《よじょうはん》フォークの名曲を引き合いに出されたりする。しかしこの部屋には名曲の趣《おもむき》など少しもなく、代りにいつも酒と煙草《たばこ》と駄菓子《だがし》の香りが漂っている。皆この部屋に出入りしながらよく食べ、よく飲み、よく眠り、有り余る時間をドブに捨て続けてきた。

今思えば、学校から徒歩五分のアパートが悪友たちの溜まり場になるのは宿命だったのかもしれない。特にバンドのメンバーと曾根田は合い鍵貸与で出入り自由。僕にとって、プライバシーなどという言葉はもはや死語になりつつある。

「すんません、シャワー浴びてきます」

黙々とビールを飲んでいた後輩のドラムス・門松学《かどまつまなぶ》がのっそりと立ち上がった。部屋干しの洗濯物の中から自分のTシャツを取って風呂へ向かう。

「義元、そういえばお前、もうフラれたんだって？」

曾根田が缶ビールのプルタブを起こしながら僕に訊いた。

「ああ、そうでした。つい先日に」

「そうでしたって、まるで他人事だよな」

浅野が呆《あき》れたように笑い、賞味期限切れの海苔弁《のりべん》を箸《はし》で掻《か》き込《こ》んだ。

「せっかくお前にも春が来たと思って安心してたのになあ」

溜息《ためいき》をつく曾根田に僕は「すみません」と小さく頭を下げた。

近くの女子大に通う同い年の女の子だった。半年前に曾根田から紹介されて出会い、なぜか気に入られて付き合い始め、結局は愛想《あいそ》を尽かされて別れた。

優しくて明るい子だったし、女の子と付き合うこと自体が初めてのことで新鮮だった。彼女に引っ張られて行きたい所へ一緒に行き、時々部屋へ遊びに行ったりもした。しかし三ヵ月も経たない頃から彼女がよく黙り込むようになる。何が悪いのか訊いてみても、教えてはくれなかった。ただ別れ際、夕暮れ時の喫茶店で泣きながら「何を考えているのか分からない」と言われた。そして彼女はテーブルの上に千円札を置き、店を出ていった。

僕が事のいきさつを報告し終えると、曾根田は残念そうに首を横に振った。

「もったいないことを……。いい子だったのに。その後連絡はとっていないのか」

「一度だけ向こうから電話がありました」

「向こうから？　それで、何を話した」

「改めてきちんとお別れしたいって言われたので、お互いこれからそれぞれ頑張ろうとか、そんな前向きな話を……」

「お前は本当に何も考えてないなあ。言われるがまま、それでおしまいか。彼女のほうから電話をくれたんだぞ。もう一度会って話そうとか、他に色々と話の持っていきようがあるだろう」

もどかしそうに言う曾根田の横で浅野が「今からでも電話してみろよ」と茶々を入

れる。林のいびきは一段とひどくなり、テレビの音に紛れて鳴り響いていた。

曾根田は煙草を咥《くわ》え、ライターで火を点《つ》けた。

「彼女もお前も、本当にこのままでいいのか」

「多分……いいんじゃないですか」

「出たよ、またその口癖」

苦笑する曾根田の横で浅野が「いいんじゃないですか」と僕の口真似をする。ふざける浅野をよそに、曾根田は真顔になって僕に言った。

「素直すぎるよ。裏を返せば何も考えてない。社会に出ると自分の考えを持っていない奴は取り残されるぞ」

就職してから説教が多くなった。会社帰りに酒を携《たずさ》えて来ては社会の厳しさを説いたりするので、浅野などは閉口気味《へいこうぎみ》だ。

テレビからは午後十一時台のニュース番組のオープニング曲とともに、今日のヘッドラインが流れてくる。

シャワーを浴び終えた門松が、ビニール袋から菓子パンを取り出した。

「じゃあ俺、そろそろ帰るわ」

曾根田は缶ビールの残りを一息に飲み干し、茶色い革の鞄《かばん》を手に取って立ち上がった。浅野が驚いた表情でそれを見上げる。

「早いですね」

「明日は五時起きで出張なんだよ。じゃあ、またな」

苦笑しながら曾根田は玄関先で手を振った。

「曾根田さん、変わったよなあ」

曾根田の背中を見送った後、浅野が呟いた。僕も同感だった。スーツに身を包んで訪ねてくる曾根田が、別世界の人間のように思えることがある。

「そういえば、そろそろ課題曲の練習しとかないと」

壁にかけてあるカレンダーを見ながら浅野が言った。

サークルの定期演奏会まで残り一ヵ月を切っていた。小さなライブハウスを借りてサークル内のバンド同士でライブを披露し合う、内輪《うちわ》のイベントだ。

バイオリンの形を模《も》した安物のベースギターは、部屋の角のスタンドに立てかけたまま埃《ほこり》をかぶっている。ビートルズ好きの浅野が、音楽未経験者だった僕をバンドに誘い込み、お茶の水の楽器屋でこのベースギターを買わせた。当初は「和製ポール・マッカートニーを目指せ」などと言われてビートルズの曲を熱心にコピーしたが、今では定期演奏会で恥をかかない程度の最低限の練習しかしなくなっている。

「おい林、練習のスケジュールを決めるぞ」

浅野が相変わらず眠り続けている林の頬を叩く。林は半ば夢の中にいるような表情で身体を起こしたが、座卓の置き時計を見た途端に「あ！」と叫んだ。

「今日は帰らないと」

壁際に置いてあったバッグを摑《つか》むと大慌てで玄関へ向かう。「どうした」と訊く浅野に林は「ＤＶＤ」と短く答えた。

「ＤＶＤを今日中に返さないと。日付が変わると延滞料金が付くから」

そう言うと林は、浅野が呼びとめる間もなく外へ飛び出して行った。

「まったく、どうしようもないな」

浅野は苦笑を浮かべ、煙草に火を点ける。煙草の煙で部屋が霞《かす》んでいた。立ち上がって窓を開けると、夜風が川の匂いを乗せて吹き込んできた。群青《ぐんじょう》の夜空に三日月がかかっている。夜が明ければまたこの空は青くなる。僕は窓の外を見ながら浅野に尋ねた。

「浅野、空がなぜ青いか考えたことあるか」

「なんだよ、いきなり。そんなの考えたこともない」

「そうだよな」

玄関のドアの向こうから外階段を上る靴音と話し声が聞こえてくる。靴音は僕の部屋の前で止まり、呼び鈴が鳴った。ドアを開けると後輩の村山《むらやま》が泥酔《でいすい》状態で両脇を仲間に支えられ、ぶらさがるようにして立っていた。サークルの同期の矢口《やぐち》が苦笑しながら言った。

「すまん義元、こいつが歩けなくなっちまってさ。泊めてやってくれよ」

「ああ、いいよ」

僕は散乱していた靴を下駄箱へ押し込み、泥酔者搬入の通り道を確保する。

部屋の中に運び込まれた村山はうつろな目で「俺は酔ってねえぞ」「離せ」などと大声を出す。その様子に皆が笑い出した。「静かに」と注意しようとした矢先、漆喰《しっくい》の壁がドンと音を立てて震えた。また隣の部屋の住人が薄壁《うすかべ》に怒りの拳を打ちつけたらしい。皆が一瞬静まりかえり、浅野が「やべえ」と顔をしかめた。

「そろそろ寝ます」

ニュースを見ながら黙々《もくもく》と菓子パンを食べていた門松が、壁際に身体を横たえる。

これから飲み直す気分にもなれず、消灯して横になることにした。ゴミをビニール袋の中へ詰め込み、座卓を窓側の隅へ寄せる。そして布団も敷かず、空いている場所で手足を折りたたむようにして眠りについた。


翌週の水曜の朝、僕は小さな教室の一番後ろの席で頬杖《ほおづえ》を突きながら、二時限目の開始を待った。この一画は落第組の指定席だ。誰が決めたわけでもなく、四月初回の講義から自然とそうなっていた。

必修の第二外国語を選択する際、僕は曾根田に勧められるがまま中国語を選んだ。漢字の国の言葉だから理解しやすいだろうという甘い考えもあった。しかし二年生の後期試験では点数が十点にも満たず単位を落とし、今年も二年生のクラスに籍を置いている。

僕の隣の席に座った無精髭《ぶしようひげ》の男が「はあ、かったりい」と聞こえよがしに呟く。ひとつ前の席に座った男は机に突っ伏していた。その背中は抜け殻《ぬがら》のように無気力だ。教室の前方では二年生たちが始業を待ちながら談笑している。その中にまだ友恵の姿はない。改めて一人一人の顔を見てみる。すると今まで自分がどれだけ周りを見ていなかったかということに気付かされる。このクラスの人間の顔をほとんど知らなかったのだ。

そうしているうちに担任の楊《ヤン》先生が入ってきて出席を取り始めた。中国読みで名前を呼ばれた生徒は「到《ダオ》」と返事をする。

「ユーツンヨーフェイ」

友恵の名が呼ばれたが、返事はなかった。

落第組の三年生は最後に名前を呼ばれる。隣の無精髭男が相変わらずかったるそうな声で返事をした。

「チォンシャンイーユエン」

無精髭男の次に僕の名が呼ばれ、周りに合わせた無気力な声で「ダオ」と応えた。

講義が始まって間もなく、教室の前側の引き戸が開いた。友恵だった。走ってきたのか、苦しそうに息を弾ませている。

「対不起《ドゥイブチー》、我遅到了《ウォーチーダオラ》」

友恵はそう言って頭を下げると、楊先生に小さな紙を手渡した。

「電車が遅れていました。すみません」

手渡した紙は鉄道の遅延証明書らしい。楊先生はにこりと笑い「とても大変でしだね」と言った。

普通ならば遅刻をした時は教室の後ろからこっそりと入るものだが、楊先生の講義では前から入って「対不起、我遅到了」と言ってから席につくのがルールになっている。「ごめんなさい、遅刻しました」という意味だ。

友恵は俯き加減のままそそくさと前から二列目の席についた。

朝から地下鉄のダイヤが乱れていたらしく、しばらく経つと何人かの学生がパラパラと入ってきた。律儀《りちぎ》に遅延証明書を差し出したのは友恵だけだった。

講義終了後、僕はゆっくり荷物をまとめながら友恵に声を掛けるタイミングを窺《うかが》った。友恵は教室の前のほうでクラスメートたちと話している。

教室の中ほどまで進み出て、ようやく友恵と目が合った。互いに軽く目礼《もくれい》を交わす。クラスメートたちの視線が僕のほうへ向けられた。

「これ、ありがとう」

僕はチェック柄の折り畳み傘を差し出した。

「いいえ、かえって荷物になってしまったのではと思って」

「いや、おかげさまで雨に濡れずに済んだ」

あの時のにわか雨はすぐに止んだが、夕方になって本格的に降り出し、アパートまで友恵の傘をさして帰った。

「あの後、羽村さんは大丈夫だったの」

「大丈夫でしたよ。日傘があったので」

雨の中日傘をさして歩く姿を思い浮かべると、余計に申し訳ない気持ちになる。

クラスメートたちは友恵に「じゃあね」と声を掛け、友恵は小さく手を振って応えた。教室には僕と友恵だけが残された。

「あ、お昼ごはんはどうしますか？」

友恵が先に口を開いた。

「もしよかったら一緒に」

行く先も決めずに正門の外へ歩き、近くの弁当屋に行き着いた。量と安さだけが取《と》り柄《え》の弁当を買って講堂前の石段に座った。昼休みだけあって人が多い。

僕は薄手のパーカーを羽織っていたが肌寒く感じられ、ファスナーを喉元《のどもと》まで引き上げた。空は概《おおむ》ね青空だがやや雲が多く、太陽が薄雲の向こうに見え隠れしていた。

「あの後ずっと眠っていたんですか？」

友恵の問いに僕は頷いた。

「すっかり眠り込んでいたよ。雨で目覚めたら、横に傘が置いてあった」

「すみません。起こすのも申し訳ないので、傘だけ置いて行ってしまいました」

「あんなに晴れた日に、よく傘を持ってたね」

「いつもバッグの中に折り畳み傘を入れてあるんです。雨はいつ降ってくるか分からないから」

友恵は空を見上げて言った。

「それにしてもすごいよなあ。雨が降るのを言い当てるなんて。占い師みたいだ」

「いえ、降りそうだなあと思ったら、たまたま降っただけです。予言ではなくて予感みたいなものかもしれません」

「でも、その予感が見事に当たった」

「いつも空を見ていると、時々なんとなくそういう予感がすることがあるんです。本当になんとなく」

僕は「へえ」と感嘆《かんたん》し、友恵に訊いた。

した。

「羽村さんはどうしてそんなに空を見るようになったの？」

友恵は「話すと長くなりそうですが……」と呟き、僕は「うん」と頷いて言葉を促《うなが》した。

「小さい頃、水難事故で母を亡くしました」

こういう時に返すべき言葉が僕には見当たらなかった。

「すごく暑い、夏の日でした」

小学校二年生の夏休み、近所の子供会でキャンプ場へ出かけた。川原《かわら》でバーベキューをした後、母親たちに付き添われて仲のよい友達と二組で中州《なかす》へ渡って遊んでいた。ところが急に空が暗くなり、山の方に真っ黒な積乱雲《せきらんうん》が立ち昇っていた。河岸から「戻れ！」と叫ぶ声が聞こえた時には既に水かさが増して戻れなくなっていた。

やがて中流も黒い雲に覆われ、叩きつけるような豪雨が川面を刺し貫いた。母は友恵をきつく抱き寄せて大丈夫、大丈夫と叫《さけ》ぶ。しかしその声も雨音にほとんど掻《か》き消《け》されてしまう。恐怖と寒さに身体が震えた。辺りは夜のように暗く、閃《ひらめ》く稲光《いなびかり》と空を裂《さ》く雷鳴《らいめい》が恐怖を煽《あお》った。

水位はどんどん上がり、地元の消防隊が到着した時、中州は全て水に浸っていた。二組の母子は流されまいと身を寄せ合い、川底となり果てた中州に足を踏ん張った。消防隊は対岸へロープを発射して展張《てんちょう》し、隊員がそのロープを伝って救助を試みる。一人ずつ河岸へ運び、子供二人が先に救助された。母は泣きながら腰にしがみつく友恵を「いい子だから先に行って」と叫んで引き離し、消防隊員の手に委《ゆだ》ねた。その時、二人の子供を救助し終えた消防隊員が再びロープを伝って川の中ほどへ向かったその時、母親たちの身体が流され始めた。濁流《だくりゅう》に押し流されて遠ざかってゆく母と目が合った。「ごめんね」と叫んだ母の悲痛な声と表情を今でもはっきりと覚えている。友達の母親は運よく対岸に流れ着いて助かったが、友恵の母は翌日、川の終点の湖から遺体で発見された。

悲しみの中、友恵は助けてくれた消防隊員に感謝の手紙を書いた。後日、消防隊員から長い手紙が届いた。隊員は母を助けられなかったことを悔やみ、手紙の中で何度も詫びた。友恵はその使命感と誠実さに心打たれ、消防士になりたいと思うようになった。自分のような悲しい思いをする人を少しでも減らしたいと強く願った。

しかし友恵は消防士になるにはあまりに小柄で、体力も劣っていた。小学校四年生から空手を始め、中学では陸上部に入って身体を鍛えたものの、いっこうに体力はつかない。そんな中で手に取ったのが、気象予報士の本だった。自分には消防士のように直接人の命を救うことはできないかもしれないが、災害で人の命が失われるのを未然に防ぐことならばできるのではないか。それに気象予報士という資格には年齢制限がなく、あらゆる人に門戸が開かれている。

新たな希望に駆られ、友恵は気象予報士試験に向けて勉強を始めた。机上《きじょう》で空について学び、外へ出ては空を見上げた。最初は〝お母さんを奪った空〟に挑みかかるような気持ちで学んだ。しかし毎日空の移ろいを注意深く見ているうちに、友恵は図《はか》らずも空に心惹《ひ》かれていった。

友恵には、空を畏《おそ》れ天災で失われる命を減らすという使命に加えて、空の美しさや面白さを伝えるという夢ができた。

四回の受験を経て高校一年生の秋、晴れて合格し気象予報士の資格を取得した。友恵にとってそれはゴールでも通過点でもなく、スタートだった。

「私はもっと勉強して、大学を卒業したら気象庁に入りたいと思っています。気象台で空に携わる仕事がしたいんです。本当は気象大学校っていう気象庁の大学に入りたかったのですが、数学が苦手で入試に落ちてしまって。でも大学を卒業して気象庁に入れれば、気象台で仕事をすることもできる。だから今ここにいます」

友恵が話し終えた後、しばらく言葉が出てこなかった。

「すごいなあ。小さな頃からしっかりと目的をもって生きている。この前話した時は正直、空ばかり見ているメルヘンな女の子だと思ってた」

「メルヘンな女の子も素敵だと思いますよ。そういう気持ちも持っていたいです」

友恵はそう言うと、石畳の広場の方を見て「あ」と声を上げた。視線の先を見ると、背の高い女性がベビーカーを押してこちらへ歩いてくる。女性は友恵に向かって手を振った。友恵は嬉しそうに手を振って応じる。

「静《しずか》さん、お久しぶりです」

ベビーカーの中には赤子が小さな口をぽかんと開いて眠っていた。

「わあ、可愛い！　いつ生まれたんですか？　女の子ですか？　お名前は？」

友恵は興奮した様子で矢継《やつ》ぎ早《ばや》に質問をする。

「三月二十日に生まれたの。女の子で名前は千に春って書いて千春《ちはる》」

「おめでとうございます」

「この子、私の身体から出てきたのよ。もうすぐ二ヵ月経つのに未《いま》だに不思議」

静と呼ばれた女性は陣痛《じんつう》から分娩《ぶんべん》までのことを友恵に話し、友恵は感動の面持《おもも》ちでそれを聞いていた。壮絶《そうぜつ》な体験談だが静はそれを軽やかな口調で語る。

静と目が合った。僕が目礼すると静は「どうも」と快活《かいかつ》に応じた。歳は三十前後だろうか。明るい人だと思った。

「お知り合いですか」

僕は友恵と静を交互に見ながら訊いた。

「いやいや、お知り合いじゃなくてお友達。でも私、大学生じゃありませんよ。見ればわかると思うけど。ははは」

静は笑っておどけてみせた。

「通りすがりの縁というか、ここで知り合ったの。まだこの子がお腹《なか》にいる頃、買い物帰りによくここに座ってぼーっと空を見ていたら、友恵ちゃんから『いつもここにいますよね』って声を掛けられて」

「そうでしたか」

僕は思わず笑ってしまった。いつもここにいますよね。僕の時とほとんど同じだ。

「あなたは友恵ちゃんのお友達？　それとも何、彼氏？」

「クラスメートです。城山といいます」

「いいなあ、クラスメート。懐かしい響き」

ベビーカーの中で眠っていた千春が泣き出した。静は千春を抱き上げてあやす。

「私、友恵ちゃんとお友達になれてだいぶ気持ちが晴れたのよ。本当にありがたい」

静は僕に向かって言った。友恵はかぶりを振る。

「そんな、私はなにも」

「感謝の気持ちは素直に受け取るものよ。本当に楽しいの。空はどうして青いか、なんて教えてくれたり。なんとなく眺めていた空が、だんだん面白く見えてくる」

これも僕の時と同じだ。

「でも、どうしてここに？」

「家が近所なの。自営の運送屋」

「社長夫人なんですね」

「あはは、一応そういうことになるのかな。私はそこでとても厳しいお義母《かあ》さんと同居しているものだから自由が全然なくて。だから買い物帰りにここに寄って、少しの間ぼーっと座るのが唯一《ゆいいつ》の息抜きだったの」

　静は空を仰ぎながら「はあ」と大仰《おおぎょう》な溜息を吐《つ》き、笑った。

「こうやって広い青空を眺めていると小さなことがどうでもよく思えてくるんだけどねえ。でも家に帰ればまた五十平米《へいべい》ぐらいの狭い世界で戦わなきゃいけない。その繰り返し。まあ、この子がいるからなんとか頑張《がんば》れる」

　そう言うと静は腕に抱いた千春に頬を寄せた。

「今日は友恵ちゃんと会えたし、久しぶりに空の下に出られてよかった」

「あまり外へ出られなかったんですか」

　友恵が訊くと静は苦笑しながら頷いた。

「お義母さんに産後しばらくは家で安静にしていなさいって言われて」

「優しいところもあるんですね」

「そう思うでしょう。ところが……。この先もずっと働いてもらわないと困るから、産後しばらくは徹底的に休ませるんだって。授乳《じゅにゅう》とトイレ以外はほとんど動かず、上《あ》げ膳《ぜん》据《す》え膳《ぜん》の至れり尽くせり。恐縮してばかりで、息が詰まりそうだった」

「そ、そうなんですか……」

友恵が困ったような表情で言った。静は講堂の時計塔を見上げた。

「さて、そろそろ帰らなきゃ」

「もう帰っちゃうんですか？」

「あんまり道草《みちくさ》してると、お義母さんの頭に角が生えちゃうから」

静はそう言って、泣きやんだ千春をそっとベビーカーに乗せた。

「じゃあ、またね」

静の表情にふと影が差した。そして「よいしょ」という掛け声とともにベビーカーを前進させ、五十平米の戦場へと戻っていった。


その晩、僕は七十センチ四方の戦場へ駆り出されていた。

高田馬場《たかだのばば》の雑居ビルの地下、煙草の煙に霞んだ一室の中、正方形の卓の上で、夜明けまで戦い続けなければならない。五月になってからもう六度目だ。

レートは千点あたり五十円。大負けすればそこそこの金が吹っ飛ぶ。

僕は麻雀《マージャン》という遊びがあまり好きではない。四人で一定量の幸せを奪い合うこの遊びは、何度やっても楽しめなかった。楽しいのは勝っている者だけで、負けている者は段々と不機嫌になってゆく。

現に、午前三時を回った時点で笑みを浮かべているのは浅野だけだった。負けが込んできた林は早々に勝負を投げ出し、心ここにあらず。僕はジリ貧《ひん》で踏みとどまるのに精一杯。門松は例のごとくカモにされ、寡黙《かもく》な口をさらに重く閉ざしていた。

徹夜で麻雀をやろうなんて一体誰が最初に考え出したのだろうか。やるたびに後悔する。

でも、生産性のない行為からこそ生まれる連帯感があることも否《いな》めない。百害とは別次元にある一利が、僕たちを深夜の雀荘《ジャンそう》に駆り立てているのかもしれない。

最後の半荘《はんチャン》を終えたのは朝の五時半。戦いは浅野の一人勝ちで幕を閉じた。睡魔はピークに達し、腰が痛い。精算をしながら林は半分眠っていた。

八千円も負けた門松は、このまま日雇いのアルバイトへ出かけると言う。製パン工場のラインで朝八時から八時間働いて日当は八千円。顔面蒼白の門松を見て、さすがに誰も笑えなかった。

「おい、門松。半額に負けてやろうか……」

「いいえ、大丈夫です」

敗者なりの意地なのだろうか、門松は浅野の情けを拒んで八千円を差し出した。これから始まる一日は、この八千円をチャラにするだけの不毛《ふもう》な労働に費やされる。

半開きのシャッターをくぐってビルの外へ出ると、飴色《あめいろ》に輝く朝日が人気《ひとけ》のない道路を照らしていた。空の青みが徹夜明けの目に沁《し》みる。

「じゃあ、バイトに行きます……」

門松は一礼して踵《きびす》を返し、猫背《ねこぜ》を一層丸めて駅のほうへ歩いて行った。ゴミ袋をついばむカラスの鳴き声が白々《しらじら》しく反響していた。

「バイト頑張れよ。今度何か奢《おご》ってやるよ」

浅野は笑顔を引きつらせながら門松の背中に手を振った。

「はあ、何やってるんだろうな、俺たち」

林があっけらかんと呟いた。

第三章　そら見やがれ

　午後十時前、店内の客が少なくなってきた。僕は陳列棚の前で思案しながら発注端《はっちゅうたん》末《まつ》を操作する。このコンビニでアルバイトを始めてからもう三年目、商品の発注業務を任されることになり、今日はその初仕事だ。

　棚の残数を見ながら明日の発注数を決めてゆく。焼きうどんを四つ、冷やし中華《ちゅうか》を八つ、と端末に入力したところで夏を感じて手を止めた。

　ここのところ、昼休みや講義の空き時間、講堂前に座ってぼんやり空を見上げるのが日課になっている。関東地方の梅雨《つゆ》入りが発表されたのは昨日のこと。六月といえば暦《こよみ》の上では夏であるが、曇天模様《どんてんもよう》のすっきりしない天気が続いている。でも今日は久々の快晴で、蒸し暑かった。

「シロちゃん、全部入力し終わったら俺に見せてくれ」

　店長の藤吉大悟《ふじよしだいご》がレジカウンターから僕に声を掛けた。深夜勤務の二人も出勤してきた。もうすぐ勤務交代の時間だ。

発注データの入力を急ぐ。冷やし中華の次は割子《わりご》そば、冷やしうどんと夏の麺類が続く。とりあえず前日と同じ数を入力する。

端末に入力し終えた発注データをスタッフルームのコンピューターに流し込んだ。本部へ送信する前に店長のチェックを受ける。客足も一旦途絶《いったんとだ》えたので、その間に僕は飲料の冷蔵ショーケースの裏に入ってペットボトルの補充を済ませた。

「おい、シロちゃん。ちょっとこっちに来なよ」

店長に呼ばれてコンピューターの前に座る。店長は発注画面を指差した。

「言っちゃ悪いがこれはバッチョだよ」

店長語でバッド・ジョブということだ。

「すみません、どのあたりがバッチョでしょうか」

「じゃあ訊くが、明日の天気予報、知ってるか？」

「確か、雨でした」

「おお、分かってるじゃんかよ。晴れの日と同じように冷やし中華を発注してどうすんだよ」

「はあ、でも予想気温は今日と同じぐらいなので……」

「いいか、シロちゃん。仕入れの時はなあ、空をよーく見ろ」

「空を？」

「そうだ。まず天気予報を必ず見て、あとは目で見て身体で感じ取って、想像を働かせるこった。いくら気温が同じだって、晴れの日と雨の日じゃ人間の気分が違うだろう。雨に濡れたお客さんが店に駆け込んできて、さて冷やし中華でも食おうなんて思うか？」

「はあ……」

「天気は人の気分を左右する。人の気分は買いたい物や食べたい物を左右する。弁当や麺類の売れ行きは空模様ひとつでガラリと変わっちまうから気をつけろ。余ったら全て廃棄だし、かと言って欠品しても困る」

「責任重大ですね」

「だからシロちゃんに任せたんだよ。たかがアルバイト、されどアルバイトだ。俺だって前途ある若者の時間を預かってんだ。小遣《こづか》い稼《かせ》ぎだけでなく、少しでも何かの足しにしていってもらった方が俺も社会に貢献できるってもんだ」

店長はそう言うとガハハと笑った。

このスマイルマート目白通り店は、個人商店が大手コンビニチェーンの看板を借りて商いをしている、いわゆるフランチャイズ店だ。元は藤吉商店という古いスーパーマーケットだったが、十年前にスマイルマートの看板を借りたらしい。五十七歳の藤吉店長は昔堅気《むかしかたぎ》の人で、口は悪いが義理と人情に厚い。

僕は初めてレジに立って接客をした時のことをはっきりと憶えている。それまでアルバイトをしたことがなかったため、緊張していた。冷やし中華を買った男性客に「温めますか」と訊いてしまい、失笑を買った。その時隣のレジに入っていた店長は「おもしれえ奴だなあ」と一緒に笑ってくれた。

いつもオヤジギャグ全開で、自分の薄い頭にレジのバーコードリーダーを当てて「ピッ。ゼロ円です」などとやってみせる。近所の高校の運動部員たちからは「おやっさん」と呼ばれて親しまれている。しかしチェーン本部の指導員は、ふざけた雰囲気がアルバイトにも伝播《でんぱ》すると言って、店長の接客方針にいい顔をしない。

野良猫《のらねこ》にエサをやっているところを近所の住民に見つかり、本部へ苦情が入ったこともあった。実際、店の裏手の路地には店長になついた猫たちが住み着いていた。店長は「一度なついちまったものには責任を持つもんだ」と意地になり、ポケットマネーで全ての猫に去勢《きょせい》手術や避妊《ひにん》手術を受けさせた上で里親《さとおや》探しを始めたのだ。

学生の僕にもなんとなく分かる。こういう人は世間一般でいうところの〝出世〟や〝成功〟というものとは疎遠《そえん》なのだろう。でも僕はこういう人が嫌いではない。

「明日の天気からすると、このあたりが妥当《だとう》な数だ」

店長は冷やし中華や割子そばの数を半分に、焼きそばや焼きうどんの数を倍に修正した。

「まあ最初は見よう見真似で覚えていけばいい。でも慣れたら自分の頭で考えながらやってみなよ。折角《せっかく》時間を使ってアルバイトしてるんだから」

コンピューターの送信ボタンを押しながら店長は言った。

「もう時間だ。そろそろ上がりなよ」

そう言い残して店長は客のいないレジへと出て行った。

その隙に、売り場から下げた弁当の山を深夜勤務の二人と一緒に物色《ぶっしょく》する。アルバイト店員は皆、賞味期限切れの弁当を〝お土産《みやげ》〟として持ち帰る。本当は廃棄しなければならないのだが、店長は「俺は知らねえことにしとく」と黙認している。金のない学生にとって、貴重な食糧だ。

帰り際、レジの前を通る僕に店長は言った。

「おい、梅雨時はものが腐りやすいからさ、腹だけは壊すなよ」

持ち帰った賞味期限切れの弁当は早めに食べろということだ。

「ありがとうございます。大丈夫です。今日、明日中になくなりますから」

僕は自信をもって答えた。ビニール袋いっぱいに詰めた食糧も、サークル仲間の前に差し出せばあっという間に消えてしまう。

空調の効いた店から外へ出た途端、重く湿った空気が身体中にまとわりついてくる。月には暈《かさ》がかかってほとんど見えない。雲の隙間からかすかに月明かりが滲《にじ》んでいた。

　明日は天気予報どおりきっと雨に違いない。

　友恵と初めて言葉を交わしてから一ヵ月、中国語の講義の後に昼食を共にするようになった。講堂前の石段でたまたま鉢合わせることもあった。彼女はやはり〝天女〟だ。いつも飽かず空を見上げている。僕は友恵から空の話を聞くのが好きだった。聞いていると、いつも当たり前のように頭上にあるものが、奇跡の産物であることに気付かされる。

　川沿いの道にさしかかったところでパラパラと小雨が降り始めた。植え込みの紫陽花《あじさい》が街灯の灯りの下で揺れていた。

　急いで帰ろうと小走りで駆け出したところで、ポケットの携帯電話が震えた。取り出してディスプレイを見ると、浅野からのメールだった。

〈駅前の白民屋《しろたみや》で飲んでる。早く来い。歴史的な光景に立ち会えるぞ！〉

　踵を返し、雨に濡れながら白民屋へ駆け付けてみれば、テーブル席を囲んで飲んでいるのはいつも通りの面々。ただ、門松の隣に一人、見知らぬスーツ姿の女性が座っている。女性は門松の横から覗き込むようにして、しきりに何かを話しかけている。門松はどぎまぎした様子で応答し、空のビールジョッキを傾けたりしていた。

　僕に気付いた曾根田が、手招きしながら言った。

「おお、義元。こちらはスペシャルゲスト。会社の先輩の花岡《はなおか》さん」

僕は状況が飲み込めぬまま「どうも」と頭を下げた。花岡さんは「お世話になってます～」と応えた。見るからに優しそうで、そして不思議な感じの人だ。

「歴史的な光景って……何？」

僕は空いている椅子に腰掛け、小声で浅野と林に向かって尋ねた。

「何って、門松だよ、門松」

林が僕の横腹を小突きながら、声を潜《ひそ》めてはしゃぐ。僕はまだ何のことやら解《げ》せず
「門松の何が？」と訊き返した。

浅野が僕に顔を近付けて言った。

「女と喋ってる……。お母さん以外の女とは喋ったことがないとまで言われたあの門松が」

言われてみれば、貴重な光景だ。この寡黙でマイペースな後輩が女性と喋っているところを僕はほとんど見たことがなかった。

「なに～？　そのおっきい袋」

花岡さんは唐突に僕が持っていたビニール袋を指して尋ねた。コンビニの残飯《ざんぱん》です、とは言えない。

「全て門松の食糧です」

浅野が僕の代わりに横から答えた。

「本当に～？　門松君、まだ背が伸びるんじゃないの」

「伸びます、まだまだ伸びます。去年は何センチ伸びた？」

林がはしゃぎながら門松に訊く。

「二センチ……ですが……」

門松がボソリと答えると、皆どっと笑った。門松は二十歳になろうとする今も身長が伸び続け、あと一センチで百九十センチの大台に乗る。

「花岡さん、こいつ、素朴でいい奴でしょう。門松みたいなタイプには、花岡さんみたいな優しい年上のお姉さんが一番」

曾根田が嬉しそうに演説を始めた。それを聞いて、この会合の趣旨が分かった。親分肌の曾根田が門松のためを思ってひと肌脱いだ。つまりはそういうことだ。

僕の時も同じだった。こんな風に知り合いの女の子を紹介され、一緒に飲んだ。曾根田は女の子の前で僕のことを散々持ち上げてくれた。

曾根田信作は同郷の先輩であり、この人との出会いは僕の大学生活に良くも悪くも大きな影響を与えた。

僕も曾根田も静岡県西端の田舎町で生まれ育った。高校時代、僕より二学年上の曾根田は生徒会長を務め、軽音楽部のロックバンドでボーカルを担当していた。高校生のバンドコンテストで入選したこともある。文化祭では彼が全校生徒を前にパフォーマンスを披露《ひろう》する一方、僕は文芸部で下手な俳句などを作らされ、ひっそりと掲示板に貼り出していた。曾根田との接点はなく、言葉を交わしたこともなかった。

僕が大学に合格してすぐ、どこから聞きつけたのか曾根田からお祝いの電話が入った。同郷の後輩が入ってくることが嬉しかったらしい。入学準備の時から色々と世話を焼いてくれた。

神田川沿いのアパートを勧めてくれたのも彼だった。築三十年の木造二階建て、六畳一間で家賃は月五万円。僕は勧められるがまま「いいんじゃないですか」と二つ返事で入居の申し込みをした。

講義を選択する時も曾根田からいわゆる〝楽勝科目〟という単位の取りやすい講義を教わって登録し、サークルも誘われるがまま音楽サークルに入った。曾根田に出会っていなかったら、僕は全く違った大学生活を送っていただろう。

「いや～、花岡さん、また門松と飲んでやってください。寡黙だけど、実は奥が深くて面白い奴なんですよ」

花岡さんは曾根田の門松評に聞き入りながら「うん、うん」と頷いている。熱くなって語っていた曾根田は「あ」と思い出したかのように呟いた。

「もうすぐ十一時……。花岡さん、お時間は大丈夫ですか？」

腕時計を見ながら心配そうに尋ねる。

「そろそろ帰らないと。寝坊《ねぼう》しちゃうし」

花岡さんはそう言うと、生グレープフルーツサワーの氷を頬張った。

「よし、門松、俺らは義元のところで飲み直すから、花岡さんを送って差し上げて」

「え……、僕も飲み直し……」

門松が言いかけたのを曾根田が遮《さえぎ》る。

「先輩命令だ。花岡さん、お前と途中の駅まで一緒だからさ、頼む」

そう言って門松を突き放した。

店の外へ出ると、雨は上がっていた。駅へ向かう花岡さんと門松の背中を見送りながら僕は、本当に歴史的な光景だと感動した。

「いやあ、なんだかすごく嬉しいですねえ！」

林がガッツポーズしながら叫ぶ。

「あいつにも春が来るといいなあ」

曾根田がしみじみと呟いた。

花岡さんが年末で寿退社《ことぶきたいしゃ》することになったと知ったのは、それから三日後のことだった。曾根田は全く知らされていなかったらしく、このことを申し訳なさそうに僕らへ告げた。それを聞いた門松は「おめでとうございました」と言った。

門松事件の夜から六日が過ぎた夏至の日の午後、大学の情報センターでパソコンの前に座り、ネットサーフィンをしていた。足の間にはソフトケースに入れたベースギターが立てかけてある。バンド練習までの時間潰しだ。

最初はニュースのサイトをなんとなく眺めていたが、ふと思い立ち、グーグルのトップページを開いて『気象予報士』という単語で検索をかけてみる。気象予報士試験のページを見ると、試験の資料請求を受け付けていた。インターネットから申請すれば簡単に資料が入手できるようになっている。

友恵が何度も挑戦した末に受かった気象予報士試験とはどんなものなのだろうか。興味を惹かれてなんとなく資料請求をしてみた。

情報センターを出て、生協で冷たい缶コーヒーを買った。練習までまだ時間があったので、講堂前の石段に腰掛けて缶コーヒーを飲んだ。この場所に座るとなぜだか落ち着く。アパートで仲間と一緒にいる時の安心感とは違った居心地のよさを感じるのだ。

朝のうちは灰色の雲が低く下りてきて今にも降り出しそうな空模様だったが、今は薄く淡い青空が広がっている。五時半を過ぎても空はまだ明るく、ようやく陽が西に傾き始めたところ。石段は放課後の学生たちで賑《にぎ》わっている。

石畳の広場の向こうから、友恵が日傘をくるくる回しながら歩いてきた。クリーム色のワンピースを着ている。

「久しぶりですね」

「面目《めんぼく》ない」

先週の中国語の講義は朝起きられず欠席してしまったのだ。最近雨が多いこともあり、この場所で友恵と鉢合わせしたのは一週間ぶりだった。

友恵は弁当の入ったビニール袋を提げていた。僕の隣に腰を下ろすと早速弁当を取り出して蓋《ふた》を開けた。

「お腹が空いてしまって、早めの晩御飯です」

「その弁当、好きなんだね」

僕は弁当を指して言った。

友恵は〝茄子《なす》弁当〟を好んで食べた。量と安さだけが取り柄の弁当屋の中でも最も安い名物メニューで、ご飯に茄子炒めを載せただけの弁当だ。油で輝くザク切りの茄子の中、唐揚げの衣のかすがふんだんにまぶされており、それがまたジャンクフード的な安っぽさを演出している。

「この茄子弁当には、小さな幸せが入っています。それを探すのが楽しいんです。四つ葉のクローバーを探すみたいで」

そう言いながら友恵は箸で弁当の表面を探った。そして唐揚げの衣のかすをひと粒つまんで「ほら」と掲げてみせた。

「本当だ。それはラッキーだ」

僕は思わず笑った。衣のかすの先端に、鶏肉のかけらがくっついていたのだ。

「空を見ている時も同じです。よく見ていると小さな幸せがたくさんあります」

「鶏肉のかけらや四つ葉のクローバーみたいに？」

「そう。電車の中で見かけた人の優しさや、コンクリートの隙間に見つけた小さな花みたいに」

友恵はそう言うと箸でつまんだ衣のかす、いや、鶏肉のかけらを口へ放り込み、笑顔で嚙みしめた。そして、空を指差しながら言った。

「あ、見てください」

僕はその方向を見上げて思わず息をのんだ。虹色の雲だ。表面に虹を映したような小さな雲がいくつか群れをなし、風に流れながらゆっくりと漂っていた。

「なんだ、あの雲は……」

「さいうんです。色彩の彩に雲と書いて彩雲《さいうん》」

僕は何度も「ほお」と感嘆してしまった。信じ難くて凝視してみるが、やっぱり虹色の雲だ。

「こんな雲は初めて見た……。すごく得をした気分だ」

「そうですよね！　昔の人も、いい事の前兆として喜んだそうです。慶びの雲と書いて慶雲《けいうん》と呼んだりして」

　今石段に腰掛けている学生たちは彩雲の存在に誰も気付いていないようだ。こんな風にしていくつもの小さな幸せが気付かれぬまま通り過ぎているのかもしれない。

　彩雲は少しの間だけ柔らかな西陽の空を漂い、やがて青みの中へ沁み込むように消えていった。なんとも言えぬ幸せな心地がする。

　思いがけず、梅雨の晴れ間に小さな幸せを見つけた。しかし明日からまた、曇り空が広がる。

「梅雨のいいところって何だろう」

「どうしたんですか、急に」

「いや、梅雨空にも小さな幸せは見つかるかなあと思って」

　友恵は「そうですね……」と少し考えてから言った。

「梅雨って、スペシャルサービスなんですよ」

　僕は意味が分からず「どういうこと？」と訊き返す。

「日本には、五つの季節があると思うんです。春夏秋冬と、プラスアルファの梅雨。こんなに長くしとしとと雨が続くのは日本以外ないですし、だからこそ梅雨明けが待ち遠しく思えます」

「そうか、考えようによるんだね」

「今でこそこんなことを言っていますけど、子供の頃は雨の日になるといつも恐ろしくなって、すごく嫌でした」

目の前で母親を失った記憶が子供心に深い爪痕《つめあと》を残したのだろう。

「どうやって乗り越えたの？」

「いいことを探して生きようって決めたんです」

友恵は忙しく箸を動かし、茄子弁当を一口食べた。

「お母さんを亡くした後、楽しそうにしている周りの子を馬鹿だと思ったり、斜に構えたりしていた時期がありました。いやな子供ですよね。そうしていると強くなったような錯覚《さっかく》に陥《おちい》っていたのかもしれません」

「そうなんだ……」

「心のどこかにそういう闇があって、自分でも嫌でした」

「今の羽村さんからは闇なんて感じられないけどなあ」

「きっかけはまた、空でした。広い空を毎日見ていると、私は何をくすぶっているんだろうって思えるようになりました。それから段々、さっき見えた彩雲のように小さな幸せがたくさん見つかることに気付いたんです。同じように、悲しいことがあったら楽しいことを、人に出会ったらいいところを探せたらいいなと思って」

「簡単なようで、なかなか難しいな」

きれいごと、お人好し。そんな風に思う人もいるだろう。しかし友恵が言ったように、悲観したり斜に構えたりすることのほうがよほど簡単なのかもしれない。

陽の光がオレンジ色に変わり、時計塔を見上げると、六時を過ぎていた。石畳の上で五、六人の男たちが車座になって酒盛りを始めた。夕陽の下に輝く銀色の缶ビールを見て、思わず僕は「美味《うま》そうだな」と呟いた。

広場の向こうへ目を遣《や》ると、バス通りのほうからギターケースを手にした老婆《ろうば》がゆっくりと歩いてくる。学生で賑わうこの場所にあって、その姿は異彩を放っていた。色褪《いろあ》せた茶色のカーディガンにモンペのようなズボン。浅黒い肌には深い皺《しわ》が刻まれ、伸び放題の白髪《しらが》を束ねもせずに前へ垂らしている。右手に提げたハードケースが重たそうに見えた。

老婆は石畳の広場の端にある木の前で立ち止まり、そのまま地べたに腰を下ろした。そしてケースからアコースティックギターを取り出すやいなや、調律《ちょうりつ》もせずに弾き始めた。ブルースのフレーズだ。老婆とアコースティックギターとブルース。一見ちぐはぐな組み合わせだが、老婆が声を発した瞬間、全てがしっくりとなじんだ。

練習を重ねれば出せるという類のものではない、嗄《から》びた声と涸《から》びた音。通り過ぎてきた時間や人生の喜怒哀楽が声と音に摺り込まれ、老婆の存在そのものと共鳴しているように感じられた。

「あのお婆さん、何者だろう」

「時々ここに来て歌っている、歌唄いのお婆さんです」

友恵はこの老婆のことを知っているようだ。老婆はスローテンポに乗せて短い英語のブルースを唄い終えた。テレビや街角で流れているポップソングとは遠くかけ離れた歌だ。それでも石段に座る学生たちからパラパラと拍手が起こった。

友恵が立ち上がって老婆のほうへと歩いてゆき、それに釣られて僕も立ち上がった。老婆はギターを抱き抱えるようにして調律を始めた。ペグを回して弦を緩めては張りつつ音を合わせる。近付いて見るとギターのボディは傷だらけで、ネックの指板《しばん》はかすれている。友恵は調律する老婆に向かって声を掛けた。

「マリーさん、こんにちは」

「お嬢さんか。またババアをからかいに来たのかい。物好きだねえ」

マリーと呼ばれた老婆は顔を上げ、苦々しく笑いながら言った。その言葉とは裏腹に、親しみの感じられる口調だ。

「こちらは友達、いえ、先輩の城山さんです」

友恵に紹介され、僕は肩に掛けたベースギターを隠してしまいたい衝動に駆られた。

「ギター少年ってやつかい」

「いいえ、ベースギターです。でも始めたのが遅くて全然モノにならなくて……」

我ながら言い訳がましい。自分のことから話を逸らしたくて、マリーに訊いた。

「ここではどのぐらいのペースでライブを開くんですか」

「これはライブじゃなくて腕慣らしだ。商売道具は磨いておかなくちゃならないから、たまにこうやって腕慣らしに来るんだ。ここならでかい声出しても文句言われないからね」

「プロの歌手ですか」

「ははは、プロの歌手か。昔はそんな時もあったかねえ。今はただの歌うババアだ。そこらの店で賑やかしに歌わせてもらって小銭《こぜに》を稼いでんだよ。まあ、いくばくかでも銭をもらってりゃ、プロって言うのかもしれないね」

そう言うとマリーは調律の続きをするように、いくつかの和音を鳴らした。そのまま前奏に入り、ミドルテンポのロックンロールを歌い始めた。リトル・リチャードの『カンサス・シティ』だ。リトル・リチャードの野太い声で聴くのとはまた違った趣がある。

マリーが歌い終えたところで拍手をしようとすると、一足早く背後から拍手が聞こえてきた。振り向くと、静がベビーカーを停めて笑顔で手を叩いていた。

「こんばんは。じゃなくて、まだこんにちは、かな」

「静さん、お買い物の帰りですか」

友恵が声を掛けたのに続いて僕は「どうも」と軽く頭を下げて挨拶した。

「なんだい、今日はお客さんが多いね。三人もいると上がっちまうじゃないか」

ベビーカーの中で千春が泣き出した。静は抱きかかえてあやす。

「ははは、四人だったか、すまないね。ババアの歌声におびえちまったかい」

「そんなことないですよ。ほら、感動に打ち震えていますよ。芸術は爆発だあ！」

静は千春の両脇を持って高く掲げた。千春は両手を大きく広げて全身を震わせた。

「本当だ。岡本太郎《おかもとたろう》みたい。面白いですね」

友恵が笑いながら言った。

「赤ちゃんの頃は急に抱き上げたりすると反射でみんなこういう岡本太郎のポーズをするみたい。モロ反射とかいう赤ちゃん特有の行動らしいんだけど、私には全身で生きる喜びを表しているように見えるの」

「女の子かい」

マリーは静に尋ねた。

「はい。千春といいます。生後三ヵ月になります」

「千春……。奇遇だねえ」

「娘さんがいらっしゃるんですか」

静が訊いた。

「正確に言うと今はいらっしゃらないけどね。うちの千春さんは高校出たらすぐ、どこかの男とどこかへ行っちまったよ。それっきり、もうかれこれ十年も会ってない」

「そうだったんですか……」

静は気まずそうに口をつぐんだ。マリーは意に介さぬ様子で千春を眺めている。

「こちらの千春さんは大事に育ててくださいな」

「マリーさん、お客さんも増えてきたところで、いつもの歌やってください」

友恵がパンと手を叩いて言った。

「あたしゃ行きつけのバーかい。アタシに〝いつもの〟なんて言ってすぐ出てくるようになるんじゃ、お嬢さんも地に堕《お》ちたもんだ」

マリーは口の片端を釣り上げて笑うとギターをジャランとひとつ鳴らし、またブルースの節回《ふしまわ》しで前奏を始めた。一回り前奏を終えると、空気をびりびりと引き裂くようなダミ声で叫んだ。

そら見やがれ　しょっぱいほど目にしみるディープブルーが
そら見やがれ　暗い暗い暗い闇になる
お月さんが　渋々《しぶしぶ》と火を灯す

そら見やがれ　飲めど飲めど夢の中
今日はヤケ酒　あしたはきっと祝い酒
酔い潰れて　さむざむと夜が更ける
飲兵衛《のんべえ》の阿呆《あほう》、明け烏《がらす》がアホー、夢を飲んで夢に酔って夢から醒《さ》めた
そら見やがれ　しょっぱいほど目にしみるディープブルーが
そら見やがれ　暗い暗い暗い闇になる
懲りずにまた　よなよな夜を抱く

歌の節目毎に合いの手のようにギターのフレーズを挟む。奇妙な詩はマリーの声に乗り、哀《かな》しさと可笑しさが同居したような矛盾に満ちた雰囲気を醸し出していた。

そら見やがれ　暗い暗い暗い闇がまた
そら見やがれ　しょっぱいほど目にしみるディープブルーに
お月さんが　白々と火を落とす
そら見やがれ　行《ゆ》けど行けど雨の中
今日は氷雨《ひさめ》　旅行きゃまた蝉時雨《せみしぐれ》
風にまかせ　ふらふらとどこへゆく

フーテンの旅情、旅烏の叙情、旅に病んで夢もいつか枯野《かれの》を駆けた
そら見やがれ　しょっぱいほど目にしみるディープブルーが
そら見やがれ　暗い暗い暗い闇になる
懲りずにまだ　よなよな朝を待つ

聴きながら、この人は歌に人生を捧げてきたのだろうと直感した。二回り目を歌い終えると、マリーはギターを激しく掻き鳴らして演奏を締めくくった。

友恵と静がはしゃいで拍手を送る。僕は呆気《あっけ》に取られて立ち尽くしていた。

「ははは、面白い！　そら見やがれ！」

静が興奮した様子で叫んだ。

「これ、マリーさんの歌ですよ。私、初めてこの歌を聴いた時、勇気を出してマリーさんに話しかけたんです。すごく怖かったけど」

友恵がマリーの代わりに歌について紹介する。

「全く大した物好きだよ。洒落《しゃれ》で作ったこんな歌を気に入ったとかで、ボロきれみたいなババアに話しかけてくるんだからね」

「そら見やがれって叫ぶのを聞くと、力が湧いてくるんです。ぶっ飛ばせ！　って励まされているような気がして」

「ありがたいねえ、アタシなんか考えなしで作ってるもんだが、お嬢さんみたいに聴いてくれれば歌も報われるってもんだよ」

「マリーさんは何年ぐらい歌っているんですか」

静が尋ねる。

「何年だか忘れちまったよ。まあ、だいたい五十年ってところだ」

「五十年、歌一筋ですか……」

「一筋で食えりゃよかったんだがね。娘にゃ言えないような仕事で娘を食わせてたこともあれば、四トントラックを転がしてたこともあった。色んなところを行ったり来たりしたよ。その間も暇を見ては歌ってたけどね。そんでもって今は目出度《めでた》く、歌うババアだ」

「そんなに色々と大変なことがあって……それでも歌い続けてきたんですね」

「大したことじゃない。歌ってるのが好きなんだよ」

マリーはサラリと答えた。

「歌うババア、マリーの年表。ちっちゃい頃にラジオから流れてきたブルースってやつを聴いて取りつかれて、今に至る。以上だ」

「でも、楽しそうですね。自由で縛られなくて」

僕は口にしてすぐ、軽率《けいそつ》なことを言ったと後悔した。

「自由、ねえ」

マリーは口の片端を釣り上げ、皮肉っぽく笑う。

「自由っていうと、あんな感じに見えるのかねえ」

マリーの指差した先には、高い空をゆく一羽のカラスの姿があった。キャンパスの向こう側から講堂に向かって、ゆっくりと羽をはばたかせて飛んで来る。

「あのカラスだって、必死にエサを探してるかもしれないし、仲間からはぐれて漂っているのかもしれない。傍目《はため》から自由に見える者は、引き換えに何かを捨てていたり、何かに縛られて生きてたりするんじゃないかい」

そう言うとマリーはポケットから銀色の小瓶を取り出して蓋を開け、少し口に含んだ。ウイスキーの香りがした。

「自由なんて、思ったよりもずっと寂しいもんかもしれないよ」

何をもって自由と言うか。僕は考えようともしていなかった。アパートの六畳間、講義をサボってできた空き時間。おそらく、そんなものに自由という言葉を重ねていただけなのかもしれない。

西陽はますます傾き、七時を過ぎてようやく薄暮の兆し。静が「そろそろ帰らなくちゃ」と呟く。講堂の真上を漂う綿雲《わたぐも》のひだにオレンジ色の光が映えている。

「いいなあ。そら見やがれ！ マリーさんの声が頭の中をぐるぐる回ってる」

静は千春を抱いて揺らしながら楽しげに空を見上げた。

「気に入ってくれたかい。あんたも変わり者だね」

「最近思うんです。空はみんなの母親みたいだなあって」

「なんでだい、それは」

「生命は海から生まれて、海は空から生まれた」

「なるほど。言われてみりゃ、そうだね」

「昔々に空が生まれたから、雨が降って海ができたんでしょう。そしたら空は海のお母さん、全てのお母さん」

「なかなか面白い。あんた、一曲作れるんじゃないか。スカイ、イズ、マザー。マザー、イズ、スカイ。なんてね」

マリーは冗談で旋律を付けて即興の歌を唄った。静は微笑み、千春を抱く両腕を揺りかごのように優しく揺らした。

「しょら見やがれ〜」

静の声に応えるように千春は全身を震わせながら両手を目一杯広げ、岡本太郎のポーズをした。キャンパスの向こう側に広がる夕焼けが、やけに赤かった。

高円寺《こうえんじ》の居酒屋の大座敷、僕らはビデオカメラのモニターの前に大勢で集まっていた。定期演奏会の打ち上げは、宴《えん》たけなわ。毎度見慣れた光景であるはずなのに、僕はなぜか漠然《ばくぜん》とした違和感を覚えていた。

なんだろう、この感覚は。友恵の過去や将来に対する姿勢を聞き知ってから、度々同じような感覚に囚われる。

打ち上げの席では、録画したライブを振り返るのが恒例《こうれい》となっている。モニターに映し出されているのは僕らの演奏する姿だ。ドラムスの門松がブレイクを入れるタイミングを間違えて、演奏が一瞬にして総崩れになった。ステージの隅でただ一人完璧な演奏をしていた林がコミックバンドのようにずっこける。

ビデオカメラを囲む面々から爆笑が起こり、門松は「すんません」と申し訳なさそうに謝る。

「いやあ、お前ら最高だね」

画面を覗きこみながら同期の矢口が感嘆してみせる。

演奏が終わると客席から笑い声や歓声とともに盛大な拍手が起こった。浅野が「お粗末《そまつ》さまでございやした！」とおちゃらけてみせるとまた笑いが起こる。

ひどい演奏だった。

六月末の定期演奏会は『新入生歓迎ライブ』と銘打って行われる。一年生バンドが初めて練習の成果を披露する場だ。新入生たちは例年、この歓迎ライブでふるいにかけられる。真面目に音楽をやりたいと思っている新入生はだいたいこのライブを境にサークルを去ってゆく。

年に三度の定期演奏会は毎回同じことの繰り返しだ。一人当たり七、八千円の参加費を払って毎回同じ小さなライブハウスを借りきり、バンド同士で演奏を披露し合う。そしてライブの後の打ち上げで自分たちの演奏をこき下ろしてみせたり、御世辞《おせじ》を言い合ったりする。音楽に打ち込んでいるバンドはない。約束の時間に遅れるのがロックで、滅茶苦茶な演奏をするのがロックで、野卑《やひ》な言葉を口にするのがロック。僕らの中には真面目とか一生懸命という姿勢は格好悪いものだという暗黙の了解があった。

稀《まれ》に情熱のある者は合コンで知り合った他大学の女の子を呼んで小さなステージで目一杯目立ってみせたり、あるいはサークルの中から意中の女の子をボーカルに立てて伴奏《ばんそう》を務めたりする。座敷の隅のほうで二年生の村山が例のごとく泥酔状態で新入生の女の子たちにちょっかいをかけていた。

ビデオカメラの画面を早送りする。僕らの次のバンドのステージが映し出される。新入生の神田美代《かんだみよ》が頭にウサギの耳を着けてメイド服姿で中央に立ち、その後ろで上級生たちが伴奏する。美代が人気アニメの主題歌をはにかみながら歌い終えると客席の女子たちから「可愛い」と甘ったるい歓声が飛ぶ。

次のバンドは三年生男子による企画バンドで、全員が女装しながらエアロスミスのコピー演奏を披露する。毎回、出演順の後半に際物を入れるのが定番になっていた。定期演奏会の中で、この役目がもっとも「おいしい」とされている。

全ての出演バンドの演目を並べてみるとアニメソングからデスメタルまで実に幅広く、通して観ると胸焼けがする。

隅のほうで黙って酒を飲んでいた新入生バンドが一斉に立ち上がり、逃げるように帰っていった。唯一、自分たちで曲を作って演奏していたバンドだ。上手くはないが、いつも一番真面目に練習していた。

「いやあ、彼らいいよねえ。熱いねえ」

笑いが起こった。そのうち彼らが歌った『名もなき花』というオリジナル曲について批評が始まる。お調子者の矢口が立ち上がって言った。

「説明しよう。花というものには必ず学名というものがあるわけであり、したがって名もなき花というものは事実上存在しないのである」

また笑いが起こる。「面白くねえよ」。僕は低く呟いていた。無意識から発された自分の声に驚き、他に聞こえていないか周りをうかがう。対面で飄々《ひょうひょう》と煙草を吹かしていた林と目が合ったが、どうやら聞こえてはいないようだ。

違和感は強くなってゆく。身体がかゆいのにどこがかゆいのか分からない時のような、得体の知れない違和感だ。とりあえず、周りに合わせて笑った。笑いながら、何かに負けたような気がした。

六月終わりの夜、郵便受けを見ると気象予報士試験の資料が届いていた。封を開けずにバッグの中へねじ込んだ。

学校では前期試験が始まっていた。僕は今年あと三つの科目で単位を落とせば留年が確定するという状況を分かっていながら、試験勉強にはいっこうに身が入らない。アパートには相変わらずバンド仲間やサークル仲間たちが入り浸り、どれだけ学業を怠けているかということについて競い合う。皆たかだか「学業を放棄する」というだけのささやかな逸脱《いつだつ》を証明することに躍起になっていた。

蒸し暑い朝だった。テレビの音で目覚めると浅野が既に起きており、あぐらをかいて座っていた。他はバンド仲間を含めた五人、畳の上にひしめき合って泥のように眠っている。

「おう、起きたか」

浅野は朝から随分と上機嫌だ。見ると、酒を飲んでいた。マグカップに一升瓶から日本酒をなみなみと注ぎ、ぐいと呷《あお》った。既に相当飲んでいるらしく、目が据わっている。

「なにやってるんだ」

「見れば分かるだろう。酒飲んでるんだよ」

僕の問いに浅野は声高に答えた。呂律《ろれつ》が回っていない。

「一時限目から試験じゃないのか」

僕ら二人の話し声で門松がのそりと起き上った。

「試験だからこそ、景気づけだ。お前らも飲めよ。いい答案が書けるぜ」

浅野は別のマグカップに日本酒を注いで、僕と門松に勧めた。僕も門松も二時限目に試験があるので遠慮したが、浅野は強引に押し付けた。

結局、浅野に勧められて全員が一杯ずつ日本酒を飲んだ。八時半頃、浅野は泥酔状態で出かけていった。これだけ酒臭いと、答案を書く前に教室からつまみ出されるかもしれない。バカな奴だと皆で笑って送り出した。そしてまた酒を飲み始めた。

朝のニュース番組によると、今日は暦の上で〝半夏生《はんげしょう》〟と呼ばれる日らしい。古くから半夏生とその前後は大雨になることが多いとされ、昔の人はこの時季が来る前に田植えを終えるよう作業を急いだそうだ。ニュースも天気予報もなかった時代、人は空を畏れ、季節と暦と空模様を読みながら生きたのだろう。

お天気キャスターは半夏生について解説しながら、昨晩東京に降った雷雨を引き合いに出す。二十三区のあちこちで道路が冠水《かんすい》し、マンホールから水が噴き出すほどのひどい雨だった。落雷で停電した世帯もあったらしい。窓を開けると、神田川が濁った水を湛《たた》えてごうごうと流れていた。

僕らはテレビを観ながら、十時頃までだらだらと酒を飲み続けた。

ほろ酔いで臨んだ二時限目の試験は惨敗。昼休みに弁当屋で茄子弁当を買い、講堂前の石段に座って食べた。唐揚げの揚げかすを箸で探ってみたが、鶏肉のかけらは見つからなかった。こんな時、青空がまぶしいとなんだか余計に気持ちが重くなる。

気を取り直し、大通りを駅へ向かって歩いてゆくと半夏生のジンクスよろしく、空には昨日に続いて大雨の兆し。北の方に巨大な積乱雲が立ち昇っているのが見えた。今頃埼玉のほうは土砂降りかもしれない。こちらはまだ青空だが、頭上には夏の湿気を吸った綿雲がもくもくと膨らんでいる。

昨晩のような雨に遭ってはたまらないと思い、歩みを速めた。鞄の中には教授の書いた一冊三千円もする難解な教科書と、学部中に出回った誰かの講義ノートのコピーが入っている。それを持って、スターバックスコーヒーにでも入って四時限目の試験に向けた最後の悪あがきをしようと思っていた。しかしどういうわけか、僕の足はスターバックスコーヒーを通り過ぎて駅前の本屋へ向かった。

すると、駅の方面から林が歩いてきた。

「おお、おつかれ！　どこ行くの？」

訊こうと思ったことを先に訊かれた。

「時間が空いたから、ちょっと本屋にでも行ってみようかなと思って……」

「勉強しろよ！　なんて言いつつ俺も、またDVD借りてきちゃった。任侠《にんきょう》映画は観出すと止まらなくて困るよ」

任侠映画の世界とはほど遠い、屈託《くったく》のない笑顔。

林は熱しやすい性質で、最近はなぜか任侠映画に傾倒《けいとう》し、往年の名作を片っ端から借りて観ている。この間も『仁義《じんぎ》なき戦い』を見たことがない人は人生の楽しみの半分を放棄しているなどと力説していた。

彼はバンドメンバーの中で音楽歴が一番長く、技術も群を抜いて高い。なぜ僕らとバンドを組んでいるのか不思議に思うことがある。

「試験そっちのけで映画鑑賞か。まあ、試験の時とかに限って、なぜか無性に他のことをやりたくなるよな」

僕は自分自身の弱さを嘆いた。

「そうなんだよ、全くその通り。三時限目もテストだけどさ……。もはやこれまで。潔《いさぎよ》く落とし前つけてくるよ」

林は言葉とは裏腹に、軽やかな足取りで学校へ向かって行く。実に潔い。その様子を見て、ますます本を読みたくなってしまった。

駅前の大きな雑居ビルに入り、エスカレーターで三階へ上る。書店のフロアに入ると、心が躍った。書棚に並んでいる本が、あれもこれも魅力的に見えてくる。

たまには小説でも読もうかと思い、文庫本の棚を見て回った。思えば大学に入ってから、両手で数えられるほどしか本を読んでいない。目の前に広がる未知の物語たちを前にして、自分はこれまで有り余る時間を何に費やしてきたのだろうかと疑問に思った。

高校の頃、読書感想文の課題作品として読まされた夏目《なつめ》漱石《そうせき》の『こころ』を手に取ってみる。最初の章を開いて読み進めながら、うろ覚えのあらすじを懐かしく思い出す。あんなに嫌々読まされたのに、こうして自分からすすんで読んでみると面白い。名作の世界へいざなわれ、いつの間にか熟読していた。

気がつけば本屋に入ってから三十分が経ち、時刻は午後一時。海外名作の棚に平積みされていたサン＝テグジュペリの『星の王子さま』を手に取った。凝《こ》り性《しょう》の林は『星の王子さま』を十五回読んだという。以前、熱心に勧められて一度貸してもらったのだが、十ページも読まないうちに返してしまった。『こころ』と同じように、自らすすんで読めば面白いかもしれない。

四時限目まであと一時間半。ここで文庫本を買えば、鞄の中の教科書を一ページも読まぬまま試験に臨むことになるだろう。分かっていながらレジ前の列に並んだ。

ふと何かを忘れているような気がした。思い出せないのだが、どうにも収まりが付かず、いったん列を離れてフロアを一周してみる。

資格試験の棚の前を通りかかったところで、足を止めた。棚を見渡すと、一列だけ気象予報士のコーナーが設けられていた。手に持っていた『こころ』と『星の王子さま』をいったん平積みの棚の上に置き、気象予報士の参考書を何冊かパラパラと見比べた。その中でも図解が多くて初心者に分かり易《やす》そうな『まるわかり気象予報士試験』という参考書を選んで棚から抜き取った。

前書きに、気象予報士という資格がどういうものか大まかに書いてある。その説明によると「気象予報士は平成五年の気象業務法の改正で天気予報が自由化されたことにより誕生した国家資格」らしい。民間の事業者も予報業務を行うことができるようになり、その際には「現象の予想については、気象予報士に行わせなければならない」と定められている。

第一章には大気の成り立ちについて書かれている。大気の厚さは地球の大きさと比べれば饅頭《まんじゅう》の薄皮《うすかわ》程度でしかなく、しかし生命はその薄皮なしでは存在しえないらしい。大気が、太陽から受けた熱をほどよく保存し、地球をちょうどよい温度に保っているからだ。さらに読み進むと、金星や火星にも大気があるが地球のように青くはないこと、そして、地球の空はなぜ青いかということについて書かれていた。

太陽の光が青く飛び散っている。友恵はそう教えてくれた。ページをめくりながら、友恵から聞いたことをもっと深く知りたいと思った。

太陽光は大気の分子に衝突《しょうとつ》して、散乱する。その時、青い光線は赤い光線の約六倍も強く散乱される。空が青く見えるのはこのためである。

この光の散乱は十九世紀後半、イギリスの物理学者、レイリー卿《きょう》ジョン・ウィリアム・ストラットによって実証され、〝レイリー散乱〟と呼ばれているらしい。空の青さにその名を残すなんて、なんと素敵なことだろう。ニュートンの万有引力《ばんゆういんりょく》やエジソンの発明にも匹敵《ひってき》する偉業だと思う。空が青く見える理由を確信した時、レイリー卿はどんな気持ちで空を見上げたのだろうか。

さらにページをめくると、風が吹く理由も、雲が生まれる理由も記されている。これまでに友恵から教わったことが科学的な根拠とともに詳しく書かれていた。

外へ出て空を見てみたくなった。二冊の文庫本と一冊の参考書を持ってレジへ向かった。

ビルの外へ出て駅の高架の上の空を仰ぐ。北の空に立ち昇っていた積乱雲は形を崩しながら衰えていた。頭上には、白く輝く雲を湛えてまぶしい夏空が広がる。

青色の光線が空いっぱいに飛び散ってゆく様をイメージする。しょっぱいほど目にしみるディープブルー。鮮やかなレイリー散乱だ。

第四章　ゆきあいの空

二冊の文庫本と一冊の参考書を買ったその日を境に僕は試験勉強からますます遠のき、前期試験は連戦連敗。毎日学校の自習室に入ってみるものの教科書を開く気が起きず、『こころ』と『星の王子さま』を読破した。

そして、一冊の参考書が僕をつかんで離さない。図らずも『まるわかり気象予報士試験』は僕の愛読書となった。

最初から気象予報士の資格を目指そうと思ってこの本を手に取ったわけではなかった。前に友恵は「深く知りたいと思うし、知るとまた空を見たくなる」と言っていた。その気持ちが分かる。実際に天気図の読み方を少し詳しく知っただけで、テレビの天気予報が楽しく感じられ、空を見る楽しみは深まった。

七夕の日、自習室で翌日の行政法の試験に備えて教科書を読んでいたが、相変わらず集中できない。バッグの中に入れっぱなしだった気象予報士試験の願書を取り出し、封を開けた。試験概要を見ると試験日は八月の最終日曜日、出願の締切日まではあと三日だ。まだ出願しようと思えばギリギリで間に合う。

考えるより先に席を立ち、外へ出ていた。銀行で受験料を払い込み、駅の証明写真ボックスで提出用の顔写真を撮り、郵便局で願書を出した。取りあえず出しておこうという曖昧《あいまい》な衝動に駆られて動いていた。どうしてこんなに気が急《せ》くのか、自分でもよく分からなかった。

七月の半ば、中国語の試験の日は呼吸をすると肺まで熱くなるような酷暑《こくしょ》に見舞われた。湿気が身体中にまとわり付き、少し歩いただけでTシャツが汗で身体に張り付く。アスファルトの上で陽炎《かげろう》がゆらゆらと揺れていた。

試験は例によって敗色濃厚。精一杯答案用紙を埋めたが、半分ぐらいは当てずっぽうだった。試験の後、僕は友恵と南門の近くのラーメン屋に入り、冷やし中華を食べた。今頃スマイルマートでは冷やし中華が売り切れているかもしれない。藤吉店長の顔が浮かび、昨晩もっと多く発注しておけばよかったと後悔する。

店内は学生たちで満席。聞こえてくるのはやはり前期試験の話題だ。前の時間の試験の出来について語り合ったり、自分がどれだけ勉強していないかを自慢し合ったりしている。語って笑えるだけの余裕があるのが羨ましい。僕はあまりに結果が無惨で、話す気にもなれなかった。

テーブルを挟んで友恵と向き合いながら、そういえば報告することがあったなと思い出す。

「この前、こんなものを買ったよ」

僕はショルダーバッグの中から『まるわかり気象予報士試験』を取り出してテーブルの上に置いた。なんとなく照れ臭くなり、冷やし中華を箸で闇雲にかき混ぜた。

友恵はきょとんとした表情で本の上に目を落としたまま言った。

「城山さん、気象予報士の試験受けるんですか」

友恵に訊かれて一瞬言葉に詰まった。確かに、願書は出した。

「うん、受けるよ」

僕は何気なしに答えた。

言霊《ことだま》というものは本当にあるらしい。はっきりとこの瞬間、僕は自分の口にした言葉に導かれ、本気で気象予報士試験に臨もうと決意した。

「今まで周りに気象予報士を目指す人なんていませんでしたから、なんだかうれしいです」

友恵は僕の決意を喜んでくれた。

「次の試験まで、あと一ヵ月半……。あまり時間がないね」

「さすがに一回で受かるのは無理かな」

「そうですね……。正直なところ、かなり難しいと思います。私は三回落ちちゃいましたし」

ここ数年、合格の倍率は二十倍前後で推移しているらしい。狭き門だ。

「羽村さんはどうやって勉強したの」

「私は独学です。参考書を買ったり、気象に関する本で興味を惹かれたものをたくさん読んだり。あとはとにかく空を見るようにしました」

「この参考書はどうだろう。役に立つかな」

友恵は本を開いてページをめくった。レイリー散乱のページで手が止まった。ページの角を折ってあったのだ。友恵は少しの間そのページを眺めてから、笑顔で頷いた。

「いいと思います。何より、城山さんが初めて開いた気象予報士への扉です。大切な一冊になると思います」

「そう言ってもらえてよかった。他にお勧めの教材があったらぜひ」

「はい、喜んで。今度、教材選びを手伝いますよ」

「ありがとう。学校の試験がからっきしダメなくせに、別の試験のことを考えてるなんて、なんだか可笑しいな」

僕が苦笑しながら言うと友恵も笑った。

ラーメン屋の暖簾《のれん》をくぐって外へ出た瞬間、冷やし中華の清涼感は一瞬で吹っ飛んでしまった。友恵は日傘を開きながら空を仰いだ。

「ゆきあいの空ですね」

「ゆきあい？」

「二つの季節が出会ってすれ違うような空を、ゆきあいの空といいます」

頭上には青と明灰色のコントラスト。青インクをぶちまけたような夏色の空が南の方から押し寄せ、曇天模様の梅雨空を北へ北へと追い遣っていた。

「今の僕みたいだ」

「え？　どうしてですか」

「前期試験と気象予報士試験がゆきあっている」

冗談めかして答えた。この時僕は、自分の中でもっと大きなものがゆきあおうとしていることに、まだ気付いていなかった。

その夜、東京の空に星が降った。

アルバイトの帰り道、川沿いの暗がりを歩いていると東の空に明るく輝く三つの星が目に留った。携帯電話を片手にインターネットで七月の星座表を探し、今の夜空と見比べる。明るい三つの星は、ベガ、デネブ、アルタイルからなる夏の大三角形。南の空の赤い星はさそり座のアンタレスだ。夜空にじっと目を凝らすほどにひとつ、またひとつと星が増えてゆく。いくつ見えるか数え始めて、すぐに数えるのを止めた。

宝石箱をひっくり返したような夜空だ。梅雨が明けたのだと思った。

夏はいきなり全力疾走で駆け出した。ゆきあいの空を見た日から連日の快晴。梅雨前線を蹴散らして東から張り出してきた太平洋高気圧が、日本列島を制圧していた。東京では三十度を超える真夏日《まなつび》が一週間以上続いた。

その間に前期試験が終わり、長い夏休みが始まった。僕は八月末の気象予報士試験に向けて、本格的に始動した。

まずは使いやすい教材を友恵にリストアップしてもらい、新宿の紀伊國屋書店で買った。それに加えて、友恵の持っている本を貸してもらえることになった。数が多くて持ち運べる量ではないというので、アパートの住所を教えて小包で送ってもらうことにした。

二日後の昼、友恵から小包が届いた。僕の他、部屋にいるのは浅野だけで、宅配業者の呼び鈴にも気付かず眠っていた。

受け取った小さめのみかん箱はずっしりと重く、蓋を開けてみると本が目一杯詰め込まれていた。参考書の他に空の写真集や気象予報士のエッセイ、天気の雑学本まで入っている。本の上に短冊型の便せんに書かれたメモが添えられていた。

〈返却期限は城山さんが気象予報士試験に合格した日です。羽村友恵文庫より〉

このメモは捨てずにとっておこうと思った。

その日の夕方、林と日雇いバイト帰りの門松が来ていつも通りのバンドメンバー全員集合。誰からともなく冷蔵庫の中の酒を取り出して、五月雨《さみだれ》式に飲み始めた。僕は部屋の隅で窓側の壁に寄りかかって友恵から借りた参考書を読んでいた。

気象予報士試験を受けるという決意をさりげなく知らせたい気持ちが半分。かといって、口に出して宣言するのは気恥ずかしいという気持ちが半分。やはり〝勉強する〟という行為は格好悪いという意識が刷り込まれていてどうしようもなかった。

「義元、なに今頃勉強してんだよ。試験終わっただろう」

浅野がしたたかに酔いながら言う。林はテレビを観ながらエレキギターを鳴らしていた。テレビからは大物司会者が仕切るバラエティ番組が流れている。お笑い芸人の繰り出したボケが林のツボにはまったらしく、エレキギターを抱えたままひっくり返って笑い出した。その隣で門松は仰向けになって轟音《ごうおん》のいびきをかいて眠っている。

改めて思う。この部屋は、とても勉強ができるような環境ではないのだ。やはりここはひとつ、僕の新しい志について彼らに打ち明け、僕が勉強できるよう配慮願うべきだと思った。

参考書に目を落としながら切り出すタイミングを窺うも、浅野と林はテレビに夢中、門松はいびきをますます高らかにして深い夢の中。なかなか切り出せない。

十九時を過ぎて外はようやく薄暗くなってきた。猛暑のせいか夜になっても蟬が啼《な》き止《や》まず、毎晩夜啼きの蟬が大合唱を繰り広げている。暑さを煽るようなアブラゼミの声を聞きながら僕は参考書の同じページを見つめていた。

そうこうしているうちに、ビールを携えて曾根田が訪ねてきた。

「おう、久しぶりに来てやったぞ！」

ここのところ多忙だったらしく、一ヵ月ぶりの来訪だった。仕事帰りにどこかで一杯ひっかけてきたのか、既に顔が赤く、くしゃくしゃに丸めたスーツの上着を小脇に抱えている。

ＯＢの来訪で目覚めた門松はのそりと身体を起こし、居住まいを正した。

「曾根田さん、アポなしなんて珍しいですね。ようこそ、ようこそ」

林が嬉しそうに曾根田を歓迎する。

「おう、前期試験の慰労会《いろうかい》だ」

「慰労されるほど勉強してないですけど、残念会ってことで」

浅野が苦笑交じりに応える。

本格的に酒盛りが始まってしまった。僕は諦めて参考書を閉じ、残念会の輪に加わった。

試験が終わった解放感からか、みな恐ろしく酒が進む。僕も深く酔いながら、受験生としてこの環境をどうするべきか密《ひそ》かに思案していた。

曾根田が買ってきたビールは、あっという間になくなってしまった。

「門松、これで日本酒買ってきてくれ。一升《いっしょう》のやつな」

曾根田が五千円札を門松に手渡した。門松が立ち上がって玄関へ向かおうとする。

今ここでどうにかしなければならない。そんな気がして焦った。

「みなさん、ちょっと聞いてください」

何をどう話そうかまとまらぬまま、先に声を発していた。

「どうしたんだよ、畏《かしこ》まって」

林が笑いながら尋ねる。

「しばらくの間、合い鍵を返してもらえませんか」

酔った勢いも手伝って、単刀直入に切り出した。浅野の「え？」という声が聞こえたきり、みな黙ったまま怪訝《けげん》そうな表情で僕を見ている。

「部屋の主に訊くのもなんだけど、なんで？」

林が僕に尋ねる。

「たいした事情はないけれど、でもちょっとした事情はあって……」

「おいおい、たいした事情じゃないんだったら、今のままでも……。なあ」

浅野が門松に同意を求める。門松は困惑した表情を浮かべながら無言で頷いた。

「いや、本当は結構重大な事情で……」

「なんだよ、はっきりしないなあ。ここがなくなったら俺たち居場所がなくなっちまうだろう。なあ義元、どうして……」

苛立つ浅野の言葉を遮るように曾根田が言った。

「浅野、野暮《やぼ》なことを訊くのは止めろよ」

少し間を置いてから曾根田はにやりと笑って言った。

「女に決まってるだろう」

林が「ああ」と含み笑いを浮かべながら呟いた。彼らの間に妙に納得した空気が流れる。

「そうではないのですが……」

戸惑う僕をよそに、曾根田は続ける。

「俺たち不逞《ふてい》の輩がこの部屋に勝手に出入りしていると困るような、重大な事情ができた。これから先、この部屋に大切な人が出入りするようになるから。つまりそういうことだ」

「いや、そういうことでもないんです」

僕はかぶりを振って否定した。

「もう隠さなくてもいいよ、義元」

林が唐突に呟いた。そして意味深な間を作ってから言った。

「実は俺、知ってるんだ、義元がいつも同じ女の子と一緒にいるの。もう三回くらい見かけたよ。あの小さい子、やっぱりそうだったんだな」

優しい眼差しを僕に向けながらしみじみと語る。僕は絶句した。どうやら友恵のことを言っているらしい。話が独り歩きし始めている。

「違う、違う。あの子は……」

僕が言いかけたところで、門松が「あの」と小さく手を上げ、ボソリと呟く。

「すんません、僕も見ました」

「やっぱり図星《ずぼし》、ビンゴだ」

曾根田がいよいよ我が意を得たりといった様子で手を叩く。

「でも、だからといって鍵を返さなければならないのか。義元が前の子と付き合ってた時は平気だったのに」

納得いかない様子の浅野を曾根田がなだめる。

「まったく、お前は気が回らない奴だな。前の子は一人暮らしだったから、あっちの家に行けた。でも今度の子は実家暮らし。そうだろう、義元」

「いいえ、一人暮らしですが……」

まるで「今度の子」という作り上げられた事実を肯定するような答えになってしま

った。

「まあ、いいから、いいから。潔く合い鍵は返そう。さあ、返した返した！」

曾根田の掛け声で皆それぞれ合い鍵を財布から取り出したり、キーホルダーから外したりして、うやうやしく僕に手渡した。結果として合い鍵を返してもらうという目的は達せられたのだが、後味が悪い。そして、こんなにもあっさり返却されると寂しい心地もした。

「今日は祝い酒だ。門松、大吟醸《だいぎんじょう》の一番いいやつ買ってこい！」

曾根田は一万円札を門松に手渡した。門松は一万五千円をポケットに入れていそいそと出かけて行った。

「で、今度の子はどんな子なのよ」

僕にそう尋ねながら曾根田はニヤリと笑う。話は「今度の子」友恵の話題で持ち切りになった。門松が上等な日本酒を買って戻ってくると一層盛り上がった。僕は「今度の子」ではないのだと断りつつ、友恵について語った。友恵が気象予報士の資格を持っていることを説明し終えたところで、僕は曾根田に参考書を見せながら言った。

「実は僕も、気象予報士試験を受けてみようと思うんです」

「これまた、どうして急に」

曾根田に問われて言葉に詰まった。すぐに答えられるようなはっきりとした理由が見当たらない。僕は答えぬまま曾根田に訊いた。

「空がどうして青いか、考えたことありますか」

「そういえばお前、俺にも訊いたことあったたな……」

浅野に言われて僕は頷く。曾根田は怪訝そうな表情を浮かべながら「さあ、考えたこともないね」と答えた。

「僕も考えたことすらありませんでした。ところが、分かってくると面白い」

僕はレイリー卿の話も交えながら空が青い理由について皆に話した。

「へえ。それは面白いな。でも、なんで気象予報士試験を受けようとまで思う」

「曾根田さん、野暮なことを訊くのは止めましょうぜ」

浅野がニヤニヤと笑いながら言った。

「資格試験の赤い糸か。いいなあ！」

林が楽しそうにはしゃいだ。この場はこれ以上否定してもだめだと諦めた。

「今度さ、その友恵ちゃんって子を俺らに紹介してくれよ。それでさ、いつか気象予報士合コンを開いてくれ。知り合いにお天気お姉さんとかいるんだろ？」

悪乗《わるの》りする浅野。

「その時は俺も呼んでくれ。幸せのお裾《すそ》分《わ》けをもらわなきゃな。いいだろ、義元」

曾根田が便乗して冷やかす。

「はあ、いいんじゃないですか」

　いいんじゃないですか。また言ってしまった。この場の勢いに流され、作り上げられた話はまるで既成事実のようになっていた。

　友恵の話が落ち着くと、曾根田が「お前らは浮いた話のひとつくらいないのか」と他の面々へ話を振った。浅野は苦笑し、林は「特に変わりなく」と流す。僕らは四六時中一緒にいながらも、恋愛の話をすることはあまりなかった。林は北海道の大学に通う高校時代からの彼女と、本人曰《いわ》く〝細く長く〟続いているらしい。浅野は軽い気持ちで女の子と付き合っては別れて長続きした例《ためし》がなく、門松に至っては女性の気配が少しも感じられなかった。

　林が「ふう」と大きく息を吐いて言った。

「義元、よかったなあ。でもこの部屋に来られなくなるのかと思うと寂しいなあ」

「そんな、大げさな……」

　林の言葉を受け流しながら僕は煙草の煙を外へ出すため窓を開け、付け加えた。

「時々遊びに来たらいい」

　いつの間にか蟬の声は止んでいた。遠くから雷鳴が聞こえ、窓の外へ手をかざすと雨粒がポツポツと落ちてくる。久しぶりの雨だ。

「まあ、外でもいいからたまには集まって飲もうぜ」

曾根田は笑顔で言った。気のせいか、前より少しやつれたように見えた。

雨はほどなく強まり、凄まじい雷雨に変わった。


合い鍵を返してもらうと、次の日から僕はすっかり一人になった。誰に気兼ねすることもない。これもひとつの自由だ。そして、マリーが言ったように自由は案外寂しいものだった。こんな静かな場所に一人で身を置くのは久しぶりで、なんとなく落ち着かない。たったの六畳しかないこの部屋がやけに広く感じられた。

おそらく僕は一人になりたがっていたのだ。でも一人になった途端、寂しくなった。冬には夏が恋しくなり、夏には冬が恋しくなるような気分だ。

長い間溜まり場になっていた部屋は、ひどく散らかっていた。入学したばかりの頃に実家から送られてきた小型掃除機が押し入れの中にしまってあるのだが、一度も使ったことがない。この機に大掃除をしようと思い立った。

まずは要らないものを捨てることにした。座卓の上には調味料や食器が何ヵ月も置かれたままになっている。有効期限をとうに過ぎた牛丼屋のポイントカードが醬油《しょうゆ》で座卓にへばりついていた。部屋の隅には物が無造作に積まれている。

ビールのキャンペーンでもらった奇妙なキャラクターの人形、割れたＣＤケース、埃まみれのティースプーンなど雑多なものがあちこちに転がっていた。浅野や林が読み捨てていった雑誌もたくさんある。テレビ台の下からは二年も前のコンビニのレシートが出てきた。

　テレビ台の中もガラクタで溢れていた。しかし奥のほうを探ると思いがけぬ大物が発見された。林のカメラだ。一時期、林は唐突に「写真をやる」と言い出し、この一眼レフのデジタルカメラを買って夢中になっていた。最近めっきりカメラの話をしなくなったと思ったら、僕の部屋に置きっぱなしになっていたのだ。カメラケースや説明書、充電器まで一式置いてあった。見たところ上等なカメラのようだ。次に会った時、返してやらなければいけない。

　ガラクタの山の下には四角いカンカンのクッキー箱が埋もれていた。引越しの時に実家から持ってきたものだ。箱を開けると中には高校の頃に使っていたノートが何冊か入っていた。表紙に『部活』と書かれたノートを開く。文芸部で作った俳句や短歌が記されている。どれも、目に入ったものをそのまま言葉にしたような作品ばかりだ。

〈青空に　カラスが一羽　飛んでいる〉

　少しもやる気の感じられないこの一句に目を留める。この句を書き留めた時のことを思い出す。顧問の国語教師から、三十分のうちに三十句作れと指示され、僕はノートとにらめっこをしながら思案していた。国語教師曰く、何も考えず心で感じたままの印象を句に表すための訓練だというのだが、どうしても頭で考えてしまう。苦し紛れに窓の外を見ると、カラスが一羽飛んでいた。

この時の僕は「青空に」と詠みながらもカラスしか見ておらず、ちゃんと空を見てはいなかった。

カラスの句の後、「空」を含んだ句が立て続けに記されている。

〈青空に 太陽ひとつ 浮かんでる〉

〈青空に 野球部の声 響いてる〉

こんな調子で五つほど、「青空に」から始まる句が続く。カラスが通り過ぎてしまった後で他のネタを拾い集めたのだろう。いくらなんでもこれはひどい。我ながら恥ずかしくなって苦笑した。今ならば空を見ながらもう少しマシな句をひねり出せるのではなかろうか。五・七・五のリズムで言葉を思案しかけ、ふと思い直して大掃除を再開する。

押し入れの中にまでメスを入れ、半日がかりでゴミ袋八つ分の不用品を捨てた。

翌日から、きれいになった部屋で心機一転、試験勉強を開始した。朝七時に起きて勉強を始め、夕方アルバイトに出かける。帰ってからまた少し勉強し、深夜一時前には布団に入る。きちんと布団の上で手足を伸ばして眠ると朝の目覚めがよい。サークル活動や飲み会への参加もしばらく控えることにして、勉強に集中した。毎日が充実していた。

参考書を読み、例題に挑戦する。正解すると、小さな達成感に包まれる。そして少しずつ空への理解を深めているような気がして、うれしくなる。

一方で、大きな壁にもぶち当たった。学ぶにつれ、天気の移ろいには熱エネルギーが大きく関わっていることを知った。物理の数式が随所に出てくるので、理数音痴の僕にとって頭が痛い。でも諦めず数式と向き合い、段々と理解できるようになった。日々トレーニングを積んで市民マラソンに出る人たちの気持ちが少し分かった。目標がひとつできると、力が漲《みなぎ》ってくる。僕の場合はそのきっかけが空だった。

勉強を始めてから十日間で参考書を二回通読した。しかし、まっしぐらに試験勉強をしていると時々、空を見ることを忘れてしまう。

八月に入ったばかりのある日、アルバイトもなかったので勉強に没頭《ぼっとう》し、気が付けば夕暮れ時。朝から一度も空を見ていなかった。猛暑の一日、見事な夏空が広がっていたはず。もったいないことをしたような気がした。

みかん箱の〝羽村友恵文庫〟の中から雲のハンドブックを取り出して開いた。様々な雲が写真とともに紹介されている。そして、それぞれの雲に点数が付されていた。

例えばよく見かける綿雲は十五点だが、より珍しい羊雲《ひつじぐも》は三十点、積乱雲は四十点。

その他にも滅多に見られない特殊な形の雲まで、何十種類もの雲が点数付きで載っている。

今日の空にはどんな雲が浮かんでいただろうと思いを巡らせているうちに、自分も珍しい雲を見つけたくなった。アルバイトのないあさって、完全に試験勉強を休みにして夏の空を見に行ってみようと思った。各駅停車の電車に揺られながら線路を行き、空を見渡し、雲を追いかける。

紅葉《もみじ》狩りならぬ〝雲狩り〟だ。せっかくだから夏空の雲を写真に収めてこようと考えた。

林に電話をかけ、部屋に置き忘れていたカメラを使わせてほしいと頼んでみた。林は快諾してくれた上、素人《しろうと》でもそこそこ上手く撮れる撮影モードを教えてくれた。

心を躍らせながらカメラを操作していると、携帯電話が鳴った。番号通知を見ると、電話帳には登録されていない番号からの着信だ。

「はい、もしもし」

不審に思いながら電話に出る。

〈こんばんは、城山さんの携帯電話ですか〉

声の主は友恵だった。小包を送ってもらう時に電話番号を教えたのを思い出した。

〈この前、大事なものを送り忘れていました〉

「大事なもの？」

〈気象予報士試験の過去問です。私が受けた頃のものですが、少し古いのですが〉

友恵は過去問を解く意義や効果について丁寧に説明してくれた。僕は相槌を打ちながらも、話の内容を半分も理解していなかった。妙に気持ちがそわそわするのだ。

〈今夜宅配便で送りますね。あさってには届くと思います〉

「ああ、あさっては一日家にいないんだ」

〈そうなんですか〉

「雲狩りに行ってくる」

訊かれたわけでもないのに、僕は家にいない理由を告げた。

〈雲狩り？〉

「そう、雲の鑑賞会みたいなものだよ。各駅停車の電車に乗って、ただぼーっと空を見に行こうと思って」

〈へえ、それは面白そうですね！〉

「あさってもし暇だったら、ガイドしてくれると嬉しいんだけど……」

〈私も行っていいんですか〉

「いいも悪いも、ぜひお願いします」

〈じゃあ、過去問はその時に持って行きますね〉

とんとん拍子《びょうし》に話が進んでしまったが、自分で誘っておきながら本当によいのだろうかという思いがよぎる。図らずも友恵と二人で遠出することになった。まるで曾根田たちの言葉に踊らされているみたいだ。

〈ところで、電車に乗ってどこへ行くんですか？〉

そう訊かれて答えに窮《きゅう》した。行くあてもなにも決めていなかったのだ。とりあえず待ち合わせ場所は決めなければならない。品川駅で待ち合わせて、その時の気分次第で西へ行くか東へ行くか決めることにした。電話を切ってからもしばらく、そわそわする感覚が消えなかった。

二日後、早朝に家を出て品川駅の改札口で友恵と合流した。僕は待ち合わせの時刻に十分遅刻してしまった。あまり早く出かけたら、張り切っているようで浅ましいのでギリギリに家を出よう。そんなつまらないことを考えているうちに、間に合わなくなってしまったのだ。

改札口の脇に、ノースリーブの青いワンピースを着た友恵が立っていた。僕は小走りで駆けて行き、友恵に詫びた。

「遅くなって申し訳ない」

「はい、中国語でどうぞ」

友恵はマイクを差し出す真似をしながら言った。

「対不起、我遅到了」

遅れたお詫びに、進む方角の選択権を友恵に委ねた。友恵は「直感で西」と答えたので、熱海《あたみ》行きの東海道線に乗った。車窓から朝焼けが見られると思っていたが夏の日の出は早く、発車の頃には空がすっかり明るくなっていた。

僕らは一号車の一番前の座席に並んで座った。ここならば運転席の窓からも線路の彼方に広がる空が見える。

車内を見渡し、今日は日曜日だったことを思い出した。釣りの道具を持った人、大きなリュックサックを背負った中高年の登山客の団体、家族連れなどがまばらに座っている。

列車はまだ眠りから醒めぬ日曜の街を抜けてゆく。車窓からまばゆい朝陽が射し込み、ビルを通り過ぎる度に影が差した。釣り人は眠り、登山客たちは握り飯を食べながら談笑する。五歳ぐらいの男の子が車内を走り回り、父親がそれを叱り飛ばして席へ連れ戻した。

電車が多摩川《たまがわ》の鉄橋に差し掛かった時、ゆっくりと流れる綿雲に太陽が隠れ、一条の光が雲の切れ間からこぼれる。次の瞬間、無数の光線が雲の隙間から一斉に放たれ、地上に降り注いだ。

ほお。神々しい光景に僕は身を乗り出して感嘆した。

「この前貸してもらった空の写真集に載っていた気がする」

「あれは〝天使の梯子《はしご》〟です」

「誰が名付けたんだろう。素晴らしいセンスだ」

雲から放たれた無数の光線は、なるほど、天使が差しのべた梯子のように見える。

座席を立って自動扉の前へ行き、ガラス越しにシャッターを切った。林のカメラは感度がよく、ボタンを押すとすぐに反応してくれる。

「そのカメラ、すごいですね。私のは全然」

友恵は携帯電話のカメラを構えながら感心する。

「友達のカメラを借りて来たんだ。これは使いやすい」

天使の梯子が見えなくなるまで、僕は何度もシャッターを切った。

横浜を過ぎ、電車は西へひた走る。沿線には高い建物が少なくなり、空がよく見渡せるようになる。日が高くなると空の青みが深まり、白く輝く綿雲が浮かんできた。やがて地平線から生え出るように入道雲《にゅうどうぐも》が湧き上がる。

車内は空いていたが僕らは自動扉の前に立ったまま、ひたすら車窓の外を流れる空を眺め、面白い雲を探した。

小田原《おだわら》を過ぎた辺りからしばしの間、電車は海岸沿いを走る。海側に雲は見当たらず、相模湾《さがみわん》の向こう、太平洋の水平線が空の青と海の青をはっきりと隔てている。海岸の岩場に立つ高い崖から一羽のカモメが躍り出て、羽を緩やかに動かしながら漂っていた。

〈白鳥《しらとり》は哀しからずや空の青　海のあをにも染まずただよふ〉

放浪の歌人、若山牧水《わかやまぼくすい》の歌が頭に浮かんだ。しばしば自由を連想させる空の鳥に「悲しくないのか」と問う。それは放浪の旅に身を置いた自身に向けての問いでもあったのだろうか。

夏空の濃い青みと海の青みの中を一羽で漂うカモメの白さは、自由でもあり孤独でもあるようにみえる。

「マリーさんが言うように、自由って案外寂しいものなのかもしれない」

僕が呟くと友恵は「そうかもしれませんね」と応えた。

トンネルをいくつも通り、終点の熱海に着いた。品川を出る時は折角だから熱海の温泉街を歩いてみるのもよいと思っていたのだが、車窓から空を見ているうちにどうでもよくなっていた。

向かい側のホームで待っていた浜松《はままつ》行きの電車に乗った。発車までしばらく時間があったのでさっき思い浮かべた牧水の歌とマリーのことを話していると、友恵が思い出したように言った。

「そうだ、マリーさんのホームページがあるんですよ」

携帯電話で検索サイトにアクセスし「マリー」で検索すると、上位から二番目に〝歌うババア マリーのホームページ〟が表示された。「マリー・アントワネット」の次だ。驚いた。どうやってここまで表示順位を上げたのだろうか。

ホームページは携帯電話向けに変換表示されていた。僕らの前ではあまり多くを語らなかったが、そこにはマリーの経歴や現在の活動内容などが詳細に記されている。

本名は高木《たかぎ》真理《まり》。一九四五年東京都生まれ。ブルースデュオ『ストーミーズ』でデビューし、シングルレコードを二枚出した後解散。その後も音楽活動を続けている。

見た目の印象よりも実年齢がずっと若いことを知り、驚いた。

活動状況のページにはライブの案内が親切に記されていた。見やすいホームページなのだが、どうも彼女の印象には似つかわしくないような気がした。

電車は熱海を発車し、僕らは再び空を眺める。

東西に長い静岡県を各駅停車で進むと、改めてその広さを実感する。静岡の西端の町で生まれ育った僕にとって、東海道沿いの鉄道行はお馴染みのはずだった。でも不思議なことに、車窓の外の風景にはあまり馴染みがない。今まで僕は何も見ずに通り過ぎていたのだ。窓の外に広がる景色を見ることもなく、漫画を読んだり、携帯電話をいじったりしながら過ごしていた。

なんともったいないことをしていたのだろう。こうやって頭を空っぽにして空を眺めている時間がとても贅沢《ぜいたく》な時間であるように思えた。静が言ったように、小さなことがどうでもよく感じられる。そして、一旦「どうでもいい」と空へ向かって投げた感情が、別の感情に変換されてブーメランのように返ってくるような気がするのだ。この感情がなにものなのか分からないのだが、悪いものではなかった。

今感じていることを友恵に話してみようかと思ったが、上手く言葉にできない。何と言い表わせばよいのだろうか、分からないまま僕はたくさんの空の写真を撮った。

いつしか僕らは席を立ち、自動扉の前に張り付いて流れる雲を追いかけた。僕はカメラを手にして被写体を探す。一方、友恵はじっと遠くの一点を見つめている。

「なにか面白いものでも見つけた?」

僕が尋ねると友恵は窓の外を指差しながら答えた。

「あの雲、山の後ろから覆いかぶさるように成長しています」

北東に見える山地の向こう側に、湿気をたっぷりと含んでいそうな大きな綿雲が湧いていた。ドライアイスのように次々と立ち込め、ぐんぐんと高くなる。

しばらく行くと富士山が見えてきた。北西方向の空には雲はほとんど見当たらないのに、富士山の周りにだけたくさんの綿雲が浮かんでいた。気流が山にぶつかって上昇し、雲ができるらしい。富士山が雲のマフラーを巻いているように見えた。

ひたすら西へ進み、電車は終点の浜松に到着しようとしていた。

「ああ、とうとう実家のほうまで来ちゃったか」

「え、この近くなんですか？」

「うん。湖を隔てて向こう側だけどね。みかん畑の広がる小さな町」

「へえ……。あの、城山さんはなんで義元っていう名前なんですか？」

「どうしたの急に」

「いえ、義元といえば歴史上の人物に……」

「ああ、お察しの通りだよ。父親が付けたんだ」

「やっぱりそうでしたか」

市役所に勤める父親は、地元静岡で隆盛《りゅうせい》を誇った戦国大名・今川義元《いまがわよしもと》の名を取って僕に命名した。今川義元のように偉くなってほしいという願いを込めたらしい。

小学生の頃に読んだ『織田信長《おだのぶなが》』という歴史漫画によると、今川義元は織田の領土に攻め入り各地で連戦連勝、浮かれて桶狭間《おけはざま》で前祝いの酒盛りをしているところへ信長の奇襲を受けて死んだ。その漫画を読んだ時には子供心にショックを受けた。

「センスのない命名だよね。今川義元は桶狭間で信長にやられた人、愚かな大将として有名だ」

「そうでしょうか。私は、今川義元さんは悲運の人だと思います」

「自分の不注意で招いた悲運のような気もするけれど……」

「高校の時、日本史の先生が言っていました。今川義元は領土をよく治めた名君だったって。史料によると桶狭間の戦いは梅雨の時季で、当日は暴風雨だったそうです。ヒョウが降ったという記録も残っていると聞きました」

友恵は桶狭間の戦いについて事細かに語った。油断して休憩中だったとか酒盛りをしていたという説も真偽の程は定かでないという。

「雷の音と視界も霞むほどの暴風雨で、今川軍は織田の軍勢が接近していることに気付かなかったという説もあります」

「天女は、歴女でもあったんだな」

あまり詳しいので僕は驚いて言った。

「そういうわけではなくて、たまたま今川義元さんと桶狭間のことは印象に残っていたんです。短時間の大雨が歴史を変えてしまうことがあるんだなあって」

「天が信長に味方したということかな」

友恵は頷いた。

「もしかすると、この戦いで江戸時代ぐらいまでの流れが決まってしまったのではないでしょうか。今川方に後の徳川家康《とくがわいえやす》がいて、織田方には後の豊臣秀吉《とよとみひでよし》がいました。家康は桶狭間の後に衰えた今川家から独立して信長と同盟を結びます。桶狭間の日の豪雨が歴史の行方を大きく左右したのかもしれません」

「確かに……。その雨がなかったら徳川幕府もできていなかったりして」

「歴史上の出来事を知る時、その日はどんな天気で、その場にいた人たちが見た空はどんな空だったのか分かったら楽しいだろうなあって思います」

「面白い。それが分かったら、新しい研究ができそうだな。歴史気象学なんていう」

僕がそう言うと友恵は笑った。そして、僕のほうへ向き直って言った。

「義元さんって、いい名前じゃないですか」

僕はどぎまぎして「そうかな」とぶっきらぼうに答える。

「お盆は実家に帰らないんですか？」

「いや、少なくとも八月の試験が終わるまでは帰らないと思う」

本当のところは試験の有無に拘わらず、あまり帰りたいとは思わなかった。

「羽村さんは、実家に帰るの？」

「はい。お盆から学校が始まるまで。お父さん一人で寂しいでしょうし」

実家で一ヵ月も過ごすなんて、随分長いなあと感じた。そういえば友恵は学期中の週末も新潟の実家へ度々帰っているようだった。

浜松の駅を降り、昼飯にうなぎを食べた。子供の頃家族で何度か来たことのある、安くて美味いうなぎ屋に入った。浜名湖で養殖されたうなぎなのだが、友恵が「天然のうなぎは美味しい」とあまりに感動するものだから言い出せなかった。

日が暮れ終わる頃品川に帰着するよう時間を調整し、熱海行きの電車に乗った。僕らはボックス席で向かい合って座った。富士山の見える北側の席を選んだ。発車して間もなく、友恵がうとうとと舟を漕《こ》ぎ始めた。

「あ、すみません」

「謝ることないよ」

朝が早かったため、さすがに眠い。僕も頭がぼーっとしてきたところだった。

友恵は窓に頭を預けて眠った。その寝顔を見ながら曾根田たちの「今度の子」という言葉が頭をよぎり、慌《あわ》てて車窓の外へ目を向けた。田んぼは黄金《こがね》色に色づき始めている。やや淡くなった青空を眺めながら、いつの間にか僕も眠りに落ちていた。

目覚めると、車内がざわめいていた。隣の家族連れの席では子供が「富士山、帽子かぶってる」とはしゃいでいる。窓の外を見ると、富士山の頂上から五分の一ほどの辺りまでが白い雲ですっぽりと覆われていた。それも、ただ雲に覆われているだけではない。まるで白い茶碗《ちゃわん》を伏せて富士山の頭にかぶせたかのようだ。

「城山さん、笠雲《かさぐも》ですよ。カメラ、カメラ！」

目を覚ました友恵に急かされ、僕は慌ててシャッターを切った。なるほど時代劇で見られるかぶり笠に似ている。

「どうやったらあんな雲ができるの」

「湿った風が山の斜面を頂上まで駆け上って、また駆け下りて、その流れに沿って雲ができるんです」

やがて富士山の東側にもうひとつ、笠雲を裏返したような大きな雲が見えた。乗客はみな口々に感嘆し、富士山側の窓へ釘づけになっている。

「なんだ、あれ……」

「すごい……。吊るし雲です」

「空にでっかい独楽《こま》を回しているみたいだ」

吊るし雲は山にぶつかって分かれた風が再び合流したところにできるのだという。山に笠雲や吊るし雲ができるのは天気が下り坂になるサインであるらしい。カメラを構えて何度もシャッターを切った。製紙工場の建物に遮られながらも、富士山の笠雲と吊るし雲を捉えた。

熱海で電車を乗り継いだ頃にはだいぶ日が傾いていた。熱海から小田原に至る途中、根府川《ねぶかわ》駅という、海に面した無人駅がある。誰もいないホームの向こう、空がオレンジ色に焼け、西日が波間に映えて輝いていた。

藤沢《ふじさわ》の辺りで太陽はついに遥か西の山々の稜線《りょうせん》に接し、みるみるうちに山の向こうへと姿を隠していった。

「地球って、本当に回っているんだな」

「夕陽の沈む速さは、地球が回る速さなんですよね」

太陽がすっかり隠れた後も、残照が西の空をオレンジ色に染めていた。

「今日撮った写真、見せてください」

そう言うと友恵は向かいの席から移って、僕の隣に座った。僕はデジタルカメラを操作し、ディスプレイで一枚目の写真から振り返る。

「城山さん、写真撮るの上手ですね」

「まさか。ど素人だよ」

しかし確かに写真は美しかった。カメラが良くて被写体が美しいと、僕でもそこそこ魅力的な写真が撮れてしまうものだと驚かされる。

帰り道に撮った笠雲の写真が表示されると友恵は「わあ」と声を上げた。

「これ、ベストショットじゃないですか？」

横から覗き込んでいた友恵が、カメラに顔を近付ける。僕は平静ではいられなくなり、さりげなく友恵から身体を離した。

旅はもうすぐ終わろうとしている。今日の日帰り旅行は机を離れての実習であり、そのために友恵を呼んで教えを請うただけだ。そう考えようとしたが、少し無理があった。

第五章　長い夏

酷暑に見舞われたお盆、熱射病の被害が連日ニュースで取り上げられていた。友恵と雲狩り旅行へ出かけて以来、僕は試験勉強の合間にアパートの近所を歩きながら空を眺めるようになった。出歩く時には必ず林から借りたカメラを持って行く。絶えず移り変わる空の中からワンシーンを切り取って記録する作業が楽しかった。

盆明けの午後、久しぶりに講堂前へ行ってみた。空の青みはやや淡く、これは〝ガリガリブルー〟だと思った。子供の頃、夏休みによく食べたアイスの『ガリガリ君』ソーダ味がちょうどこんな色をしている。遥か西の彼方にはいつにも増して雄大な入道雲が立ち込めていた。

暑さも忘れて学校の周りを二時間ばかり歩きながらシャッターを切り続けていたのだが、これがいけなかった。帰り道、住宅街の真っ直ぐな道を歩いていると急に気分が悪くなった。

ゆらゆらと揺れる陽炎の向こう、アスファルトの道路の遥か前方が水たまりで黒く濡れているように見える。朦朧《もうろう》としながら歩く僕の横を、虫取り網を持った子供たちが水たまりに向かって全速力で駆けていった。先頭を駆けていた男の子が興奮気味に叫んだ。

「すげえ！　水たまり、全然近付かねえぞ！」

逃げ水は真夏の蜃気楼《しんきろう》。追いかけても、追いかけても、逃げてゆく。力を振り絞って夏空の下のワンシーンをカメラに収めた。

そうこうしているうちにめまいがひどくなり、呼吸をするのも辛くなってきた。十メートルほど先に自動販売機が見えたので「助かった」と思い財布を取り出して開いたところ、十円玉が四枚しか入っていない。まるで砂漠の真ん中に取り残されたみたいだ。

膝に手を当ててうなだれながら、近くの民家に水を請おうかと本気で考えた。すると後ろからガラガラと車輪の音が聞こえてきた。首だけ後ろへ向けると、ベビーカーを押した女性がこちらへ歩いてくるのが見えた。

今度こそ助かった。言い知れぬ安堵感《あんどかん》で力が抜けてゆく。その女性は静だった。

「あら、山城君？　こんなところで。お久しぶり」

「城山です……」

僕はしぼり出すようにして声を発した。

「ちょっと、どうしたの？　ひどい顔色……」

静はすぐに自動販売機でミネラルウォーターを二本買ってくれた。僕はそのうちの一本で喉を潤し、もう一本を頭から被った。そして涼める場所を探し、近くの喫茶店へ避難した。

背の高い初老の紳士が一人でやっている小さな喫茶店だった。静は「お盆のさ中に開いてる喫茶店が見つかるなんて、やっぱり日ごろの行いね」と得意げに言った。

僕はアイスコーヒーを飲みながらいきさつを話すと、静は呆れて笑った。

「こんな中で二時間も歩き回るなんて無茶よ。で、どんな写真が撮れたの」

「命がけの写真です」

カメラを差し出して、撮り貯めた写真をディスプレイに再生して見せた。入道雲の写真に静はしきりに感心した。うれしくなって、友恵と行った雲狩り旅行の時の写真も見せた。

写真を見ながら静は言った。

「そういえば気象予報士試験、受けるんだって？」

「どうして知っているんですか」

「友恵ちゃんから聞いたのよ。仲間ができたって、すごくうれしそうに話してた」

「仲間、ですか」

うれしいような切ないような気持ちがよぎった。

「いいなあ。できることなら私も挑戦してみたいけれど、今は時間も体力も厳しい。でも、空を見上げる心の余裕だけは大切にしたい」

「心の余裕……」

「ああ、よく分からないかな。心に余裕がなくなると空を見ることさえ忘れちゃうの。家の中で色々なことに追われて何日も空を見なかったことがあって。その時久々に外へ買い物に出て見上げた真っ青な空は忘れられない」

「だから講堂前の広場に空を見にくるようになったんですか」

「そう。そら見やがれ！」

静の声に応えるかのように、ベビーカーの中で千春が「うっくう」と声を発した。

「大きくなりましたね」

「そうでしょう。赤ちゃんはすごい速さで大きくなるの。まるで呼吸をする度に身体の中の細胞が分裂しているみたい。ねえ、チーちゃん」

静が話しかけると千春は胸元のよだれかけを両手で引っ張り、声を上げて笑う。前に会った時から二ヵ月の間に、見違えるほど表情が豊かになっている。

「さて、そろそろ時間が……。先に帰るけど、城山君はしばらく涼んでいって」

「ありがとうございます。すみませんでした、迷惑をかけてしまって」

「よかったのよ。こんなことでもないと、喫茶店なんて行けないから」

「喫茶店にも行けないぐらい忙しいんですか……」

「いや、お義母さんに怒られるの。買い物へ行く時はその都度きっかり一万円渡されて、レシートは全て提出。お釣りはびた一文違わず返さないとコソ泥《どろ》扱いなんだから」

「そんな……。今から家に戻ってお金を持ってきます」

「今日はいいの。暑さで倒れそうな人を助けましたって、堂々と話すから。最近、覚悟を決めたの。言われっぱなしじゃだめ。負けてたまるかって」

「ではお言葉に甘えて……。ありがとうございました」

「こちらこそ、思いがけずお茶できて楽しかった」

伝票を持って立ち上がろうとする静を「あの」と呼び止めた。

「もしひどく叱られたら、僕に電話してください。僕がお義母さんと直接お話しして証明しますから。私が道端でぶっ倒れそうになって静さんに助けられた者ですって」

僕は鞄からペンを取り出し、紙ナプキンに電話番号を書いて手渡した。

「あはは、いつもそうやって上手いこと理由付けて、女の子と連絡先交換してるんでしょう」

静は笑いながら携帯電話を操作する。ほどなく僕の携帯電話が一度だけ鳴った。

「それ、私の番号。二十歳の男の子と番号交換しちゃうなんて、私も捨てたもんじゃないかも」

静は「よいしょ」と小声で呟いて立ち上がり、千春に「さあ、帰るよ」と声を掛けた。その声は自分に言い聞かせているようにも聞こえた。

喫茶店で涼んで灼熱地獄《しゃくねつじごく》から生還。なんとかアパートに辿り着いて郵便受けを開けると、葉書《はがき》が一枚入っていた。友恵からの残暑見舞いだった。

〈残暑お見舞い申し上げます。こちら新潟も東京と同じぐらい暑いです。試験まであと少し、頑張ってください。そして体に気をつけてください〉

新潟の実家から出したものらしい。返事を出そうにも実家の住所が書かれていない。電話をかけようと思い、携帯電話のボタンに手を掛けたが止めた。わざわざ電話をするほどのことだろうか。つまらない自尊心が邪魔をする。

こんな時こそメールが便利なのだが、メールアドレスを知らない。

〝羽村友恵文庫〟のみかん箱に貼られた宅配便の伝票に、友恵のアパートの住所が書いてある。残暑見舞いを書いてアパート宛てに送ることにした。まるで残暑見舞いの例文のようなお定まりの言葉を並べて葉書のスペースを埋めた。友恵が戻ってきてこの葉書を見るのは一ヵ月後だ。

「まあいいか」

葉書をポストに投函しながら思わず呟いた。

それからも僕は友達と遊ぶこともなく、酒も飲まずに勉強を続けた。八月も終わりに差し掛かると少し人恋しくなる。しかし林と門松は実家に帰り、浅野は長野のペンションで住み込みのアルバイトに精を出していた。

いよいよ試験前夜。僕は普段と変わらず夕方まで勉強し、それからアルバイトへ出かけた。発注業務を終えてレジの回りの備品を整理していると、入口で来客のサイン音が鳴った。僕は作業をしながら顔を上げ、「いらっしゃいませ」と声を掛ける。髪を紫色に染めたふくよかな婦人がレジカウンターへ向かって歩いてくる。この店の要注意客〝紫婦人《むらさきふじん》〟だ。

「いらっしゃいませ」

久しぶりの来店に、アルバイト店員は皆身構える。レジカウンターの中にいるのは僕だけで、他は売り場の床掃除や品出しをしていた。

紫婦人は店内を一瞥《いちべつ》し、レジカウンターへ向かってくる。そして僕に言った。

「店長さんはいらっしゃいますか」

言葉遣いこそ丁寧だが声色は冷たい。声からあらゆる感情を取り去って敵意だけを残したかのような冷たさだ。

「少々お待ちいただけますか」

　僕が呼び出すよりも早く、藤吉店長がスタッフルームから出てきた。防犯カメラのモニターで店内の様子を見て、慌てて出てきたのだろう。

「どうもこんばんは。いやあ、相変わらず暑いですねえ」

　店長は精一杯の笑顔を作りながら紫婦人に挨拶をする。紫婦人はそれには応えず、手に持っていたビニール袋をレジカウンターの上に差し出した。

「まだこういうことをおやりになっているんですね」

　紫婦人が差し出した袋の中にはキャットフードが入っていた。店長はいたずらを見つけられた子供のようにうつむき、苦笑している。

「猫たちはいつになったらいなくなるんですか」

「いえ、その、今里親を急いで探しているところでして……」

「いついなくなるのかと聞いているんです」

　紫婦人は少し語気を荒げて問い詰める。

「なかなかすぐには……。でも、この間も一人貰い手が見つかりましてね」

「何度言わせるんですか。あなたがこういうことをするから猫が寄ってくるんでしょう。不衛生だし、迷惑なんです」

「本当に、ご迷惑おかけします。申し訳ありません」

「あなたが迷惑行為を続けていることを、こちらの本部の方には改めて連絡させて頂きますので、あしからず」

そう言い残すと紫婦人は早足で店を出ていった。

紫婦人は近所のマンションに住んでいる。本人曰く大の猫嫌いらしく、以前に本部へクレームを入れたのもこの人だ。

「参ったな。また怒られちゃったよ……」

店長は苦笑いしながら僕に言った。そして独り言のように呟く。

「迷惑かけてる俺が悪い。分かってるんだけどさ……」

立ち読みをしていたお客さんがペットボトルを手に取ってレジに向かって歩いてくる。僕が応対しようとするのを店長が制した。

「シロちゃんは、おでんの補充しといて」

「了解です」

スタッフルームの冷蔵庫からおでんの具を取り出した。

まだ八月なのに、スマイルマートではおでんがよく売れていた。去年も八月の終わり頃からおでんの売り上げが増え始めたのを覚えている。

この不思議な現象はスマイルマートに限らず多くのコンビニで起こっていることらしく、つい先日テレビの情報番組で取り上げられていた。例年八月の終わりにさしかかるとお客さんの味覚が夏物に飽き、秋〜冬のものを先取りする傾向があるらしい。〈天気は人の気分を左右し、人の気分は買いたい物や食べたい物を左右する〉前に店長に教わったことを改めて実感した。命あるものの心と身体は空と連動している。

帰り際、店長がコンピューターの画面で発注データを確認する。冷やし中華は数を抑えて発注してある。

「どうでしょうか」

僕が訊くと店長は親指を立てて応える。

「グッチョだ。もうすっかり慣れたね。じゃあ、明日の試験頑張れよ」

店長はポケットマネーで惣菜パン三つと缶コーヒーを買って手渡してくれた。

翌朝、僕は朝六時に起きてゆっくりと準備を整えた。身支度を済ませた後、時間の許す限り参考書を読み返す。受験票と筆記用具と参考書、それに店長からもらった惣菜パンと缶コーヒーをバッグに入れ、家を出る。

ディープブルーの空には、南風に吹き流されて帯状に伸びた細長い雲が何本も平行に走っていた。

気象予報士試験の会場は東京大学の駒場《こまば》キャンパス。山手線で渋谷《しぶや》駅まで出てから、京王井《けいおうい》の頭線《かしら》へ乗り継ぐ。駒場東大前駅で降りるとホームは人でごった返していた。

例年のおおよその受験者数は知っているはずなのに、この人波を目の当たりにすると改めて驚く。空に関心を持ち、学んでいる人たちがこれだけいるのだ。

正門の脇には「気象予報士試験会場」と記された大きな看板が立てられていた。受験者は受験番号順にグループ分けされ、グループ毎に教室が指定されている。構内の至る所に試験の係員が立ち、受験者を誘導していた。僕は掲示板で自分の受験番号と教室番号を確認し、教室に入った。

教室を見渡したところ学生よりも社会人が多い。年齢層も幅広く、年配の人も大勢いるようだ。試験開始を待つ間、多くの人が机の上に参考書や問題集を広げて熱心に見入っていた。

午前中の学科試験はマークシート式で、一般知識と専門知識に分かれている。問題数はそれぞれ十五問ずつ、合格ラインは例年正答率七割程度であるといわれている。

前半の一般知識は思いのほか手応えがあった。気象学の一般的知識を問う問題に加え、気象業務法などの法律に関する問題が出題される。数式を使った計算が必要な問題もあって苦戦したが、その他の問題は自信を持って解答できた。淡い期待が頭をよぎる。

しかしそんな期待も束の間、次の専門知識でつまずいた。専門知識の試験では気象観測データの分析手法、予報の手法、気象災害など予報業務に直結する問題が出題される。興味を惹かれる一般知識に勉強の重点が偏っていたため、専門知識は手薄になっていた。とりあえず全ての問題に答えたが、合格ラインに満たないのは明らかだった。

昼休み、参考書を持って中庭へ出た。木製のベンチに腰掛けて昼飯を食べ、午後の実技試験に向けて参考書に目を通す。

蟬時雨に耳を澄ますとアブラゼミ、ミンミンゼミの声に混じってクマゼミの声が聞こえてくる。南の方にしか生息していなかったクマゼミが近年は関東地方にも増えてきている。一方で今年はまだツクツクボウシの鳴き声を聞いていない。記録的な猛暑で秋からの使者も出遅れているようだ。

中庭には陽射しが容赦なく照りつけていた。しかし教室の冷房が効きすぎていて学科試験の間に身体の芯まで冷え切っていたので、強烈な陽射しも心地よく感じられる。

腕をもう片方の手で交互にさすって温めていると、隣に座っているおじさんが話しかけてきた。

「大丈夫？　中は寒くて仕方がないね」

「はい。しばらくここで温まっていきます」

「試験受けるの、何回目？」

おじさんは僕に尋ね、缶コーヒーを一口飲んだ。

「今回が初めてです」

「そうか。俺はもう五回目だよ。どうだった、午前中の調子は」

「非常に厳しいです……」

「まあ、初めてなら仕方ないよ。俺もどうやらまた負け戦だ。がっかりだね」

そう言いながらおじさんは意外と楽しそうに笑った。見たところ五十歳ぐらいだろうか、日に焼けて黒光りした顔に皺が刻まれている。

中庭の隅には喫煙スペースがあり、大勢の人が煙草を吸っている。三十歳前後の男が四人集まって、午前中の学科試験の問題を広げて何やら語り合っていた。

「あれは、答え合わせをしているのでしょうか」

「そうだね。あの人らは多分、資格試験の予備校か何かの仲間同士だろう。みんな頑張ってる。俺みたいに中途半端じゃ、なかなか受からないわけだ。がっかりだね」

おじさんはまた楽しそうに笑った。あまりがっかりしているようには見えない。僕は尋ねた。

「どうして気象予報士試験を受けようと思ったんですか」

「どうしてかねえ。まあ、趣味みたいなものかな」

「趣味……ですか」

「俺の場合は元はと言えば山登りが好きでね、毎週のように山へ行くんだ。だからいつも天気が気になる。それに、山に登ると色々な空の表情が見られる。それで空に興味が湧いてきてさ」

「やっぱり山の天気は変わりやすいんですか」

「ああ、ころころ変わるよ。だから天気予報だけでなく、歩きながら絶えず空模様を見るんだ」

「なるほど」

「山から見る空はすごいぞ。時には雲を上から見下ろしたりしてね。普段は雲の腹ばかり見てるけれど、山に登ると雲の背中が見える」

「雲海ですか」

「そう。あれは何度見ても感動するね。そうかと思えば、真っ黒い雲から雷が突き上げてくることもある。下から上に、バーンとね」

「恐ろしいですね……」

「嵐に遭って死ぬかと思ったこともあったよ。その時はもうこりごりだと思った。でも次の週にはまた別の山に登ってたな。ところでお兄さんは学生さん？」

「はい。なんだか見たところ、学生は少ないようですね」

「言われてみれば、そうかもね。お兄さんは、どうして気象予報士になりたいの」

「どうしてでしょう。どうやら気象予報士になりたい、というわけではないようなんです」

「これはまた、他人事みたいな言い方するね」

おじさんは笑った。

「空のことを知りたいという目的が先にあって、その手段として勉強しているというか……。こんな中途半端なことを言うと本気で資格を目指している人に怒られるかもしれませんが」

「いや、いいじゃないか。それぞれ道は違っても、元をたどれば空のことを知りたいっていう気持ちに行きつくんじゃないかな。俺はいいと思う」

「ありがとうございます」

腕時計を見ると、昼休みは残り十五分になっていた。結局、実技試験の勉強はできなかったが、おじさんと話せてよかったと思えた。

目の前を若い女性の二人組が歩いてゆく。二人とも美しく、思わず目で追ってしまった。

「いやあ、眩《まぶ》しいね。あれはお天気キャスターの卵かな」

芸能事務所のタレントがお天気キャスターを目指して試験を受けることもあるらしい。

この場にいる人たちは皆、何らかの形で空に惹かれ、空を知ろうとする人たち。そして空に抱く思いは様々なのだと感じた。

「じゃあ、午後もお互い頑張ろう」

おじさんは「よっこらせ」と腰を上げて試験会場へ戻っていった。

午後の実技試験は難し過ぎて、歯が立たなかった。まず試験開始と同時に教室中から紙を破る音が聞こえ、僕は何が起こったのか分からず戸惑った。カンニングにならぬよう気を付けつつ周りの様子を窺うと、どうやら問題用紙の冊子から天気図のページを切り離しているようだ。そして切り離した天気図をダブルクリップで留め、天気図だけの冊子を作る。机上に出してよいものの中に〝ペーパークリップ〟が含まれている理由を初めて知った。僕はクリップを持って来ていない。事前の心構えからして、既に負けていた。

天気図をめくる音が教室中に響く。実技試験ではある日、ある地点における時間毎の天気図をもとに気象状況を把握し、どのように変わってゆくか予測する。どの問題も生半可な理解では答えられないようになっている。地上の天気図だけでなく、上空の天気図とも照らし合わせて読み解かなければならない。

二ヵ月足らずの勉強で受かるほど甘くないことは分かっていた。でも悔しかった。それと同時に、ベストは尽くしたという充実感もあった。学校の試験の時には味わったことのない感覚だ。敗れてもなおすがすがしい気持ちで試験会場を後にした。

京王井の頭線に乗り、渋谷駅で降りて山手線へ乗り継ぐ。残暑が厳しいとはいえ九月ももう間近、夕方になると秋の気配が漂う。夏至から二ヵ月が過ぎ、だいぶ日が短くなった。四時を過ぎると青空がうっすらと赤みを帯びてくる。

蒸し暑いホームから山手線の電車に乗り込むと、ひんやりした空気が身体を包む。混みあう車内で、僕は自動扉の前に立って試験問題を見ていた。

それから、ふと窓の外へ目を遣る。僕は思わず歓声を上げそうになり、すんでのところで飲み込んだ。太陽の真上、虹が逆さまになって横たわっていたのだ。周りの乗客は誰も気付いていないようだ。「ほら、逆さ虹ですよ」とみんなに知らせたい。

この太陽の上にかかった短い虹色の帯は、〝環天頂《かんてんちょう》アーク〟だ。虹を裏返したように見えるため、〝逆さ虹〟とも呼ばれるが、虹とは生い立ちが異なる。虹は水の粒に、環天頂アークは氷の粒に反射して生まれる。友恵に借りた本で知ったが、実物を見るのは初めてだ。

さらによく見ると、オレンジ色の太陽を挟んで左右対称に大きな虹色の点が浮かんでいた。太陽の分身、〝幻日《げんじつ》〟。太陽が犬を連れているように見えることから〝サンドッグ〟とも呼ばれる。このような現象は、少し前ならば見過ごしていただろう。

この瞬間を逃すまいと、バッグからカメラを取り出して急いでレンズを向けた。周りの乗客が僕の方へ目を向ける。その視線を感じながら僕は「こっちじゃなくて窓の外を見て」と願うような気持ちで二度、三度とシャッターを切った。

しかしそんな僕だって、気象予報士の勉強をしていなければ、環天頂アークや幻日を知ることはなかったかもしれない。そして林が僕の部屋にカメラを忘れていかなかったら、この光景を切り取って残したいなんて思わなかっただろう。バラバラにやってきたことが、知らぬ間につながっている。

車窓の外の被写体は、流れるビルに見え隠れしてなかなか上手く撮れない。何度もシャッターを切っていると、近くに立っていた幼い女の子が声を上げた。

「あ！　虹が逆さまになってる」

その声に釣られて女の子の母親が、そして周りの乗客がようやく窓の外へ目を向けた。携帯のカメラで写真を撮る人、窓に顔を近づけて見入る人もいる。

空には小さな幸せがたくさん見つかる。

もう一度カメラを構えながら、明日からまた試験に向けて勉強しようと思った。

九月に入ってからも厳しい残暑が続いた。

大学の後期が始まる直前、両親に呼び出されて実家に帰らなければならなくなった。一月の成人式で帰省《きせい》して以来、八ヵ月ぶりだ。その間に僕は語学で落第し、前期試験に惨敗。ますます親に合わせる顔がなくなっていた。

いつもは新幹線を使って帰っていたが、この前の雲狩り旅行と同じく各駅停車でゆっくり帰ることにした。ボックス席の窓際に座り、窓の外へ目を向ける。あいにくの薄曇りで、グレーの被膜に覆われたような表情の乏しい空だった。それでも、よく見ていると〝小さな幸せ〟は見つかるものだ。おぼろ雲の向こうに太陽の影がうっすらと現れた。雲のフィルターを通して見ているせいで、太陽の輪郭がくっきりと浮かんで見える。普段は眩し過ぎて直視できない、太陽のカタチだ。白い満月のようにも見えた。

昼過ぎから急に空が暗くなり、熱海で電車を乗り継いでしばらく経つと、凄まじい雷雨になった。車窓に雨のつぶてが打ちつけられる。降ってくるというより、まるで雲が大地に向かって水の塊を投げつけているようだった。暗灰色《あんかいしょく》に塗りつぶされた空を見上げ、今まさに積乱雲の真下を走っているのだと知った。沿線の丘の上に稲妻が走り、空気の裂ける音が聞こえた。

三島の駅に停車したところで、豪雨のため運転見合わせとなった。真っ黒な雲から吹き下ろされた突風が大粒の雨を引き連れ、ホームの上を暴れ回っている。白いビニール袋が風に翻弄《ほんろう》されていた。雨の弾幕のせいで、遠くの景色は白く霞んでほとんど見えない。桶狭間で今川義元が討ち取られた日も、こんな嵐が通り過ぎていったのだろうかと思った。

雨は一時間足らずで止み、電車が走りだすと陽の光が厚い雲間を割って降り注いだ。掛川《かけがわ》でローカル線に乗り換え、日が暮れる頃家に着いた。

父は既に仕事から帰っており、母が夕食の準備を整えて待っていた。

食べ始めるなり父は開口一番、僕に尋ねた。

「試験はどうだったんだ」

「ああ、大丈夫だよ」

「そうか。それならよかった」

学費を全部出してもらい、毎月十万円の仕送りを受けている手前、語学で落第したことも未だに報告できぬままだ。

父は僕のコップに瓶ビールを注いだ。生真面目な父が僕に初めてビールを勧めたのは前回の帰省の時、きっちりと成人式を過ぎてからのこと。父とこうしてビールを飲むのは二度目だ。

父はこの秋で五十八歳になる。町の高校を卒業してすぐに町役場に就職し、そこで母と出会って結婚した。母の話によると父は誰よりも仕事熱心で、模範のような職員だったという。同世代の中では出世頭だったらしい。僕の小さな頃から「俺はジョヤクになる」というのが父の口癖だった。助役《じょやく》が町役場の事務職の最高位であることを知ったのはだいぶ大きくなってからのことだ。

しかし市町村合併によって町は市に吸収され、助役になるという父の夢は潰《つい》えた。父がめっきり仕事の話をしなくなったのはその頃からだ。そして父は今、市役所のどこかの出張所で所長を務め、もうすぐ定年を迎えようとしている。

最近は帰省するたびにこんなことを言われる。

〈あとの楽しみは、お前らの成長と活躍だけだ〉

嬉しそうに言うのではなく、寂しそうに言う。母にいたっては「あんたたちの将来ぐらいしか楽しみはないんだから。早く孫の顔でも見せて」などと真顔で言うのだ。

五歳上の兄は両親にとって自慢の息子だ。東大を卒業後、世界屈指の自動車メーカーに入社し、今はロサンゼルスへ赴任している。兄の〝成功〟はこの小さな町ではちょっとした語り草になっていた。

「あ、そういえば、そろそろ就職活動のことも考えないとねえ」

母が取って付けたような口調で切り出した。僕は「ああ」と生返事をする。分かったふりをしながら内心「もうそんな時期か」と他人事のように驚いた。

「義元はどんな会社に入りたいの」

「いや、まだ具体的には何も……」

「どんなことをやりたいとか、考えてないの？」

母に問われて答えに窮する。

「とにかく大企業に入れ。なんだかんだいっても、大きいものが生き残る。大きなものに属してこそ、大きなことができる」

父は淡々と言った。

大きいことはいいことだ。父は僕にずっとそう言ってきた。東京の大学に入り、東京で暮らし、大企業に入れ。学歴社会の見直しや名だたる大企業の倒産が報じられるようになってからも、父の考えは変わらなかった。今思えば、尽くしてきたものが大きなものに飲み込まれてしまった父自身の経験がそう言わせているのかもしれない。だから僕は小さな頃から、テレビのＣＭに出てくるような大きな会社に入って働く自分を漠然と思い描いていた。東京の大学に入ったのも、父に言われてそうするものだと思っていたからだ。

僕には反抗期というものがなかった。両親や教師と言い争ったりした記憶もないが、だからといって、特にいい子だったわけでもない。おそらく反抗する理由もなかった、つまりは自分の考えがなかったのだと思う。

「この先もう、お前らの活躍だけが唯一の楽しみだからな」

父は自分のコップにビールを注ぎながら全てを諦めたような口調で言った。その言葉がいつにも増して僕の心に重くのしかかった。

二晩だけ滞在し、東京へ帰った。


大学の後期がスタートした日の夜、サークルの後輩の村山が死んだ。泥酔して駅のホームを歩いていたところ、入線してきた電車と接触、即死だった。

その三十分前、僕は村山に会っていた。村山は泥酔状態でサークルの同期生二人に抱えられながらアパートに来たのだ。付き添いの二人が「泊めてやって欲しい」というので仕方なく中へ入れようとしたが、当の村山がひどく暴れて頑《かたく》なに拒《こば》んだ。

結局、付き添いの二人は村山を僕の部屋に預けることを諦め、高田馬場駅まで担いで行った。駅前のロータリーで少し休んだ後、村山は「大丈夫だ」と強がって千鳥足で西武新宿線のホームへ向かっていったらしい。別れ際、「俺は酔ってねえぞ」というのが最後の言葉だったという。

葬儀は所沢《ところざわ》にある村山の自宅近くの寺で行われ、サークルの者はほとんど全員が参列した。駅の改札口で村山を最後に見送った二人は「家まで送って行けばよかった」と自分を責め、泣きながら遺族に詫びた。かぶりを振って二人をなだめる遺族が辛く見えた。

多くのサークル員たちが涙する中、僕は泣かなかった。あらん限りの力で暴れていた男の身体がその三十分後には動かぬ物体になってしまったという事実を飲み込めていなかった。あの時無理にでも部屋に寝かせておけば、村山は今日も誰かを飲みに誘っていただろう。そう思うと、余計に泣けなかった。

葬儀の後、サークルの皆で近くの居酒屋に入り、献杯《けんぱい》した。村山を偲《しの》んで酒の失敗談を面白おかしく語って笑った。皆こういう時にどうしたらよいか分からなくて、その不安を埋めるために明るく笑っているようだった。普段は感情を露《あら》わにしない門松が、話の輪の隅で顔を真っ赤にしながら泣き笑いしていた。

「本当に死んじゃったんだな、あいつ」

浅野が本当に今気付いたかのように呟いた。

葬儀の翌日、秋晴れの空が悪い冗談みたいに青く眩しかった。雲はゆるやかな風に乗って淡々と流れてゆく。村山の生きた世界が終わっても、この世界は何も変わらず続いてゆく。命のはかなさとはこういうことなのだろうかと思った。

学校へ行く途中の道端に、空き地ができていた。隅の方に解体された建物の残骸《ざんがい》が積まれている。つい最近まで何かが建っていたはずなのに、そこに何があったかもう思い出せなかった。

　学校の近くに来ると急に腹が鳴った。そういえば昨晩葬儀の後に行った居酒屋でも、ほとんど何も食べていない。誰かを亡くした喪失感の中でも人間は腹が減るのだ。コンビニであんパンと牛乳を買った。店の前で突っ立ってあんパンをかじり、牛乳で胃の中へ流し込んだ。

　中国語の講義には五分遅刻した。「対不起、我遅到了」と言って誰とも目を合わせず席に着くなり、強烈な睡魔が襲ってきてすぐに眠りこんでしまった。

　肩を叩かれて目覚めた。楊先生が起こしに来たのかと思って顔を上げると、そこには友恵がトートバッグを提げて立っていた。

「おはようございます」

　講義は既に終わったのだと気付く。

「残暑見舞い、ありがとうございました」

　身体の力が抜けてゆく。

　おそらく自分は心底この人に会いたかったのだろうと気付いた。

　二人で量と安さだけが取り柄の弁当屋へ行き、茄子弁当を買って講堂前の石段に座り、鶏肉のかけらを探しながら食べた。それから長話をした。ほとんど僕ばかりしゃべっていた。

試験勉強のこと、炎天下で静に助けられたこと、残暑見舞いのこと、店長と猫と紫婦人のこと、気象予報士試験当日のことやそこで出会ったおじさんのこと、実家に呼び出されて帰ったこと、そして村山のこと。

とりとめもなく話した。友恵は相槌を打ちながら聞いていた。村山の話をしている途中で四時限目開始のチャイムが鳴ってしまった。僕は「ごめん」と話を止めたが友恵は「大丈夫です」と言ってそのまま最後まで聞いてくれた。

村山の葬儀から三日が経ち、サークルは少しずつ落ち着きを取り戻していた。学生ラウンジの連絡ノートにはミーティングの業務連絡や部員同士の伝言のやり取りが記されている。隣の長椅子では二年生のガールズバンドが次の定期演奏会の選曲について話し合っている。僕らは十四インチのテレビで『笑っていいとも！』を観ながら、賞味期限切れのコンビニ弁当を食べていた。

テレビに目を向けたまま林が言った。

「そういえば今日、就職ガイダンスがあるよなあ」

「そうだっけ。お前、行くの？」

浅野が弁当を頬張りながら尋ねる。

「うん。行ってみようよ。結構面白そうだし」

林が僕と浅野を誘う。浅野は鼻で笑って即答した。

「面倒臭い。俺はいいや」

「付き合いが悪いなあ。義元はどうする」

林に訊かれて迷った。なぜだか重大な選択を迫られているような気がした。

「就職ガイダンスって、三年生はみんな行くのかな」

僕は林に訊き返した。

「どうだろう、みんな行くんじゃないかな」

みんな。僕はこの言葉にとても弱い。

「じゃあ一応行っておこうかな」

就職ガイダンスは、大学が主催する三年生向けの就職活動説明会だ。就職活動を始めるにあたっての準備や対策などについて説明が行われる。七月に第一回ガイダンスが開催されていたらしいが、知らぬ間に終わっていた。今回は同じ内容で二回目の開催となる。

午後、講堂の大ホールに三年生が集まった。ほとんどの者が私服姿で、雰囲気は普段の講義と変わらない。配られた資料に沿って説明が進められるのを、多くの者はかったるそうに聞いている。居眠りをしている者もあり、全体的に緊張感がない。それを見て僕は安心していた。

みんな同じなんだという、お決まりの安心感だ。このまま大きな流れに乗ってゆけば、どこかに辿り着けるような気がした。

就職ガイダンス終了後、僕と林は講堂前の石段の隅に座った。石畳の広場はガイダンスから帰る三年生で混み合っている。講堂の出入口から広場へ向かい、列をなして続々と出てくる。みんな同じ流れに乗って社会へと吸い込まれてゆくのだろうか。

「林はこの先どうするの」

「まだよく分からないなあ。まあ、面白そうだから色々な会社を見てみようと思う」

キャンパスの向こうに太陽が傾き、西の空に繊細なオレンジのグラデーションが浮かぶ。

「そうだ、これを返そうと思って持ってきたんだ」

僕はバッグから林のカメラを取り出した。

「おお、どうだった。使い心地いいだろう」

「よかったよ。楽しくなって、かなり使わせてもらっちゃった」

撮り貯めた空の写真を林に見せた。珍しい雲や光の現象について説明すると、林は興味深そうに聞いていた。

「すごいな義元。才能あるんじゃないの……」

「大げさな……。被写体がきれいなんだよ」

「いや、そういうことじゃなくて。なんだかこう、心の赴くままに好きなものを撮ってるっていうのが伝わってくる」

「そうかな」

「俺がすぐ写真に飽きたのは、撮りたいものがなかったからだと思う。今、義元に写真を見せられて気付いたよ。俺と違って、義元には撮りたいものがある」

「言われてみれば、今まで撮ったのは空の写真ばかりだな」

夏空を撮りながら炎天下で倒れかけたことを話すと、林は呆れて笑った。

「そのカメラ、しばらく義元に貸しておくよ。カメラだって使ってもらった方が本望だろう」

「ありがとう。じゃあ、お言葉に甘えて、もうしばらく」

カメラをバッグの中にしまって顔を上げる。するとバス通りのほうからマリーが歩いてくるのが見えた。広場の前まで来ると立ち止まり、人だかりを怪訝そうな表情で窺う。

僕は「ちょっと」と林に断り、立ち上がってマリーのほうへ歩いていった。

「こんにちは」

「おお、兄ちゃんかい。今日は随分と人が多いねえ」

「就職ガイダンスがあったので」

「食い扶持《ぶち》を探すのにガイドが付くってわけか。それはまた至れり尽くせりだね」

林がやって来て僕の隣に立ち、腰をかがめてマリーの年季が入ったギターケースに見入った。

「そちらさんは、友達かい」

「はい、音楽仲間の林です」

僕が紹介すると林は恐る恐る「こんにちは」と挨拶する。

マリーは広場の脇にある植え込みの側にギターケースを置き、腰を下ろした。そしてウイスキーの小瓶を取り出して一口飲んだ。

「あ、ホームページ、見ましたよ」

僕はふと思い出して言った。

「なんだい藪《やぶ》から棒《ぼう》に。見なくていいのにさ」

マリーは面倒臭そうに応えた。

「あれは自分で作ったんですか」

「ああ、薄汚い代物だろう。六十の手習いで作った」

マリーは口の片端を釣り上げて笑い、ケースからギターを取り出した。僕と林はマリーの正面に腰を下ろす。

「そら見やがれ。お願いします」

「まったく、あたしゃジュークボックスじゃないんだよ」

僕のリクエストにマリーは苦笑しながら、『そら見やがれ』の前奏を弾き始める。少し速めのテンポだ。歌に入ると林は「YEAH!」と歓声を上げた。

チラリと後ろを見ると、広場に残っていた三年生たちが遠巻きにこちらを見ている。速めのテンポに乗って荒っぽく歌い上げ、音数の少ないフレーズで間奏を奏でる。林は固まったようにじっとしたまま聞き入っている。横顔を見ると、頬が濡れていた。

「すげえ……」

後奏が終わると林は力いっぱいの拍手を送った。

「どうやったらそんな風に弾けるんですか」

「知らないよ。五十年続けてたらこうなったんだ」

僕は林にマリーのことを簡単に話した。ホームページで知った経歴についても話したので、マリーは「どこで知ったんだい」と悪態をつきながら聞いていた。

「色々な生き方があるんですね……。僕はまだ何も決まっていないや」

林は感嘆する。

「決まらなくたっていいじゃないか、あんたらにはまだまだ希望がある。希望を持つのに金はかからない。ただだからね」

「マリーさんだって同じです」

「確かにそうだ。ただもうアタシが持てる希望はうんと限られている」

「そんなことはないですよ。五十年歌い続けている。この先も歌い続けられれば、希望ばかりじゃないですか」

林が興奮しながら言った。

「坊ちゃん、そう持ち上げられると、歌うババアものぼせちまうよ」

マリーは笑ってウイスキーを一口飲むと「ほお」と呟いた。

「テキーラサンセットだ」

マリーの指差した方向へ目を向けると、オレンジのグラデーションが色濃く鮮やかに空を染めていた。

「斜陽《しゃよう》には斜陽なりの輝き方がある」

そう言うとマリーはまたウイスキーを呷った。

「夕焼けは、都会の空のように塵《ちり》や埃が多いほど赤く鮮やかに映えます」

僕は友恵から借りた本に書いてあったことをそのまま言った。

「あんた、あのお嬢さんみたいなこと言うね。夕焼けは汚れた空に映える、か。気に入った」

林は時計塔を見上げて顔をしかめた。

「ああ、そろそろバイトに行かなきゃ……。マリーさんは普段、どこで歌ってるんですか」

「だいたいいつも、どこかで歌ってるよ」

投げやりに答えた後「詳しくはウェブで」とぶっきらぼうな調子で付け加えた。

「今度、ライブを見に行きます」

「坊ちゃんも物好きだね。わざわざ来なくたっていいよ」

マリーはそう言いながら、笑顔で応えた。


夏の延長戦のような九月だった。中秋の名月の日は晴天に恵まれ、気温は三十度超。その夜、スマイルマートの店舗前を掃除しながら、南東の空にくっきりと浮かぶ満月を眺めていると、夜啼きの蟬の合唱が聞こえてきた。そこへ遠慮がちにコオロギの声が重なる。夏と秋が調和する、ゆきあいのハーモニーだ。ふと北の空に目を遣ると、遠くに積乱雲が浮かび、夏の名残を惜しむように稲光が閃いていた。

そんな名月の日の後も厳しい暑さが続いたが、九月下旬に差しかかると急に涼しくなった。

残暑は戻らぬまま十月を迎えた。

日ごと深まる秋の中、僕は次の気象予報士試験に向けて勉強を続ける傍ら、就職活動の準備を進めた。インターネットで就職支援サイトに登録し、高田馬場の紳士服店で濃紺のスーツを買った。試着室で鏡に映るスーツ姿の自分を見た時、苦笑してしまった。サイズは合っているのに、持て余しているように見える。中学に上がる前に初めて学生服を着た時の感覚と似ていた。

天高く馬肥ゆる秋という言葉の通り、秋の青空は高く感じられる。なぜだろう。そう思って西の空に広がる鱗雲《うろこぐも》を見上げた時、ふと気付いた。秋の季語でもある鱗雲は、空の高いところに生まれる。その雲を見るから、空も高く感じられるのだと分かった。

秋は晴天と雨天を交互に繰り返す。前に友恵から鱗雲は西の空から雲の軍団を引き連れてやって来る、「雨のサイン」だと聞いた。なるほど、その通り段々と雲が低く、厚く降りてきて、翌日はしとしとと冷たい雨が降った。

雨の降り続く土曜の午後、郵便受けを開けると気象予報士試験の結果通知が届いていた。学科試験は一般知識、専門知識とも不合格。学科試験を落とすと実技試験は採点すらされない。予想通りの結果だが、こうして改めて報《しら》されるとやはり悔しい。不合格通知の紙を部屋の壁に画鋲《がびょう》で留めた。

週明けから、十月末の定期演奏会に向けてバンド練習を始めた。学校の近くの貸しスタジオに集まり、音を合わせる。課題曲は浅野が決めた五曲で、そのうち三曲は前回の演奏会と同じだ。

三曲合わせてみたところで、林が嬉しそうに叫んだ。

「すごいな、浅野。今日は冴えてるなあ」

「まあ、最近暇だから楽器と遊んでるんだよ」

浅野は僕のほうをチラリと見て、投げやりに言った。

皆僕の部屋に来なくなって、それぞれ個人練習に時間を費やすようになったらしい。門松のドラムも明らかに上達していた。前のようにテンポが激しく変わることもなく、安定している。そんな中で僕だけはミスをしてばかりだった。音を間違えるばかりか、所々曲の進行すら覚えておらず、その度に演奏を止めてしまう。

「他に楽しいことがあるのは分かるけどよ、それにしてもちょっとひどいな」

浅野はそう言って苦笑した。

僕は二時間の練習中、十五回ぐらい皆に謝った。

練習の後、皆でサークルのラウンジへ向かった。ちょうど四時限目が終わった直後で、たくさんの学生が駅へ向かってゆく。コンビニの前を通りかかろうとした時、突如僕の身に絶体絶命の危機が訪れた。

折悪しく友恵が店から出てきたのだ。

僕らの五、六歩先を横切って向こう側の歩道へ渡ろうとしている。僕は急速に歩みを遅めながら、頼むから早く〝逃げて〟くれと祈る。

その時、林が「お！」と声を上げた。友恵もその声に気付く。目が合ってしまった。何も知らない友恵は笑顔でこちらへ近付いてくる。僕の横で林が「どうも、初めまして」と人懐っこい笑顔でちょこんと頭を下げた。

「皆さん、サークルのお友達ですか？」

友恵は僕に尋ねた。

「うん、サークルのバンド仲間。練習が終わったから、ラウンジに行こうと思って……」

僕はそう答えるなり「じゃあ」と話を切り上げ、ラウンジの方向へ歩き出そうとした。その横で、林が浅野の脇腹を親指で小突いて「この子」と小さく呟いた。

「ああ！　これはこれは、あなたが友恵さんでいらっしゃいましたか。話は義元君からかねがね聞いておりますよ」

浅野はわざとらしく慇懃《いんぎん》な調子で言った。友恵は戸惑った様子で「はあ」と応える。浅野はバンドメンバーの紹介を始めた。僕はそれを横で聞きながら、生きた心地がしなかった。そして浅野は「羨ましいなあ、義元は」と呟き、ニヤニヤしながら友恵に尋ねた。

「いやあ、しかし……。こいつのどんなところが良かったんですか」

友恵は「え？」と訊き返す。これはもうさすがに耐えられないと思い、僕は浅野の前に立ちはだかって「いいから、いいから」と遮った。

「二人が困ってるだろう。行こう、行こう」

林が浅野の腕を引っ張って歩かせようとする。それに釣られて浅野は冷やかすような笑みを浮かべながら、ラウンジのほうへ歩いていった。門松が申し訳なさそうに深々と頭を下げていったのがまた一層気まずかった。

友恵はきょとんとした表情で、残された僕を見上げた。

「ごめん……」

まず謝ったが、友恵は何を謝られているのかさえ分かっていない。どこへともなく歩きながら僕は事のいきさつを話した。仲間に部屋の合い鍵を返してもらいたいと切り出したら勝手に理由を勘繰《かんぐ》られ、話が独り歩きして僕らは付き合っているということにされてしまった、ということをかいつまんで話した後、今度は詳しく説明する。

友恵は怒るわけでもなく、むしろ楽しそうに聞きながら時々声を上げて笑った。

「でもよかったですね。鍵を返してもらえたなら。私、知らない間に役に立ってたみたいですね」

友恵は笑顔であっけらかんと言った。

「ごめん、勝手にそんな話になってしまって……」

あてもなくキャンパスの中を歩いていたが、話しているうちに正門を出て結局講堂の前に辿り着いていた。いつものように石段の一番上に腰掛ける。

石畳の広場の中央では英会話サークルが輪になって英語劇の台本の読み合わせをしている。その側で白い道着を着けた七、八人の男が横一列に並び、号令に合わせて正拳突きを繰り出す。

「でも、作り話にしたって私が彼女だなんて、なんだか申し訳ないです。こちらこそごめんなさい」

友恵は楽しげに笑った。それを見て急に悲しくなった。

「本当にそうだったらいいなあと思うけれど」

言ってしまった。

途端に、取り返しのつかないことをしたような気がして怖くなった。友恵は笑顔のまま隣に座る僕のほうを見て、少し目を見開いた。今ならまだ「なんちゃって」とはぐらかせば後戻りはできる。でも、そうはできなかった。

「作り話じゃなくて、本当にそうなれたらいいと思う」

もう冗談では済まされない。友恵にも伝わっていた。

「だめだろうか」

僕は友恵の目を見たまま言った。英語劇の台詞や正拳突きの号令がＢＧＭのように聞こえる。友恵は視線を逸らして俯いた。そして申し訳なさそうに言った。

「私、付き合っている人がいて……」

そう言ったきり友恵は無言のまま、何度か小さく頷いた。その後僕に伝えるべき言葉を心の内で繰り返しているようだった。

「そうか……。そうだよね」

これまで確認してみようとすらしなかった。気まずくて、この場から逃げ出したくなる。

「ごめんなさい……」

「謝ることなんてない」

僕は笑ってかぶりを振ったが、うまく笑えなかった。

それから僕らはしばらく黙ったまま空を見上げた。目のやり場に困った時、空はとても頼もしい存在だ。行き場をなくした視線を受け止めてくれる。

満天の羊雲に茜色の西陽が滲んでいた。秋の空に羊が千匹、群れをなして漂い、風に乗ってのんびりと大移動をしている。時計塔の上を何羽かのカラスが飛んでゆく。

何を話そうか言葉を探した。僕らの間に沈黙が横たわる。

こうなるのが怖くて、僕は膨らんでゆく気持ちを打ち消そうとしてきた。これから僕らは元のように話すことはできなくなってしまうのではないか。また怖くなる。

とにかくこの気まずい状況をどうにかするために、何か話さねばならない。思案しているうちに、ひとつ報告し忘れていたことを思い出した。

「あ、そうだ。気象予報士試験の結果が届いたよ。不合格だった」

僕は努めて明るく言った。

「そうでしたか……。でも、まだ一回目だから仕方ないですよ」

友恵もふっと一息ついたように緊張をほどいて応えた。僕は「そうだね」と言ったきり、また黙ってしまった。

「そんなにがっかりしないでください。私も協力します」

「ありがとう」

さっきより上手く笑えた。羊雲の群れは茜色に染まりながらゆっくりと流れていた。

また沈黙が訪れるのが怖くて、僕は就職活動の話をした。みんな一斉にスーツを着て、あの羊雲のように同じ方向へ流れてゆく。その流れの中にいるとなんとなく安心で、その安心感にかえって不安を感じることもあるのだと。

友恵は僕の話に応えるかのように、自分の夢について話してくれた。気象庁に入って気象台で働くのは中学生の頃からの夢で、その後のことはあまり具体的に考えていないのだという。ただ母への想いと空への想いが先に立って友恵を引っ張っているのだと。

それから友恵は子供の頃の話をした。「ワンピースは上着とスカート両方の仕事をするから偉い」というのが母の持論だったらしい。だから友恵にとってワンピースを着ることは好きとか可愛いという次元のものでなく、母と過ごした日々からの習慣や信仰といったものに近いのだ。

僕は友恵のことをあまりよく知らなかった。付き合っている人というのは、どんな人なのだろう。聞いてみたかったが、少なくとも今は聞かないほうがいいような気がした。

随分《ずいぶん》長話をしていた。夕闇が濃くなり、講堂の時計塔に明かりが灯る。互いに沈黙を埋め合うようにしてぎこちなく話しているうちに、帰る頃には以前のように自然と話せるようになった。

「じゃあ、また」

友恵は笑顔で手を振ると、地下鉄の駅の方へ歩いていった。

僕は友恵の背中を見送りながら、半年前に「何を考えているのか分からない」と言い残して僕の前から去って行ったあの子のことを思い出した。今なら、あの子の言い残した言葉の意味が少し分かる。あの時の僕には、友恵に対して抱いたような、今しがた友恵に伝えたような気持ちが欠けていた。

なにもかも受け身だったのだ。

初めて誰かを好きになることを初恋と呼ぶのならば、これが僕の初恋だった。そして遅く訪れた初恋はあっさりと散った。

〈まだ一回目だから仕方ないですよ〉

友恵の言葉を思い出し、苦笑いを嚙み殺す。そんなことを言われたって、試験のように簡単には割り切れない。でもこれでよかったのだ。初めて自分の意志で人を好きになり、それを自分の意志で伝えた。思いがけぬかたちで生まれた気持ちが膨らんで、半ば勢いに任せて伝えてしまったが、伝えたのは紛れもなく僕の本心だ。

気持ちは晴れやかだった。どんな形であれ、伝えることができてよかった。別れ際の友恵の笑顔を見て、そう思えた。

第六章　テキーラサンライズ

それから友恵は中国語の講義に来なくなった。

初めのうちは風邪でもひいたのだろうかと思っていた。しかし、三週間も続く風邪などそうあるものではない。その間に日はすっかり短くなり、キャンパスのイチョウは黄金色に色づいた。

「すみません、羽村さんはどうしているか知りませんか」

中国語の講義が終わった後、教室の前から二、三列目に座る女の子たちに尋ねた。しかし彼女たちは皆、不審そうな表情で顔を見合わせたり首をひねったりするだけだ。

「最近、連絡を取っている人はいませんか」

もう少し具体的な訊き方をしてみる。彼女たちは相変わらず僕のほうは見ず、お互いの顔を見合わせながら「連絡？　してない」「アドレス知らないし」などと小声で言い合っている。

一番背の高い子が初めて僕のほうを見て言った。

「そちらが知らないぐらいですから、私たちは……」

その言葉に他の皆は頷き合う。そして連れ立って教室から出て行った。

ポケットから携帯電話を取り出し、友恵の電話番号を呼び出そうとして止めた。先週すでに二回ほど電話をかけている。二回とも呼び出し音が何度か鳴った後で留守番電話に繋がってしまい、折り返しの連絡もない。これ以上電話するのは憚られた。

あの日以来、色々なことが浮足立っている。就職活動が始まってしまった一方、気象予報士試験のことも気がかりで、両方が宙《ちゅう》ぶらりんの状態だ。就職支援サイトへの登録だけは済ませたものの、まだ会社説明会へのエントリーすらできていない。特に大手企業の説明会には多くの学生が殺到するため、予約を取るだけでも至難の業なのだ。皆パソコンの前に張りついて受付開始と同時に申し込み、すぐ締切になってしまう。昨年もニュースで就職活動の厳しさが報じられていたが、これほどまでとは思わなかった。

三年生の秋を境に動き出した巨大なシステムに、僕は乗り遅れていた。時々、自分が何をやろうとしているのか分からなくなる。

そして友恵の姿を見なくなってから日が経つごとにどんどん心配になる。あの日、さっぱりフラれて晴れやかな気持ちで友恵と別れたはずだが、その晴れやかな気持ちというのも半分は強がりだったらしい。気持ちが散漫になり、全てが中途半端になってゆく。

そのせいで痛い目に遭ってしまった。

十月末の定期演奏会の後、打ち上げの座敷で僕は浅野に殴り飛ばされ、腹ばいの格好でテーブルの上に突っ込んだ。皿やコップが派手に飛び散り、女子部員の悲鳴が上がる。僕の身体はビールやサワーや刺身《さしみ》や醬油や冷めた鍋のスープやら、色々なものにまみれた。浅野は生ゴミのようになった僕の後ろ襟《えり》を摑《つか》んで引っ張り起こす。そして、低く唸《うな》るような声で凄む。

「すかしてんじゃねえぞ、この野郎」

林や周りの男子部員が慌てて浅野を僕から引き離し、羽交《はが》い絞《じ》めにした。

僕は髪の毛から滴り落ちる鍋のスープを左手で拭った。見ると、拭ったスープに赤いものが混じっている。ガラスの破片で手の平が切れていた。宴会はすぐにお開きとなった。

情けない。やり返す気にもなれない。なぜなら悪いのは僕のほうだから。

僕はライブの最中に何度もミスをした。いつものように「お粗末さまでした」などと笑って済むレベルではなかった。そのことで「あれはひどすぎる」と浅野が僕に詰め寄った。浅野も我慢していたのだろう。酒の席でそれが一気に噴き出した。

僕は申し訳ないとは思いながらも「ごめん」「次はちゃんとやる」などと受け流していた。他のことで頭がいっぱいだったのだ。これ以上話しているとますます浅野を怒らせてしまう。中座しようと思って席を立とうとした矢先、ぽろりと口を衝いた言葉が浅野の逆鱗《げきりん》に触れたらしい。

〈今それどころじゃない〉

傲慢《ごうまん》な言葉だ。

翌日の放課後、サークルのラウンジへ寄った。僕のアパートに集まらなくなってから、浅野はたいていこの場所に入り浸っている。会って話がしたかった。しかしいくら待っても浅野は現れない。何度か電話もしてみたが、繋がらなかった。

諦めて帰ろうとすると、同期の矢口が現れた。僕に気付くなり嬉しそうに駆け寄ってくる。

「おお、義元！　ちょうどよかった。今夜は何か予定ある？」

「いや」

僕が答えると矢口は「よっしゃ」と手を叩いて僕の隣に座り、用件を話し始める。

何のことかと思えば今夜の合コン要員の急募だった。矢口のバンドメンバーが近くの女子大と五対五の合コンをセッティングしたのだが、今日になって一人来られなくなったらしい。その数合わせのため、ちょうどラウンジにいた僕に声を掛けたのだ。僕は「暇だけど……」と応えてから口ごもった。矢口は僕の肩にポンと手を載せて言った。

「頼む、来てくれないかな」

今夜はアルバイトもなく、断るための確固たる理由がなかった。そのまま矢口に連れられてラウンジを出た。いつも、こうやって流されてばかりだ。

駅の改札で十八時に集合した。男女五対五の賑やかな会合で、相手も全員三年生。そのうち二人は顔が可愛くて遊び慣れていそうだった。駅から店へ向かって歩きながら矢口たちは「大当たりだ」と鼻息を荒くする。

チェーン店の中では比較的小奇麗な和風居酒屋に入った。衝立《ついたて》で仕切られた半個室のテーブル席に座った。奥の大座敷に学生の団体客が入っているらしく、一気飲みのコールが飛び交い、ひどく騒がしかった。

乾杯、自己紹介の後、就職活動の話題を男女互いに上手く利用しながら距離を縮めようとする。「説明会で居眠りした」「面接官の髪が明らかにカツラで笑いをこらえた」などという他愛もない話だが、共通の話題で宴席は程良く温まった。

僕は邪魔にならないよう端の席に座って一人で酒を飲んでいた。最初のうちは矢口たちが気を遣って僕にも時々話を振ってきたが、場が盛り上がるに連れて誰も話しかけてこなくなった。そのほうが居心地がよかった。この喧噪の中、一人で延々淡々と飲み続けていたい気分だった。

　空き腹に生ビールを三杯流し込んだ後、日本酒を四合ばかり飲んだ。メニューに〝日本酒〟としか書いていないような安酒で、いかにも悪酔いしそうな味だが、惰性で飲み続けているうちにどうにでもなれと思えてくる。酒の効果で血が巡り、身体が火照《ほて》ってきた。浅野に殴り飛ばされた時にコップの破片で切った手の平の傷が、心臓の鼓動に合わせてずきずきと痛む。

　安い日本酒に飽きたので甘いもので一息つこうと思い、カルピスサワーを注文して飲んだら急に酔いが回ってきた。よく見るとカルピスサワーなのにやたらと透明度が高い。店員が酒の配分を間違えたのかもしれない。

　いつの間にか僕の対面には飲み始めた時とは別の女の子が座っていた。いかにも適当に束ねた髪、少し色のあせたグレーのトレーナー。感じが悪いわけではないけれど、他の四人に比べると地味に見える。あまり化粧もしておらず、ほとんどすっぴんだ。かすかに漂う香水の香りがかえって印象的で、シトラスのような香りがする。

　確か彼女は最初、僕から見て対角線上の一番遠い席に座っていた。皆がトイレに立ったり戻ったりしているうちに、席が替わったのだろう。僕らは明らかに宴席から落ちこぼれた者同士。自然と淘汰《とうた》された位置関係だ。

彼女は所在なさげに話の輪の中心を見つめながら、力なく笑みを浮かべていた。手持ち無沙汰なのか、度々レモンサワーのグラスを傾けている。

「だいぶ飲んでいますね」

僕は朦朧とする意識の中で話しかけた。彼女は残りのレモンサワーを一気に飲み干し、うつろな目でかくんと頷いた。首に力が入っていない。

「レモンサワーを……」

彼女は空のグラスを掲げて僕に言った。店員を呼んでレモンサワーを二つ頼んだ。レモンサワーもカルピスサワーと同じで、焼酎の味ばかりした。飲み放題コースの客は手っ取り早く酔わせようという店側の作戦なのだろうか。これは危ないと思った。

気付いたら朝になっていた。僕は全裸《ぜんら》で、右の手足が布団からはみ出していた。香水の匂いに鼻腔《びこう》をくすぐられ、はっと跳ね起きる。左隣で女の子が寝息を立てていた。状況が飲み込めず周りを見回してみたが、確かにここは僕の部屋だ。

彼女は僕が起き出したのに気付いたらしく、重たそうに目を開けた。上体を起こした後、顔中を疑問符にして言った。

「誰……？」

僕は何も答えられなかった。

「どうして……」

「すみません。憶えていなくて……」

僕は嘘をついた。実は家に着いてから少しの間のことだけは断片的に憶えていた。二人で部屋に転がり込み、冷蔵庫から酒を出して飲んでいた。実際に今、座卓の上にビールの空き缶が二つ転がっている。

「憶えていなくて……」

他に何も言えず、繰り返した。憶えていないということが免罪符《めんざいふ》になるわけでもないし、それは彼女に対して尚更失礼なことかもしれないが、本当にほとんど憶えていないのだ。

「私だって憶えてないわよ！」

彼女はそう叫んでから声を殺して泣き出した。そして、バッグと脱ぎ捨ててあった下着と服を引《ひ》っ手繰《たく》るようにして摑み、トイレへ駆け込んだ。中から着替えを急ぐ物音と、すすり泣く声が聞こえる。僕は急いで下着とジーパンとTシャツを身に着け、部屋の中をうろうろと歩き回った。頭が割れるように痛い。

彼女はすぐに着替え終え、トイレから出てきた。そして僕には一瞥もくれず、そのまま玄関へ向かう。僕は慌てて呼び止めようとしたが、気忙《きぜわ》しく靴を履く彼女の背中がはっきりとそれを拒んでいた。

「最低……」

嗚咽《おえつ》を抑えながら彼女は言った。そして荒っぽく玄関の扉を開け、出て行った。外階段を駆け降りる靴音のひとつひとつが胸に突き刺さり、部屋に残る香水の匂いが彼女に代わって僕を問い詰める。

最悪な土曜の朝だ。彼女にはただただ申し訳なく思った。そして申し訳ないと思うことがまた申し訳なく思える。シーツを洗って乾燥にかけ、あとはひたすら眠った。何も考えずに済むよう、目が覚めてもまた眠りの中へ逃げ込む。

夕方になって門松から電話があった。スタジオでドラムの個人練習をするので付き合って欲しいのだという。門松から何事かに誘われるのは初めてだ。僕もこのまま家にいても鬱々とするばかりなので、練習に付き合うことにした。

夜から学校の近くのスタジオに入り、ドラムとベースだけで音合わせをした。僕は練習不足であまり曲を覚えておらず、ビートルズの『デイ・トリッパー』ばかりを何度も繰り返した。門松は修行僧のようなひたむきさでストイックにエイトビートを刻み続ける。僕は弦を押さえる左の手の平が痛み、途中で嫌になってしまったが、熱心な門松を見ていると言い出せなかった。練習時間中は必要最低限のこと以外ほとんど何も喋らなかった。

帰りに駅前の居酒屋に入った。誘ったのは門松のほうだ。テーブル席で向かい合って座り、門松は何も話さず黙々と飲んでいる。まるで倦怠期《けんたいき》のカップルだ。気詰まりになり、僕のほうから話しかけた。

「ドラム上手くなったなあ。最近、一人で練習してるのか」

「はい。暇なので」

「そうか。やっぱり部屋の鍵を返してもらったのは、みんなにとってもよかったんだなあ。それぞれ自分の時間を充実させてる。いつも汚い部屋の中で、何してたんだろうな。膨大な時間を無意味に過ごしてきた」

心からそう思った。有り余る時間をもっと大切に、有効に使えたはずだ。

「本当に無意味だ。何も考えていなかった……」

段々と悔しくなってくる。時間は無限ではないという当たり前のことを意識の下にしまい込んで、毎日みんなで惜しげもなく時間をドブに投げ捨ててきた。

想像もしていなかったが、有り余る時間にもタイムリミットはあった。僕らは今、就職活動という形でそのタイムリミットを突きつけられている。

「無意味ではありません。少なくとも、僕にとっては……」

門松はジョッキの中のビールを見つめながら言った。

「あの日々とあの場所があったからこそ、今の僕があります。僕にとってはかけがえのないものなんです」

いきなり門松の口からバラードの歌詞のような言葉が飛び出したので僕は驚いた。

「どうした？」

「僕は自分を変えたいと思って、東京に出てきました」

門松はビールを一口飲むと、あとは問わず語りでポツポツと喋り始めた。

島根で生まれ育った門松は、小さな頃から寡黙だった。背が高くてぼーっとした風貌から〝トーテムポール〟と呼ばれていた。引っ込み思案なため友達の輪に入ってゆけない。遠足や旅行ではいつもグループからあぶれた。中学、高校に上がってもトーテムポールの印象を引きずったまま、暗い思春期を送った。

大学受験はそんな門松にとって、暗がりから脱け出すためのチャンスだった。どこか遠くの大学に入って、新しい場所で自分を変えたい。その一心で勉強し、東京の大学に入学した。

入学式の日に初めて話したのが、たまたま隣に座った村山だった。よく喋る男なので、頷いているだけでも勝手に喋ってくれた。その日から門松は村山に連れ回されて毎晩いくつものサークルの新入生歓迎コンパを渡り歩いた。村山はすぐ門松を放って勝手に酔い潰れてしまう。宴席で一人にされるとどう振る舞ってよいか分からず困ったが、場数を踏んでいるうちに少しずつ人と話ができるようになった。

そんな中、腰を落ち着けたのが今いる音楽サークルだった。門松は全くの初心者だったが村山と一緒に入会した。

どの楽器をやりたいか選択するにあたり、門松は迷わずドラムを選んだ。ドラムの人数が圧倒的に不足していたからだ。誰かに必要とされたかった。ところが、結局誰ともバンドを組めずにあぶれてしまった。遠足の時と同じだ。やっぱり自分は駄目《だめ》なのかと落胆していたところに、浅野から声を掛けられた。「一から鍛えてやるから来い」と。僕らのバンドはちょうど、ドラムが浅野と喧嘩して辞めてしまったところだった。

門松はバンドに入ると、林からドラムの基礎を教わった。林の教え方は分かり易く、不器用な門松も短期間のうちに基本的なエイトビートを叩けるようになった。楽しくて、毎日がエイトビートに乗って走り出したような心地がした。そしてメンバーたちの溜まり場に入り浸るようになった。学校からほど近い、僕のアパートだ。バンドメンバー以外のサークル仲間も出入りし、いつも誰かしら仲間がいた。最初の友達、村山も泥酔状態で時々転がりこんできた。

「僕は城山さんや浅野さんや林さんと会えて、本当によかった。ドラムを覚えて、麻雀を覚えて、毎日酒を飲んで。こんなに楽しい毎日は今までなかった……」

門松は話しながら涙をこぼした。

「だから、無意味だなんて言わないでください」

「わかった、わかったから泣くなよ」

僕は門松を宥め、通りかかった店員にビールを二つ頼んだ。

「今度また、うちに集まって飲もう」

「いいんですか」

「時々ならいいよ」

僕らは弱小音楽サークルの下手くそなロックバンドだ。でも門松にとっては〝かけがえのないもの〟だった。それを僕はないがしろにしていた。浅野も門松と同じように思っているのだろうか。早く浅野に謝ろうと思った。

門松と別れた帰り道、携帯電話が鳴った。友恵からかもしれないと思ってディスプレイを確認したが、知らない電話番号からの着信だ。

「はい」

不審に思い、名乗らずに応答した。

〈もしもし、あの、違っていたら済みません。今朝お会いしたと思うのですが……〉

女性の声だ。ひどくためらいがちな口調で要領を得ないが、相手が誰だか分かった。僕は「多分そうだと思います」と答えた。川沿いの道を橋へと折れて、真ん中まで渡ったところで立ち止まる。石造りの欄干《らんかん》に手を掛け、夜陰に紛れる神田川の水面を望む。

〈昨日の夜中の時間帯に、知らない番号からの着信履歴が残っていたので、あなたではないかと思ってかけました……〉

泥酔しながら連絡先を交換しようとしたのかもしれない。

でもどうして電話をかけてきたのだろうか。彼女の声色からは怒っている様子は感じられない。ともあれ、まずは謝りたいと思った。

「お話しできてよかったです。本当にすみませんでした」

僕は携帯電話を耳に当てたまま思わず頭を下げた。丁寧な口調がかえって慇懃無礼《ぶれい》に聞こえていないか心配になる。

〈いえ、こちらこそ。一緒にいた子からメールが入っていたんです。私はあなたに介《かい》抱《ほう》してもらっていたみたいで。すみません〉

「そんな、僕も泥酔していましたから」

〈多分、私の方がひどく酔っていたと思います。それに私、実は所々《ところどころ》憶えているんです〉

「実は僕も……所々」

お互い自分の憶えている〝所々〟というのがどんな場面なのかは言わなかった。ただ少し笑い合った。

〈なんだか自分が一方的に被害者みたいな感じでひどいことを言ってしまったから、

一言謝りたくて。ごめんなさい〉

「いや、やっぱり悪いのはこちらだと思う。ごめんなさい」

謝り合った後、少し話をした。酒の席で黙り込んでいたのは、最近ちょっと嫌なことがあってあまり気乗りがしなかったからなのだという。僕は「数合わせで連れて来られた」と正直に話した。話してみると、とてもさばけた感じの子だった。

〈昨日のことはお互い様ということで〉

「ありがとう」

結局、名前も聞かぬまま電話を切った。彼女も僕の名前を知らないかもしれない。でも、そんなことはもう大きな問題ではなかった。心の中でもう一度、ありがとうとお礼を言った。

川沿いの夜道を歩きながら、友恵は今どうしているのだろうと思った。

暗がりの中、路肩の草むらからコオロギの声がしんしんと聞こえる。夜空の高い所には黄色い半月が掛かり、流れる雲の間に見え隠れしていた。

翌日の昼、浅野に電話をかけた。僕はまず浅野に詫びた。なんだか最近謝ってばかりだと思いながら「申し訳なかった」と神妙に切り出す。浅野は「なんのことだよ」と笑って取り合わなかった。反対に「誰かにぶん殴られた時の怪我は大丈夫か」と、とぼけて僕を気遣った。

僕は門松から個人練習に誘われてその後飲みにまで誘われたことを話した。そして、いつになく饒舌《じょうぜつ》で、かけがえのないものとか、みんなに会えてよかったとか、真顔で言っていたと伝えた。浅野は「天変地異の前触れか」と笑った。

〈ところで一昨日の夕方、ラウンジにいたら曾根田さんが来てさ、その後飲みに行ったよ〉

なるほど、だから浅野はラウンジにいなかった。電話が繋がらなかったのは、連れて行かれた店が地下にあるバーで携帯電話の電波の状態が悪かったためらしい。

〈もう疲れたよ。説教ばっかりでさ〉

浅野はそう言って溜息を漏らした。

曾根田は仕事の出先からラウンジに寄ったらしい。「急に飲みたくなった」と。付き合ってしばらく飲んでいるうちに、就職活動の話になった。浅野が例のごとく我関《われかん》せずを決め込むと、曾根田はこんこんと説教を始めた。

大人になれ、と。

曾根田はうんざりするぐらい何度も「大人」という言葉を使ったという。

〈みんな不条理や理不尽を受け入れて大人になるんだ、就職活動はその適性検査なんだ、とか訳の分からないことを言われて、半分聞き流してた。俺は何も就職すること

言えばいいのかな……、納得いかないいんだ〉
を否定してるわけじゃない。誰だって仕事しなければ食っていけないし。ただ、何て

「どうして」

僕は浅野に尋ねた。

〈だって、おかしいと思わないか。試験の点数とか惚《ほ》れたはれたにしか興味のなかったような学生たちが『用意、どん』で一斉にスーツ着て、御社《おんしゃ》の社風が云々《うんぬん》だのモチベーションだのスキルアップだのって大層なことを語り始めるんだぞ。なんだか気味が悪いよ〉

こういう考え方もあるのかと驚いた。そして、自分も実は心のどこかで浅野と同じような違和感を抱いていたことに気が付いた。

「確かにおかしな話だけれど、仕方がないだろう。いやがおうでも新卒の就職活動は三年生の秋から始まる。そういうシステムなんだから」

分かったようなことを言いながら内心、自分よりも浅野の言っていることのほうがまともなのではないかと思った。

〈お前はどうするんだよ、就職活動〉

「まあ、ぼちぼち始めるよ。いいんじゃないかな。なんだかんだ言って、それなりに頑張ればなるようになると思うし」

〈いいんじゃないかな……。またそれかよ〉

浅野は笑い混じりで言った。

〈曾根田さんが今度近いうちに集まって飲もうって言ってたから、よろしく〉

久しぶりに僕の部屋で集まろうと言って電話を切った。

くすぶっていても仕方がないと思い、パソコンを開き、就職活動支援サイトのページをチェックする。今更ながら、自分はどのような人間になりたいと思って生きてきたのか分からなくなる。いや、分からないのではなく、元々何も考えていなかったのだと気付く。

画面上に列挙された企業や職種の文字列を眺めていると、選択肢は無数にあるように思えてくる。でもそれは錯覚なのだ。目の前に並んでいるのは、システムの中に組み込まれているごく限られた選択肢だ。

マリーが言っていた。「希望を持つのに金はかからない」でも「アタシが持てる希望はうんと限られている」と。その意味が少し分かったような気がした。

「将来何になりたいの？」と訊かれて、何を答えても許されるのは子供の頃までの話。今の時点で既に、子供の頃とは比べものにならないくらい、選択肢は狭く限られていた。大人になるということは、限られた選択肢の中で自分を納得させながら、折り合いをつけてゆくということなのだろうか。

そんなことを考えているうちにパソコンを操作する手は止まっていた。座卓の上に積んであった気象予報士試験の参考書を開く。なぜだろう。就職活動を終えた後でも、試験を受けるチャンスはある。焦る必要はないはずなのに、こうやって後ろ髪を引かれるように度々参考書を開く。

友恵から借りた本の中の小さなコラムが目に留った。

『空の重さ』というタイトルのコラムだ。

〈天気予報などでよく耳にする〝気圧〟とは、簡単に言うと空気の重さです。地表の気圧はおよそ一〇〇〇ヘクトパスカル。これは地表から上空遥か八万メートルまで積み重なった空気の重さ、言い換えれば〝空の重さ〟であるともいえるでしょう〉

窓を開けると西の空の中程に、白く細長い雲が青空を切り裂くように、横一線に吹き流されている。その上には風に掻き乱された筋雲が豪快な毛筆《もうひつ》の書のように躍動していた。空の絵柄は今日も刻々と移ろう。

僕らはこの一〇〇〇ヘクトパスカルの空の下に生まれて、生きて、死んでゆく。なんだか水の中を漂って消えてゆく、うたかたみたいだ。

ジョン・レノンの『イマジン』が頭の中でぐるぐると回り出す。昔から大好きなジョン・レノンの歌の中で『イマジン』だけはあまり好きになれなかった。理想的過ぎてしっくりこなかったのかもしれない。でも「想像してごらん、そこにはただ空があるだけ」という一節が今になって、僕の心に強く訴えかけてくる。

空を見ていると小さなことがどうでもよくなってくる。四十五億年も前から無数の変遷《へんせん》を経て在り続けるものの下で、百年そこらしか生きない僕らが何をあくせくしているのだろうと。

お金も時間も国も地位も名誉も、でっかい空の下で人間が勝手に作りだした記号や概念だ。それなのに、テストの点数や年収の多寡や住んでいる場所や、乗っている車や勤めている会社の格付けなどを気にして一喜一憂したり他人を妬んだり、考え方の違う相手を論破しようとしたり、分刻みのスケジュールに追われていることを得意げに語ったり、みんな空の下では砂粒のような事柄に思えてくる。そんな砂粒のような事柄に振り回されているような気がする。

だからといって、全て投げ捨ててしまえばよいとは、どうしても思えない。

束の間空を見上げてから「よいしょ」と我が心に鞭打《むちう》って五十平米の戦場へ戻ってゆく主婦がいる、「そら見やがれ」と自分の来し方を笑い飛ばしながら孤高に生きる歌唄いの老婆がいる、母を奪った空の中に小さな幸せを探す少女がいる。

悠久の空の下の百年だからこそ、砂粒のような事柄と対峙し、悩みながら生きている。長い楽章の中のスタッカートみたいな、短い一生を懸命に生きる。

外へ出て空を見に行こうと思った。定期試験の時に急に読書をしたくなるようなあの感覚とは明らかに違う。そうすることを強く欲して、カメラを持って玄関のドアを開けた。

一〇〇〇ヘクトパスカルの空に、レイリー散乱の青がびっしりと拡散している。小難しい見方だ。でもそういう風に考えた瞬間、空が質量を帯びて実感できたような気がした。苦手だったはずの科学の言葉を意識して空を見る。すると空が壮大な詩のように見えた。詩は科学の中にあり、科学もまた詩の中にあるのだと思った。


村山の四十九日を過ぎた十一月半ば、サークルの有志で集まり、線香を上げに行った。居間に通され、皆で村山の両親に生前の本人のことを話した。両親は泣き笑いしながら喜んだ。それを見て、この世に残された者は、どんなに悲しくてもそれを受け容れて生きてゆくしかないのだと思った。そして、死んでいった者に対してできるせめてものことは忘れないこと、時々思い出してやることなのだと思った。

アルバイトのない水曜の夕方、バンドメンバーが四ヵ月ぶりに僕の部屋に集まった。林は「部屋の中があんまり綺麗《きれい》に片付いていると落ち着かない」と言って笑った。夜になって仕事帰りの曾根田が差し入れの酒を持って現れた。

激務のせいか、しばらく見ないうちにだいぶ痩せたようにみえる。

「久しぶりだなあ、この部屋。今日は例の彼女は来ないのか」

曾根田は開口一番、僕に尋ねた。

「例の彼女にはフラれました」

「嘘だろう？　早過ぎるぞ」

嘘ではない。僕は友恵にフラれた。過程はどうであれ、それだけは事実だ。皆から色々と事情を訊かれたが「今は話したくない」と頑なに口を閉ざし、なんとか追及を逃れた。

「なんだ。じゃあ、またこの部屋をアジトにして賑やかにやろうぜ」

浅野が努めて明るく言った。

「いや、それは止めたほうがいいと思う。時々集まるのは大いに歓迎だけど」

僕は答えた。合い鍵を返してもらってから、一人になった。自分にとって必要な時間だったのだと思う。門松も浅野も林も、同じだったのではないか。一人になってみなければ分からないこともあるような気がするのだ。

「これが去っていった彼女の置き土産か」

曾根田が〝羽村友恵文庫〟の段ボール箱から雲のハンドブックを手に取ってパラパラとめくっていた。

「まだ勉強は続けてるのか？」

僕は「はい」と答えた。

「気象予報士の資格って、何かの仕事に結びつくのか？　俺はお天気キャスターぐらいしか思い浮かばないけれど」

僕は答えに窮した。確かに気象予報士の資格がものを言うような職種は限られているだろう。

「今は就職活動に集中したほうがいいぞ。中途半端にやると、後悔することになる」

浅野が「またかよ」とでも言いたげな様子で煙草を咥えてライターで火を点けた。

曾根田はサークルの同期生たちのことを話した。就職が決まらぬまま卒業して新卒の枠から外れた嶋《しま》さんは、未だに就職活動を続けている。音楽で飯を食っていくと言ってフリーター生活を選んだギターの山倉《やまくら》さんはこれといった音楽活動もせず毎日ラーメン屋でアルバイトに明け暮れ、アパートの家賃を滞納している。放浪の旅に出た古《こ》手川《てがわ》さんは手持ちの金が底を突き、今は実家で自分の部屋に引きこもっている。

話を聞いていて少し恐ろしくなった。

「やり直しがきかなくなってからでは遅い。悲しいが世の中、一度レールから外れた人間には冷たい。それが現実だ。だから、今は大人になって……」

また「大人になる」という言葉が出たところで、浅野が「は～あ」と大げさに溜息を吐いて曾根田の話を遮った。

「仰りたいことはつまりこういうことですか。みんなひどい有様だ。俺みたいに頑張らなきゃだめだ。お前らは俺みたいになれ、と」

曾根田は無表情で浅野を見つめる。浅野は続ける。

「色々と押し付けるのは止めてもらえますか。そもそも会社勤めって、そんなに偉いんすか？」

浅野は冷笑を浮かべながら言った。これはまずいと思って割って入ろうとしたが、それより先に曾根田が深く溜息を吐いた。

「そうだな……。みんな俺の勝手な考えだ。一端《いっぱし》のこと言ってみたかっただけ。聞いてほしかっただけだよ」

曾根田は自嘲《じちょう》気味に笑う。そして缶ビールを一息に飲み干してから言った。

「俺さ、飼い殺しになってるんだ」

「どういうことですか？」

僕は尋ねた。

「少しばかり調子に乗ってたら上司に目を付けられて、営業の前線から外された。入社半年にして社内失業状態だ」

顔は笑っているが、声は震えている。

「調子に乗ってるって、生意気だとか態度が悪いとか、そういうことですか」

林が訊いた。曾根田は新たに缶ビールのプルタブを上げながら「さあ、何なんだろうね」と首を傾げた。

「ただ頑張って仕事してたつもりなんだけどさ、どうやら出しゃばり過ぎたみたいだ。自分で言うのもなんだけど、これでも最初は結構期待されてたんだけどな……」

埼玉の営業所に配属された曾根田は、上司や先輩に付いて得意先を回りながら仕事を覚えていた。毎日が楽しかった。得意先での受けもよく、先輩たちからの評価も高い。「曾根田は新人離れしている」などとほめられて少々いい気になっていた節もあった。

ある日、部長と訪問した量販店で新しい商談が始まった。曾根田も自分の思うところを提案した。その帰り道、部長から「余計なことを言うな」と叱責を受ける。納得がいかず反論してしまった。余計なことを言ったつもりはない、と。

その日を境に部長は曾根田にきつく当たるようになった。露骨なパワハラだった。夏のある日、全ての担当を外され「営業に出なくてよい」と社内待機を命じられる。辛かったが「上司が代わるまでの辛抱だ」と割り切って耐えた。しかし、段々と周りの社員たちの態度も冷たくなる。皆部長への恭順を示すかのように、曾根田を避けるようになった。社内に待機している間は、何も仕事がない。「何か手伝いましょうか」と進言してみても、誰も曾根田に仕事を任せようとはしなかった。曾根田は部署内で孤立していった。

いつもみんなのリーダーだった曾根田がいじめに遭っている。想像できなかった。

「それでも、いつかまた営業には出られるんですよね。そのうちまた頑張って成績上げて、見返してやれるんじゃないですか」

林は抱えていたエレキギターで威勢よくハードロックのリフを弾いてみせた。

「それが先月、経理部に異動させられちまった。もちろん経理だって重要な仕事だ。でも俺には向いてない。それに経理に異動してからも、俺にはたいした仕事は与えられない。もう〝使えない奴〟っていうレッテルを貼られてるから。一度貼られたレッテルはなかなかはがせない」

曾根田はそう言って、ビールの空き缶を握りつぶす。僕は話を聞きながら閉塞感に囚われていた。世の中には理不尽なことや自分の力ではどうしようもないことがたくさんあるのだろう。

黙って聞いていた門松が小さく手を上げた。

「言いづらいんですが、辞めてしまえばいいんじゃないですか……」

「おお、思いきったこと言うなあ。でも辞めて、その後どうするんだよ」

「別の場所へ行けば、新しい人に出会える……」

門松は自分の経験から言っているのだと思った。

「曾根田さんなら他でやり直せるんじゃないすか」

さっきまで曾根田に食ってかかっていた浅野も、しんみりした口調で言った。

「そうだなあ……。できればそうしたいよ。でも転職しようにも、一年持たずに辞めた人間を雇ってくれるような会社は少ないだろう。これからずっとダメのレッテルがはがれなくなる気がして。それに、簡単に辞めるのは負けを認めたみたいな気がして悔しい。怖いのが半分、悔しいのが半分。臆病風と変なプライドが邪魔して、簡単には思い切れない」

そして曾根田は悔しそうに言った。

「失敗は成功のもとじゃない。失敗はさらなる失敗の始まりなんだ。一度つまずいたら、螺旋《らせん》階段を下るようにどんどん落ちていく」

やり直しがきかなくなるのだ。

「働き始めてから思ったよ。父親ってすごいなあって。普通の勤め人って簡単に言うが、普通に勤めを果たしながら生きていくって、そう楽なことではない」

曾根田は力なく笑った。浅野はもう何も言い返さない。

「俺が中途半端にするなって言うのは、自分に言ってることでもあるんだ。早い時期にたまたま名のある会社の内定が取れたから、よく考えもせずに飛び付いた。今になって、もっと視野を広げて見ておけばよかったなあって思うんだ」

そして曾根田は「はい、終わり、終わり」と言って煙草を咥え、ライターで火を点けた。

その後はバカ話をしながらひたすら飲んだ。曾根田もすっかり出来上がって話に興じた。笑いながらしきりに「落ち着くなあ」「懐かしいなあ」などと感慨深げに口にする。卒業してまだ半年しか経っていないが、遠く、懐かしく感じられるのだろうか。帰れる場所というのは物理的な〝場所〟だけではなく心の中にもあるものなのかもしれない。こうしていると門松が言ったように、この部屋で費やしてきた時間も無意味ではなかったのかもしれないと思えてくる。曾根田はよく飲み、よく喋り、終電前に帰っていった。


十一月の下旬、林に誘われて大学が主催する合同会社説明会へ足を運んだ。キャンパスに隣接した多目的ホールに大学が招いた三十社ほどの企業がブースを出す。

朝十時に林とラウンジで待ち合わせた。スーツを着て革靴を履き、黒い合成革のビジネスバッグを持ってラウンジの長椅子で林を待っていると、二年生の後輩たちから「渋いっすね！」などと冷やかされた。お前らにもいずれはこういう時が来るんだぞ、などと笑って返した。ちょうど二年前、曾根田がスーツ姿で初めて僕の下宿に現れた時を思い出す。その時は浅野が曾根田を冷やかして、曾根田は今の僕と同じようなことを言い返していた。みんなこうして、ところてんのように社会へ押し出されてゆく。

しばらく待っていると林ではなく浅野がラウンジに入ってきた。なぜか学ランにコートを羽織っている。

「林はまだか」

「まだかって、その格好でどこへ行く」

「合同説明会だよ。俺も行くことにしたんだ。まずは見てみようと思ってな。でもスーツがないから学ランで来た」

「お前、きっと大物になるよ……」

僕が唖然としながら言うと、浅野は「ありがとう」と真顔で答えた。

言いだしっぺの林が遅れて現れ、僕らは合同説明会が行われている多目的ホールへ向かった。

ホールの入口近くで学ランを着た男たちが六、七人立って、会場へ入ってゆく参加者たちに向かって何やら訴えかけていた。学ラン男たちは〝新卒一括採用システムを撲滅《ぼくめつ》せよ!〟という横断幕《おうだんまく》を掲げて気勢を上げている。そして白地に赤文字で〝就職活動解放戦線〟と書かれたのぼりを掲げている。

「何だあの騒がしい奴ら。俺とおんなじ格好してるな」

浅野が苦笑いした。

「君たちは今置かれているこの状況に何の疑問も感じないのか！」

リーダーらしき男が拡声器を使ってホールへ入ってゆく三年生たちに向かって何かを演説し、その両脇で二人の男がビラを配っていた。真剣な運動なのかそれとも目立ちたがりのパフォーマンスなのか分からない。

「面白いな、あれ」

林は陽気に笑って学ラン男たちのほうへ近付いてゆく。

「よろしくお願いしま〜す」と間延《まの》びした声を掛けられ、何をよろしくすればよいのか分からぬままビラを受け取る。

Ａ４の紙に手書きの小さな字がびっしりと並んだ汚いビラだ。横断幕と同じ〝新卒一括採用システムを撲滅せよ！〟という見出しの下に本文が書かれている。

〈今こそ自分の頭を使って考えてみよう。通称〝大学〟と呼ばれる放牧場は全国各地に点在し、鈍牛《どんぎゅう》の名産地として知られる。鈍い牛と書いて、「どんぎゅう」である。雄牛、雌牛とも牧場で草を食《は》み、惰眠《だみん》を貪り、いたずらに時を費やす。牛たちの身体は弛緩《しかん》し、脳は退化する。恥ずかしながら、私もここで放し飼いされる一頭の牛である。牛たちはキャンパスという名の敷地に通常四年間放牧される。場合によってはそのまま五年、六年と年月を重ねる呑気《のんき》な牛もある。

牧場に入って二年半が経とうとする頃を境に、牛たちは柵から出る準備をする。

"モラトリアム"と揶揄される長い放牧生活で立派に贅肉ぶくれした鈍牛たちは、自分が血迷っていることも自覚できぬ程の前後不覚状態のまま、市場へ放逐される。そして、市場を彷徨《さまよ》いながら自らを競りに掛け、企業という魔物に自らを安値で叩き売るのである。その末路は哀れである。巨大かつ凶暴な魔物の手によって骨抜きにされ、使役され、心身の精気を吸い取られた挙句、その魔物の血肉にされる。そんな魔物に向かって飛び込んでゆく牛たちの行為は、魂の集団自殺行為であるとしか思えない。こうした魂の集団自殺行為は〝就職活動〟と呼ばれ、驚くべきことに公然と、かつ当然のごとく毎年行われている。

かく言う私も悲しいかな、この牧場で愚鈍な日々を重ね、図らずも鈍牛に成り下がってしまった。これについては誰のせいでもなく、果てしない飲酒と惰眠の海に溺れ続けた私自身の責任である。だが私は、生きたい。魔物の餌食《えじき》になるつもりなど毛頭《もうとう》ない。だから、多くの従順な鈍牛たちとは一線を画し、これから始まろうとする集団自殺行為に参加するつもりは断じてないことを、ここに宣言する。　就職活動解放戦線代表　時田《ときた》智成《ともなり》〉

極端に振り切れた考え方というのは一見痛快で、たとえ暴論であっても正しく思えてしまうことがあるのだろうか。僕は心のどこかで賛同していた。なるほど、滅茶苦茶だが一理ある、と。

「あはは、鈍牛だって。痛い事言うね！ 確かに俺も鈍牛だな。脳みそなんて使ってないから腐ってるかもしれないな。モー、モー」

林が牛の鳴き声を真似て陽気に笑う。その横でビラに目を落としていた浅野が「なるほどね」と呟いた。そして「俺、こいつらと同じだな……」と笑った。

自分と同じ考えを持った人間もいることを知り、喜んでいるのだろうか。「同じって、どういうこと？」と林が尋ねる。浅野はビラを折り畳みながら答える。

「不平不満ばかり言いたい放題並べてるけど、だからどうすべきか、じゃあ具体的にどうすればいいかっていう肝心なところが丸ごと抜け落ちてる。俺、こいつらと同じなんだな」

この言葉を聞いた時、僕は浅野という男を見直した。

ほどなく大学の職員が二人やって来て〝就職活動解放戦線〟の演説を止めさせた。彼らはあっさりと従い、横断幕やのぼりを片付け始めた。互いの顔を見合わせて笑いながら何かを話している。とんだお騒がせパフォーマンスだった。でも僕は図らずもこのお騒がせ集団から大切なことを学んだ。代案のない批判や反抗は何も生み出さぬ、ただの野次《やじ》に等しい。

広いホールの中はスーツ姿の学生で混み合っていた。衝立で仕切られた簡易のブースが壁際に沿ってぐるりと並ぶ。各ブースには二、三人の担当者が常駐し、訪ねてくる学生に対して説明を行っている。時間を決めて何回かに分けて教室形式の説明会を行うブースもあれば、少人数ずつ対面の説明を行うブースもある。

歩いていると市場の出店を見て回っているような気分にもなる。しかしここでは出店が買い手であり、行き交う学生は品定めされている。ブースを訪ねる学生は説明を聞くだけでなく懸命に自分を売り込んでいた。一目瞭然《いちもくりょうぜん》の買い手市場だ。

まずはどこの会社を訪ねようかと思案する。気付いたら「名前を知っている会社はないか」という視点でブースを物色していた。しかしこの合同説明会に参加しているのは中規模の会社が多いらしく、世間知らずの僕が知っているような会社はあまりなかった。金属のリサイクルをしている会社、農作物の種苗を販売している会社、ベニヤ板の専門商社など業種は様々だ。

各社のブースに並ぶ人事担当者と比べて、我々学生のスーツ姿は妙に浮ついて見える。この違いは何なのだろう。着こなしや身体に馴染んでいるか否かということだけではないように思える。俄かに〝プロ〟という言葉が頭に浮かぶ。我々学生が電車の中や街中で見かけるスーツ姿のおじさんたちは、皆それぞれ何かのプロなのだ。

僕のような能天気な学生にとって、ブースで待ち構える人々はまるでビジネスマンという〝異人〟のように見えた。僕はブースに足を踏み入れるのが怖くて、通路をゆっくりと歩いた。

普通に勤めるということは思ったほど簡単ではない。曾根田はそう言っていた。ブースの前を通り過ぎながら僕は想像する。ある人は百戦錬磨の慧眼《けいがん》面接官かもしれない。ある人は不本意ながら人事に回されてしまったが、それを受け入れて今ここにいるのかもしれない。ある人は新米人事担当者で労務関係の法律の勉強に追われているのかもしれない。そして皆、夜は時々酒を飲んで笑い合い、息抜きをしているのかもしれない。仕事の後の酒は美味いだろうか、それとも、ほろ苦いだろうか。敬意のようなものが芽生えてくる。半面、怖くなる。

このままでは何をしに来たのか分からないので、学生が大勢集まっているブースを選んで入った。担当者がプロジェクターを使ってスクリーンに会社案内を映し出し、学生は教室形式に並んだパイプ椅子に座り、説明を聞いている。話はもう終盤に差しかかっていたので、座ってすぐに説明会は終わってしまった。ブースを出て、またホールの中を歩いて回る。

何社かの会社案内やパンフレットをもらった。結局、どこの会社の人事担当者とも直接話をすることはなかった。

学ラン姿の浅野は終始どこのブースにも立ち入らず、ただ会場内を見て回った。ほとんど喋らず、無表情で辺りを見回しながら何か考え事をしているようだった。

十二月に入ってしばらく、暖かい日のほうが多かった。

だが、今年は暖冬かと油断したのもほんの束の間。布団からなかなか出られなかった朝、一時限目の講義に出るため、しぶしぶ起きて外へ出た。吐く息が白く浮かんで消えたのを見た時、ああ冬が来たのだなと感じた。

冬の訪れのさ中、就職活動は本格化してゆく。

防寒着はダウンジャケットしか持っていなかったので、紳士服店でコートを買った。会社説明会を行う企業も増え、僕も就職支援サイトを介して何社かの会社説明会にようやくエントリーすることができた。まずは場数を踏んで就職活動に慣れておきたかった。

最初に訪ねたのはバブルの前に設立された中堅企業。マンション事業とフードサービスとホテル事業を展開しているらしい。多角的経営を掲げているが、何が本業なのかよく分からないというのが第一印象だった。

事前に指定された履歴書をインターネットからダウンロードし、自筆で記入する。自己PR、資格、大学時代に打ち込んだことなど様々な項目が設けられている。そこへ書くべきことが何もないことに気付き、愕然《がくぜん》とした。正直に書けば「私のアパートに集まって酒を飲んでいました」となるが、そんなことはとても書けない。空白で提出するのもまずいと思い、大きな文字で無理矢理に欄を埋めた。

会社説明会は池袋の少し外れにある本社で行われた。会場の会議室には何十ものパイプ椅子が並べられていたが、満席。各事業部門の担当者がプロジェクターを使って仕事の内容を詳しく説明する。大学の講義のように居眠りしている者はなく、皆ノートや配られた資料の上にメモを取る。

説明会の最後に設けられた質疑応答の時間になると、多くの学生が我先にと手を挙げる。不思議な光景だった。知りたいことを訊くことよりも、とにかく質問に立って自分をアピールすることが目的になっている。中には「やりがいは何ですか」という安易な質問をする者、質問の前置きで延々と自分の話をして顔を売ろうとする者もあったが、担当者はどの質問者にも丁寧に応対していた。

説明会が終わるとそのまま簡単な筆記試験を受け、その後別室で一次面接を受けた。面接官二人に対して学生が五人の集団面接だ。面接官は二人とも男性で一人は四十歳ぐらい、もう一人は若く、歳も僕らとあまり変わらないように見える。

最初に自己PRと志望動機を述べさせられた。隣に座っている男が、御社のチャレンジ精神と将来性を云々、と、こわばった笑顔で語る。

面接官は履歴書と当人の顔へ交互に視線を向け、時折頷きながらそれを聞いている。口元は微笑んでいるが、目の奥は笑っていない。改めて、僕らは市場に出されて品定めされているのだと実感した。

僕の順番が来た。正直なところ、今後の就職活動の予行演習をしたいという程度の気持ちで受けたので、志望動機など最初からなかった。だから当たり障りのない言葉を並べた。言葉に詰まることなく上手く話せたが、話し終えたところで脇の下から変な汗が滲んだ。自分が隣の男とほとんど同じようなことを喋っていることに気付いたのだ。

年上のほうの面接官が机の上に手を組み、微笑みながら僕に言った。

「城山さん、そんな風では百社受けても落ちますよ。どうしてだか分かりますか」

「すみません、ちょっと分かりません」

「ワイシャツの第一ボタン、袖のボタン、それでいいと思いますか」

ボタンは開けたままだった。

「それに、この履歴書。書き間違いを修正テープで消してある。これはひどい……」

面接官は苦笑しながら僕の履歴書を繁々《しげしげ》と眺める。

「小うるさいことばかり言って申し訳ありません。くだらないでしょう。私もくだらないと思います。でもそれが多くのビジネスマンの間でのマナーです。老婆心《ろうばしん》ながらアドバイスさせていただきました。少しでも今後の就職活動に活かしていただければ、一企業の人事に携わる者として幸いです」

僕は恥ずかしくなった。注意を受けたことそのものに対する恥ずかしさだけではない。僕の〝予行演習〟的な気持ちは読まれていたのだ。だから面接官は今後の就職活動についてのアドバイスをくれた。この先頑張れよというエールと、世の中は甘くないのだよという洗礼が入り混じったような、優しくて厳しい口調だった。

その後の就職活動は、面接官の言った通りになった。何社かの採用試験を受けたが全て書類選考か一次面接で落ちた。履歴書に修正テープを使うのは止め、ワイシャツの第一ボタンも袖のボタンも留めてみたのだが状況はいっこうに好転しない。僕は大きなシステムからますます取り残されていった。

色々なことに馴染めない。例えば志望動機を口にする時、嘘をついているような罪悪感を覚える。言葉に感情を込めようとしているのに、平板な棒読みになってしまう。本当は志望動機などないのだから、感情がこもるはずもない。

中途半端な就職活動の傍ら、一月末の気象予報士試験に向けて中途半端に勉強する日々を送った。

こうして目の前のことを何も消化しきれぬまま、冬休みを迎えた。時々、冬晴れの青空が重苦しく見えた。

年の瀬も迫った頃、実家に帰った。そこで両親と大喧嘩をした。

母がNHKのニュース番組の中で組まれた就職活動の特集を観て不安を煽られたら

しく、例によって「あんたは大丈夫なの？」と心配する。四年生の冬になっても内定がとれないまま就職活動をしている学生がたくさんいるらしいから早く本腰を入れて云々、お父さんもお母さんもお爺ちゃんもお婆ちゃんもみんなあんたのことが心配だし、あんたが立派な大人になって活躍するのが何よりの楽しみなんだから頑張って云々。食事の間中ずっとそんなことを喋っていた。

僕は「うん」「ああ」と相槌を打って応じていたが、段々いたたまれなくなってきた。そして僕は思ってもいないことを口にした。

「就職活動を止めようかと思ってる」

あまり母がくどくど言うので、やけになって言ってしまった。父の箸がピタリと止まった。

「止めてその後、どうする」

「アルバイトをしながら自分のやりたいことをやる」

「やりたいこと？　今更、生温《なまぬる》いことを言うな。そういうのを現実逃避というんだ」

「やりたいことをやるのが生温いって、誰が決めたの。他人に迷惑をかけるわけでもない」

「家族に迷惑をかけてるだろう。俺はお前をプー太郎にするために大学へ入れた訳ではない」

「プー太郎……。そもそも定職に就いた人間以外はみんなロクデナシのような言い方をするのはどうかと思う」

押し問答だった。就職活動を止めるとまでは考えてもいなかったのに、口に出した途端そういう前提で問答が続き、どんどん後へ引けなくなる。

じゃあお前はどうしたいんだ？　と父が問う。写真学校に入って写真を学ぶと答える。写真で飯が食えるか、第一何を撮る、と父が問う。空の写真を撮る、と僕は答える。そういうのを絵空事というんだ、と父が怒鳴る。

全てその場で考えて口にしたことだった。即興で出来上がった話の中で僕は空の写真を撮る写真家を目指していた。父に抗うために思ってもいないことを口にしながら、僕はますます意地になってゆく。

段々と声を荒げての言い合いになった。父は学校を出て〝まっとうに就職する〟のが当たり前で、当たり前のことがなぜできないのかと言う。僕は〝まっとうな就職〟とはなんだ、新卒採用で就職した者だけが〝まっとうな就職〟であとはそうではないのかと反論する。母はヒステリーを起こして「親は先に死ぬのよ。あんたが野垂れ死にしそうになっても助けてあげられないんだから」などと極端なことを言い出す。まるで就職活動をしない者はこの先生きていけないと断言されているようだった。団塊《だんかい》世代の勤め人たる父やその妻たる母にとって、学校を出たら〝まっとうに就職する〟のが当たり前で、その価値観からすれば僕の言っていることはとんでもない暴挙なのだろう。父と言い合っている横で母が泣き崩れた。それでも父と僕は激しく言い合った。言い合うほど、両親の言っている〝当たり前〟が当たり前ではない気がしてくるのだ。

深夜一時、抜け殻のようになった母が黙って居間を立ち、寝室に入った。

父が去り際に言った言葉が胸にこたえた。

「今目の前のことから逃げて、ここでだめだったらこの先何をやってもだめだぞ」

確かにその通りだと思った。ただ、僕には対峙《たいじ》すべき〝目の前のこと〟というのが何なのかすら分からなくなっていた。

自分の部屋に戻ったのは深夜二時過ぎ。高校生の時分まで使っていた学習机の前に座り、昂《たかぶ》った気持ちを鎮《しず》める。本当は「就職活動を止める」なんて考えてはいなかった。ただ「当たり前」をよしとする両親に、反論したかっただけなのだ。意地になって心にもないことを言い返してしまったと後悔する。

立派な大人とはどういう大人だろう。大人になるというのはどういうことだろう。高校までの十八年間を〝子供〟として過ごしたこの部屋で考えてみたが、答えは分からない。

眠れない夜を過ごした。部屋に残っていたＣＤの中からなぜかビバルディの『四季』を選び、古いCDラジカセで繰り返し再生する。思考がとりとめもなく頭の中を巡り、とうとう夜が明けてしまった。四度目の『四季』が終わったところで停止ボタンを押した。窓の外から雀《すずめ》やカラスの鳴き声がかすかに聞こえてくる。

そら見やがれ。『四季』の旋律が鳴り止んだ静寂の中、マリーの歌声が頭の中で鳴り響く。カーテンを開けると窓の外、東の空の暁闇の中に平べったい雲が幾重も棚引いているのが見えた。黒く浮かんだ雲の隙間に、朝日が炭火を焚いたようにほの赤く覗いていた。

マリーはどうしているだろう。僕の父や母や、おそらくその他大勢の人が言う〝当たり前〟の外を生きてきた人、ずっと幹線道路の外を走ってきた人。

携帯電話からマリーのホームページにアクセスした。以前に見た時とは様子が違っている。トップ画面の真ん中に、赤文字で何かを知らせる文章が掲載されていた。

〈ふとした病に倒れ、少しの間休みます。今はもうピンピンしておりますが、どうやら短い老い先を余計に短くしちまったことは間違いないようです〉

僕は問い合わせ先として記されていたマリーのメールアドレスへメールを送った。

〈大学の講堂前でお会いした城山です。ホームページを見て驚きました。病気、大丈夫ですか〉

少し経つと携帯電話が震えた。こんな明け方にまさかと思って液晶画面を確認したが、本当にマリーからの返信だった。

〈見なくていいって言っただろう！　まあ、今はピンピンしているのでご安心を。病名はガンというらしい。残念ながら、そう簡単にはくたばりそうにありません、あしからず〉

どこまで強がりな人なのだろう。携帯を手にして、しばらく文面を考えた。

〈復帰のライブはいつですか？　快気祝いに見に行きます〉

強がって楽天的な言葉を返した。すぐに返信が届く。

〈来なくていいよ〉

そう書かれた下に〈『歌うババア　マリー　冥土《めいど》の土産ライブ　パート1』予定は未定。後日お知らせします〉と記されていた。

朝日が遠くの山際を鮮やかに染め、雲が飴色の光を受けて輝き始める。やがてオレンジのグラデーションが東の空を覆った。

テキーラサンライズだ。と、マリーは言うだろうか。もう少し経てば空はディープブルーに変わる。布団に横たわって目を閉じ、遅い眠りが訪れるのを待った。

大晦日《おおみそか》の前日、僕は二十一歳になった。

第七章　ライク・ア・シューティングスター

　年が明け、新年最初の中国語の講義にも友恵は出て来なかった。

　講義の後の昼休み、キャンパスを歩いていると、校舎から出てきた浅野とばったり遭遇して驚いた。学内で偶然会うことはそれほど珍しいことではない。僕が驚いたのは、彼がリクルートスーツ姿だったからだ。黒いカシミヤのコートをまとい、心なしかいつもより背筋がピンと伸びているように見える。スーツ姿の浅野は不思議と板についていた。茶色に染めていた髪はすっかり黒くなり、短く切り揃えられている。

　浅野は僕の驚きを察したかのように悪戯っぽく笑いながらこちらへ近付いてくる。そして僕が何か言おうとするより早く「昼飯食うか」と正門のほうを指差す。

　正門からほど近い商店街の喫茶店に入った。昭和のレトロな雰囲気をそのまま残す店内には様々なサークルの紋章や卒業生たちの寄せ書きなどが所狭しと飾られている。なぜかニラ玉丼を名物メニューとして推《お》す奇妙な喫茶店だ。浅野はこの店の馴染みで、店のおばさんとも親しい。

窓際のボックス席に腰掛けると、水を持って来たおばさんに「あら、どうしたの、そんな格好で」と声を掛けられ、浅野は「これからお見合いに行くんすよ」とふざけて返し、ニラ玉丼を注文した。僕も「もう一つ」と続いて注文する。おばさんは注文を聞くと厨房へ戻っていった。

僕は「で、どこへお見合いに行くんだ」と切り出す。

「今日は新宿。相手の子は食品製造業の仕事をしているらしい」

浅野は煙草を咥えて火を点け、一息ついてから言った。

「覚悟を決めて就職活動することにしたよ」

「そうか。でもまた、なんで急に心変わりしたの」

僕が尋ねると、浅野は「さあね」と、はぐらかしてから言葉を継いだ。

「椅子取りゲームみたいに見えるんだよな」

浅野は窓の外へ目を向ける。僕は意味が分からず、浅野に釣られて窓の外へ目を遣った。大きなガラス窓の外、昼食時の商店街を学生たちが行き交う。

「なんだか椅子取りゲームみたいで嫌だったんだ。三年近くも呑気にフラフラしてたところ、『ハイ！』って手を叩かれた拍子にみんなで血眼になって椅子を奪い合う。置いてある椅子は色々で、頑丈《がんじょう》だけど座りにくかったり、簡単に壊れそうだけど格好よかったり、奇抜《きばつ》で見るからに怪しげだったり。どの椅子にも座れずにあぶれてしまった人間は居場所もなく彷徨う。そんなイメージだ」

「なるほど。この前見かけた〝就職活動解放戦線〟なら『このバカげた椅子取りゲームを中止せよ！』とか叫ぶのかもしれない」

浅野は「あいつら、これからどうするんだろうな」と笑った。

「でも今置かれている状況が椅子取りゲームに見えるのは多分、自業自得なんだよな。何も考えていなかった俺自身のせいだ。ちゃんと考えてきた奴らにとっては就職活動っていうのも椅子取りゲームなんかではない。目指すべき椅子が最初から決まっている。だからまっしぐらにそれを獲りに行くだけだ。独自に何かを築いてきた奴らは別のところに生きる場所を見出す」

「今そういうことを考えているだけでも、いくらか立派だと思うよ」

お世辞ではない。浅野はただ流されるのではなく、自らの意志で将来を選び取ろうとしている。

「何も考えず、何も築いてこなかった今の俺にできることはひとつ。死ぬ気でこの目の前の椅子取りゲームに参加して、勝ちにいくことだ」

今できることはひとつ。そう言い切ってしまうのは極端だと思う。でも浅野はそう割り切って自分なりの答えを出したのだと思った。

「いいんじゃないかな」

入口の扉が開き、テニスラケットを持った四人組の男が入ってくる。大きな声で何事かを言い合いながら隣のボックス席に座った。

「お目出度い人間だったよ。子供の頃から自分は何者かになるもんだって、根拠もなく信じ込んでた。その何者かっていうのが全然具体的じゃないんだ。とにかく〝何か〟でかいことをやるとか、〝何か〟で大儲けするとか、漠然とし過ぎていて妄想にすらなっていない。気が付いたら何者でもないまま時間だけが経ってた」

おばさんがニラ玉丼を二つ運んできた。「なんか珍しく真面目な話してるみたいじゃない」とおばさんに冷やかされ、浅野は「この男からお見合い相手の落とし方を教わっているんですが、なかなか難しいっすね」とまたはぐらかす。

「とにかく今はレールの上を突っ走ってやろうって決めた。自分は何者でもないって自覚するところから始める。そして助走を付けながら、今度は本当に自分が何者になるか考えるんだ。走りながら考えるっていうこと」

僕は「そうか」と頷いた。混沌としたぬかるみの中から「イチ抜けた！」と飛び出す浅野の声を聞いたような気がした。そして浅野のスーツ姿が板について見えた訳が分かった。

「とりあえず今は頑張ろうぜ」

浅野はスーツの襟を大げさに正してみせながら言った。それからニラ玉丼をスプーンですくって、美味そうに食べた。

「これでいいのかなって、疑問に思うことがある」

僕はニラ玉丼をスプーンでかき混ぜながら呟いた。

「おい、なんだよ。俺が折角腹をくったところだっていうのに」

「いや、こっちの話なんだけれど。椅子取りゲームに参加しないっていう選択もあるんだよな。それもありかなって、時々思うんだよ」

浅野は呆れた様子で溜息を吐いた。

「お前さ、これまで周りに流されてきただろ。まあいいか、別にいいんじゃないですかって。今になってなんで流れに逆らうようなことを考えるのか、俺には分からんな……」

「逆らってるつもりはないんだ」

「つもりはなくても逆らってるだろう。しかもこの肝心なところで。今はただでさえ仕事に就くのが難しい。新卒採用でこぼれたら、簡単には這い上がれない。曾根田さんも言ってただろう。螺旋階段を下るようにどんどん落ちていくって。悔しいけれどそういう風にできてるんだよ」

浅野は少し熱くなって言った後、諭すような口調で尋ねた。

「何かやりたいことでもあるのか」

「例えばの話で、これから本気で画家を目指すって言ったらどう思う？　笑うだろうか」

「何を志すのも個人の自由だと思うが、なぜ今更、って思うね。そういうことは椅子取りゲームが始まるずっと前から考えるものだ。俺たちにはもう、タイムリミットが来ちゃったんだよ」

「タイムリミットか……。そうだよな。なんで今更、だよな」

僕は年末に両親と喧嘩したことを話した。

浅野はそれを聞いて「なるほど」と呟いた。

「口論しているうちに、後へ引けなくなったたっていうわけか」

「ああ。でも熱くなって言い返したことの半分は本心のような気もするんだ」

「おいおい、どうしてそんなに意固地になる」

「なんだろう……。ここに来てようやく自分の考えを持ち始めたから、かな。いつも『いいんじゃないですか』ばかりで、今まで自分の意志では何も選び取ってこなかった。初めてなんだ、こういう気持ちになるの」

隣の席のテニスラケット四人組は注文した料理を待ちながら、テストの点数や単位を取りやすい講義について、サークル内の人間関係について、とりわけ女の子について語りながら盛り上がっている。

「まあ、気持ちは分かるけど、今は現実を見ろよ。今になってなんとなく別の道が楽しそうに見えてきたっていうんじゃ、はっきり言って現実逃避だぞ」

現実逃避。父や母も同じことを言った。

「そう思われても仕方ないのかもな。でも、世間一般に言う〝現実〟とか〝常識〟って何なんだろうな。なんで就職活動を経て〝きちんと〟就職することが現実的で、その他の道を探そうとすることが現実逃避なんだろうか」

「なんだろうとか、なんでだろうとか。お前はクエスチョンマンか」

「クエスチョンマン……。なんだそれ」

「ああ、ごめん。そりゃ知るわけないか。俺がガキの頃自由帳に描いてたギャグ漫画だよ。主人公は顔がハテナマークになってる怪人で、常になんでやろ？　なんでやろ？　って言い続けてるんだ。俺がここにおるのはなんでやろ？　なんで俺は俺なんやろ？　なんで俺は俺なんやろとか考えてるのはなんでやろ？　なんで俺は俺なんやろとか考えてるのはなんでやろとか考えてる俺はなんで俺なんやろ？　みたいな感じで延々と続いていって結局何も起こらないというシュールな漫画だ。最後のコマは文字だらけになって、クエスチョンマンが文字に埋もれて見えなくなって終わる」

「ひどい漫画だ。ある意味哲学的だな……」

苦笑しながら僕ははっとした。なるほど、クエスチョンマンか……。

「話しているうちに少し見えてきた。ありがとう」

「何がだよ。さっぱり分からん……」

浅野は苦笑して煙草に火を点けた。

その夜、僕はパソコンの前に座り、就職支援サイトを開いた。

クエスチョンマンが最後のコマで文字に埋もれてしまったのは、ただ疑問だけを投げ続け、その答えを確かめようとしなかったからだ。

曾根田が言う「大人になる」ということがなんなのか、両親や浅野の言う「現実逃避」ということがどういうことなのか、〝現実〟とはどういうものなのか、漠然と疑問を抱くだけでなくこの目で確かめ、そしてこの頭で考え抜くのだ。

そのために、五十社を回ろうと心に決めた。

会社の規模や業種は問わず、片っ端から会社説明会にエントリーした。説明会へ行く前にその会社のことをできる限り調べておく。そして自分がその会社で仕事をしている光景を懸命に思い描く。どんな小さなことでもいいから、心躍るような仕事をしている自分を想像した。小さな幸せを探すように。すると、何かしら志望動機らしきものが生まれてくる。気が付けば、向こう一ヵ月のスケジュールが大学の後期試験と各企業の説明会や採用面接でいっぱいになった。

良く晴れた新春だった。最後に雨が降ったのは何時《いつ》だったか思い出せなくなるぐらい、冬晴れの日が続いた。雲ひとつない青空というのは、爽やかだが摑みどころがなくて少し物足りない。僕は雲のある空が好きだ。雲は空の表情なのだと思う。

ただ、雲ひとつない青空も無表情というわけではなく、その時々によって微妙に表情を変えている。日々の写真を見比べてみると、友恵が言っていたように空の青みは少しずつ違うことが分かる。

そんな冬晴れの空の下、僕は試験勉強に追われていた。

一月下旬に入るとすぐ、大学の後期試験が始まった。前期試験の惨敗を挽回できなければ、いよいよ留年が確定する。

父と言い合った手前、留年などすれば何を言われるか分からない。ここでだめだったらこの先何をやってもだめだ。父の言葉を鞭にして自らを奮い立たせた。教科書を必死に読み、なりふり構わず講義ノートのコピーを手に入れて暗記し、試験に臨んだ。

中国語の試験の日、学生たちは早めに教室に入り、試験の始まりを待つ。食い入るように教科書を見つめる者、例のごとく「昨日ほとんど勉強しないで寝ちゃったよ」などと得意げに語る者。少なくとも、誰も友恵のことを気にかけてはいないようだ。

開始五分前、楊先生が入ってきて教卓の上に問題用紙を置く。とうとう友恵は来なかった。そう思った矢先、教室の前側の扉が開いた。

戸口には友恵が息を荒くして立っていた。

楊先生は教室に入るよう、笑顔で促す。

「たいじょぶです。これからはちめるところです」

自分の席へ歩いてゆく友恵と少しだけ目が合った。訊きたいことが色々あるが、今はその気持ちを抑える。席に着いた友恵に周りの女子学生たちが「どうしたの?」「試験には来られてよかったね」などと口々に声を掛けた。友恵はそれぞれに対して微笑んだり頷いたりしていた。

試験時間中、色々なことを考えてしまったが、なんとか全ての欄に解答を記入し終えた。終業のチャイムの後、僕はゆっくりと机の上を片付けながら、友恵になんと声を掛けようか考えた。友恵は教室の前で他の女の子たちと話をしていたが、少し経つと手を振って別れ、こちらへ向かって歩いてきた。

「対不起、我遲到了」

友恵は困ったような笑顔を浮かべながら言った。拍子抜けした僕は、軽く手を上げて応じた。

「ごめんなさい、電話をもらったのに何もお知らせしなくて」

「いや、別に……」

「お父さんが倒れてしまって、それで、ずっと休んでいました」

「どうして倒れたの?」

三ヵ月以上も休んでいたのだから、軽い病ではないことぐらい察しがつく。それなのに、こんな間抜けな言葉しか出てこないのが情けなかった。

「脳内出血です。一命は取りとめましたが、左半身に麻痺《まひ》が残っています」

母も兄弟もない友恵は、一人で病院に通った。新潟の大学に通う〝彼〟が時々見舞いに来てくれた。友恵の恋人が地元の幼馴染であることを初めて知った。

今は叔父《おじ》夫婦に身の回りの世話やリハビリの付き添いなどを頼んであるという。

話を聞きながら、こんな時、何と言葉を掛けたらよいのか考えていた。気の利いた言葉は何も思い浮かばない。「そうだ」。腕時計に目を遣りながら言った。

「茄子弁当を買いに行こう」

弁当屋で茄子弁当を買い、寒空の下、講堂前の石段に座って食べた。凍てつく空気が肌を刺し、弁当はすぐに冷えて硬くなった。

空はコバルトがかった青みを湛えて凛《りん》と澄み渡っていた。真っ青な空の天井の一番高い所には毛羽立った雲がへばり付いている。雲は白く透き通っていて、まるで空に冷たい霜が降ったように見える。

身体を震わせながら弁当を食べていると、友恵が問わず語りを始めた。父が倒れたという報せを受け新潟の病院へ駆けつけた。父は生死の境をさまよった。手術と治療で一命を取りとめた後も、リハビリの日々。友恵は自分を責めた。母を亡くし、父は倒れて身体が不自由になった。なぜ自分の周りには不幸なことが起こるのか、と。

「不思議ですね。こういう時って、自分が悪いなんて考えてしまうんです。私がいるからみんな不幸になるんだって。私は雨女だって思うみたいに」

友恵は笑いながら、珍しく投げやりな口調で言った。

「こんな時こそ、鶏肉のかけらを探そう」

考えもなしに言葉が口を衝いて出た。

「え？」

「四つ葉のクローバーや、電車の中で見かけた人の優しさみたいな、小さな幸せを」

僕は箸の先で唐揚げの揚げかすをかき混ぜてみせた。

「羽村さんが教えてくれた言葉を、そのまま返してみた。少なくとも今、お父さんは生きている。だからこの先、お父さんとの時間の中で小さな幸せはたくさん見つけられると思う」

偉そうなことを言ってしまった。第三者の気楽な前向き思考を押し付けているだけかもしれない。でも同情や慰め以外の何かを友恵の心に投げたかった。

友恵は遠くを見ながら「ありがとうございます」と言った。口元に笑みを浮かべているが、頑張って笑っている感じが伝わってきて痛々しい。

石畳の広場に積もった木の葉が一陣の風に巻き上げられてくるくると舞った。

「あの風、もしかしたら世界のどこかで嵐を巻き起こすかもしれないね。北京で蝶が羽ばたくとニューヨークで嵐が起きるなんていうから」

「バタフライ効果、ですか」

蝶の羽ばたきが起こした空気の揺らぎがどこかで小さな風を起こし、巡り巡って遠くの地で嵐を起こす。空はそれほど変わりやすいということの喩《たと》えだ。

〈空がどうして青いか、知っていますか？〉

八ヵ月前に聞いた蝶の羽ばたきのような一言が、日に日に増幅して僕の心の中に大きなうねりを起こしている。

「今夜空いてる？」

僕は友恵に訊いた。友恵は驚いた様子で答えた。

「試験勉強をしないと……」

「マリーさんに会いに行こう」

今度は僕が友恵の心に、蝶の羽ばたきを起こす番だ。

マリーが演奏していたのは、歌舞伎町の外れにある小さなバーだった。地下の店内は細長く、カウンター席の後ろに小さなテーブル席が三つ並んでいるだけ。一番奥にステージらしきスペースがあり、アンプやドラムセットが置いてある。僕らが店に入った時、マリーは丸椅子に腰掛けてギターを鳴らしながら『ストーミー・マンデー』を歌っていた。酔客たちは大きな声で何かを喋り合い、誰一人としてマリーの歌に耳を傾けてはいない。ライブというより、マリーの歌は半ばこの空間のＢＧＭのようになっていた。
　久しぶりに見るマリーは、前よりもずっと痩せてみえる。
　空いているカウンター席に友恵と並んで腰掛けると、カウンターの中から店のマス
ターらしき大男が「いらっしゃい、飲み物は？」と微笑んだ。坊主頭に紫色のバンダ
ナを巻き、立派な口髭を蓄《たくわ》えている。その姿は海賊の『黒ひげ』を彷彿《ほうふつ》とさせる。
　二人ともビールを注文した。
「なんか緊張するなあ。あんまり若いお客さんは来ないもんでね、へっへっへ」
　そう言って黒ひげのマスターはグラスに生ビールを注いで僕らの前に出した。
「マリーさんの友人です」
「ほお、ただでさえ友達のいない偏屈婆さんに、随分と若いご友人がいるもんだ、へ
っへっへ」
　僕はマリーと知り合ったいきさつを黒ひげのマスターに話した。友恵はその間ずっ
とマリーの歌に耳を傾けていた。
「病気のこと、何か聞いていますか」
「ああ。手術の後一ヵ月ばかり休んでたよ。ただ、色々聞いてみてもあんまり話さな
いね。あの調子だからさ。まあ、あの婆さんはそう簡単にくたばりゃしないよ」

黒ひげのマスターはそう言って寂しそうに笑った。

マリーが『ストーミー・マンデー』を歌い終わると、友恵はポツリと呟いた。

「お客さんたちはちっともマリーさんの歌を聞かないんですね」

「酒場で歌うってのは、だいたいそんなもんだよ」

黒ひげのマスターが応える。マリーはすぐに次の曲を歌い始めた。題名の分からない、日本語のブルースだ。酔客たちは「イエーイ！」などと歓声を上げ、また自分たちの会話に戻ってゆく。

「マリーさんはずっとこの店で歌っているんですか」

僕は黒ひげのマスターに尋ねた。

「ああ。もう十年近くになるかなあ、毎週歌ってもらってるよ。もっとも、付き合いは三十年来だけどね。へっへっへ」

「長いんですね」

「ああ、俺も婆さんの数少ない友達の一人だ」

黒ひげのマスターはそう言って笑うと、手元のグラスに氷とバーボンを入れた。それからグラスを手に取って「乾杯」と僕らに向かって掲げた。

「マリーの歌は、酒が進むんだよ。俺はつまみがなくたって、あの婆さんの歌だけでバーボン五、六杯はいけるね。実際にマリーが歌った日は普段より酒がよく売れる」

「本当ですか」

僕は後ろのテーブル席や他のカウンター席を見回した。皆男二、三人で、ボトルの酒を飲みながら、ほどよく出来上がっている。

「なんとなく聞いてるだけで気分良くなれるんだよ、マリーの歌は。ご丁寧に耳を傾けて聴かなくたって、いつの間にかずけずけと心に入り込んでくる。本物だ。まことしやかにもてはやされる偽物もあれば、こうやって街の片隅に埋もれてる本物もある」

店の扉が開き、スーツ姿の林が入ってきた。元々は林と二人でマリーの見舞いがてら歌を聞きに来る約束をしていたのだ。林は友恵がいることに気付くと「あれ？」という表情をする。

友恵は疲れた表情で「こんばんは」と言った。

マリーは粛々《しゆくしゆく》と次の曲の前奏に入る。歌の第一声を発すると、酔客たちが歓声を上げた。興奮した林は、短く指笛を鳴らした。

「兄ちゃん、あの歌、知ってるか」

黒ひげのマスターが僕に尋ねる。

「もちろん。デスペラード。イーグルスの」

僕より早く林が答えた。

「マリーの生き方は、あの歌みたいだ。歌の中のならず者みたいに、カードゲームでいい手が揃っても飽き足らず、別のカードを引き続ける。どんなにシケたカードしか出なくても、止めようとしない。譲れない何かのために、こんな場末の店でも自分の好きな歌を歌い続けてるんだ」

僕はマリーのこれまでの人生についてあまり多くを知らないが、黒ひげの店長の話していることがなんとなく分かる気がした。

マリーが『デスペラード』を歌っている間は、酔客たちもステージに目を向け、歌に耳を傾けていた。

歌い終えるとマリーはギターをスタンドに立てかけ、カウンターに向かって歩いてきた。僕らを見ると口の端を釣り上げて笑った。

「本当に来たか……。暇だねえアンタたち」

友恵が「お久しぶりです」と笑顔で挨拶してみせたが、上手く笑えていなかった。

黒ひげのマスターがグラスにウーロン茶を注いで「おつかれさん」とマリーの前に置いた。マリーは「おい、髭坊主！　アタシのガソリンはウイスキーだよ」と悪態を吐く。それから苦笑して僕たちに語った。

「肝臓《かんぞう》をやられちまったから、お医者の先生が、酒も煙草も止めろってさ。まったく……。気が狂いそうだ」

「そんなに歌っていて、身体は大丈夫なんですか」

僕は尋ねた。

「ああ、ボチボチだよ。せいぜい歌えるうちに歌っておこうと思ってるさ。死んだら歌えないからね。冥土の土産ライブ、パートいくつまでできるか、さあ賭けた！」

「また、縁起でもないことを」

林がマリーの悪ふざけを真顔で制止する。マリーは苦笑しながら言った。

「こんなこと言ってる奴に限って、ちゃっかり長生きしたりする。ほれ見ろ、ピンピンしてる」

「何か私たちにできることはないですか？」

友恵が何かをしょい込んだような、思いつめた表情でマリーに尋ねた。

「ないよ。大丈夫なんだから、特にやることはないよ」

「怖くないんですか……？」

「怖いさ。いざ、くたばる間際になったら、怖くて泣き叫ぶかもしれない」

マリーは「でも、そう言ってみたところで仕方ない」と呟き、ウーロン茶のグラスをぐいと呷った。

「人間どの道、死ぬまで生きるんだ」

後ろのテーブル席から「ハーパーのボトルもう一本ちょうだい」という上機嫌な声がする。黒ひげのマスターが「あいよ」と応じる。

マリーは「おお、思い出した」と独り言を呟くと、友恵に向かって言った。

「お嬢さん、さっきアタシにできることはないかって言ったね？」

「はい」

「じゃあ、これに付き添ってくれないか」

マリーはギターケースの中からビラのようなものを取り出して僕らに手渡した。マリーが自分でプリントアウトしたもののようだ。見出しにはこう書かれている。

〈ＣＨＩＨＡＲＵ　メジャーデビュー記念ライブ〉

本文の下に写真がある。中東の美女のようなエキゾチックな顔立ちをした女性がピアノを弾きながら微笑んで歌っている。

ちはる。千春といえば静の娘の名前を思い出す。そして、マリーが自分の娘も同じ名前だと言っていたのを思い出した。

「娘からご招待があった」

マリーの娘、千春は歌う母の姿を見て育った。幼い頃から楽器や歌に親しみ、自然と歌手を夢見るようになった。しかしマリーは娘の夢に反対した。娘は確かに他の子供と比べて歌は上手かったが、飛び抜けているわけでもなく、歌で食べてゆけるとは到底思えない。夢だけで飯は食えないということを痛いほど知っているマリーは「歌手だけは止めときな」と娘を突き放した。

自分だけ生き方を曲げずに好きな歌を歌い、娘にはそうはさせまいとするマリーに対し、千春は反発するようになる。高校に上がると荒れて手のつけられない問題児になった。一方でガールズバンドを結成して、街のライブハウスで歌い続けた。

「止めとけって言っても決して止めなかった。才能があるわけでもなし、ただのお歌の好きな女の子が食っていけるほど世の中甘くないのにね」

ところが千春はバンドコンテストで入選し、自信を深めてしまう。プロの道に繋がるようなあてなどない、小さなコンテストだった。マリーは娘を止めたい一心で「下手だ」「うぬぼれるな」「無理だ」と罵《ののし》る。溝は深まり、マリーと千春は絶縁。千春は高校を卒業した後、年上の恋人を作って姿を消した。

以来ずっと、居場所も分からず音信不通だった。千春が無事に生きているのかさえマリーには分からなかった。しかしその間、千春は地道に音楽活動を続けていた。ソロのシンガーソングライターとしてインディーズで下積みをし、少しずつ実績を積んだ。そして十年の苦労を経て、メジャーレーベルからのデビューが決まった。

そんな折、千春はマリーのホームページで病のことを知る。そしてメールにライブの案内を添えて十年ぶりの便りをよこしたのだった。

「アタシのホームページをずっと覗いてたらしい。たちの悪い娘だ」

僕はマリーがなぜあれほどまでにホームページを作り込み、らしからぬ情報を事細かに発信しているのか、その理由を知った。

「俺、この人知ってる……」

チラシをしげしげと見ていた林が呟いた。

「ほお、そりゃ奇遇だねえ。坊ちゃん、どこで知り合った」

「いやいや、会ったわけではなく一方的に知ってるだけですが……」

林はケーブルテレビで音楽専門チャンネルをよく観ていた。その中の新進アーティストを紹介する番組で最近CHIHARUのビデオクリップが放送されていたらしい。

マリーは「知らなかったよ。そこそこ成り上がってたんだね」と言って笑った。

「病人になるっていうのも、たまにはいいかもしれないね。みんな優しくしてくれる。おまけに十年もの間そっぽ向いてた娘までひょっこり出てくるんだから、たまげたよ」

「でも、どうしてそんな大事なライブに私たちを……」

友恵がマリーに訊いた。

「折角のご招待だから冥土の土産に見物してやろうと思っているんだが」

「分かりました。それならば喜んで」

友恵に続いて、僕と林も頷いた。

「それにしてもお嬢さん、なんだか少し疲れていないかい」

友恵が「大丈夫です」とかぶりを振る横から僕は言った。

「彼女、お父さんが倒れて、ずっと看病していたんです」

友恵に聞いたことを僕が話した。マリーは「そうか、大変だったね」と呟いた。

「お母さんは死んじゃって、お父さんは車椅子生活になって、なんで自分の周りばかり……、自分は疫病神なんじゃないかって……」

友恵が言うと、マリーはさもかったるそうに大きな溜息を吐いた。

「そういうのはなあ、悲劇の主人公気取りっていうんだよ」

マリーの言葉に、友恵はグラスを見つめながら俯いた。

「そんなこと、一人でうじうじと考え続けたって何も出てきやしないよ」

「でも……」

友恵が何か言おうとするのをマリーは遮った。

「お嬢さん、あんたはいい子だ。疫病神なはずがあるもんか。だから親父さんが生きている間、精一杯親孝行してあげな」

そう言うとマリーはウーロン茶の残りを飲み干し、また小さなステージへと戻って行った。そしてセブンスコードの濁った音に嗄びた声を乗せて歌う。

この人は本当にセブンスコードのような人だと思った。野暮ったくて優しくて、静かな反骨を愛し、それを不器用に表現している。

友恵はマリーの歌を聴きながら、グラスに残っているビールを一息に飲み干した。そして黒ひげのマスターにテキーラサンライズを注文した。

僕はポケットの中からペンを取り出し、外でもらった居酒屋のチラシに一首書き留めた。

〈消え残るセブンスコードの残響に宿りてともに消えよ哀しみ〉

小さくも素晴らしいステージだった。病人とは思えない、何もかもを笑い飛ばしてしまえそうな歌声だ。その歌声を聴きながら、僕らはいつの間にかたくさんの酒を飲んでいた。

後期試験の合間を縫って、僕は会社説明会や採用試験に奔走した。とにかく五十社回って確かめようと心に決め、スーツを纏《まと》って色々な街を歩いた。

気持ちの持ち方を変えると、就職活動が楽しく思えてきた。考えてみれば、こんなに色々な会社を見て回り、色々な人に会える機会はなかなかない。

世の中には実に多くの仕事がある。そして人の数だけ人生があるという当たり前のことを肌で感じる。印象的な人にたくさん出会った。

ワーク・ライフ・バランスは我が社には不要、ワーク・イズ・ライフだと熱弁を振るう大手建設会社の役員もいた。「我々の時代は死んでも働いてやるという気概があった」「高度成長期の時のようなパワーを」「若者がすぐに会社を辞めるのは想いが弱いからだ」と。でも、会社に全てを捧げられたのは、社員が家族のような絆で結ばれていたからではないか。現在はそうではない。高度成長期の価値観に僕らをはめようとするのは酷だと思った。

外食チェーンの採用試験では、現場の店長や営業職や人事担当者を交えて集団討論をした。若い女性店長は、掛け値なしにとても楽しそうだった。話や表情から、心底自分の仕事が好きなのだということが伝わってきた。

ＩＴベンチャーの説明会では、四十歳ぐらいの社長が一人で想いを語っていた。会社の説明に留まらず「二十代をどう生きるか」ということについて多くの時間を割いた。この人は大学卒業後、大手の食品会社に就職したがまさかの倒産で職を失い、その後は二十代の間に二度転職したという。小利口になるな、失敗して痛い目を見ろ、会社に尽くすな、一度は転職しろ。逆説的だが、二十代をがむしゃらに駆け抜けた人の言葉には理屈を超えた迫力と説得力があった。

ビジネスマン、あるいはビジネスウーマンという人々に会う度、僕は敬意を抱いた。この人たちの多くもまた、昔は僕らのような能天気な学生だったのだろう。そして多くは就職活動を経て〝まっとうに就職〟し、自分の責任を果たしている。

こうして様々な刺激を受ける一方、会社訪問を重ねるごとに、道はひとつではないという思いが強まる。大人になる、というのはこういう生き方だけを指すのではないだろう、と。就職活動を経て、学校を出て、翌月からどこかの会社で働いて給料を貰う。世の中のシステムが生き方のひとつの型を作り、たくさんの人がその型に倣って生きている。でもそれは、あくまで無数の選択肢の中のひとつであると思えてくる。

慌ただしく三社を訪ね歩いたある日のこと。午前中に御徒町《おかちまち》の食品会社で説明会に参加していると、質疑応答が長引いて次の予定まで時間がなくなってしまった。昼食をとる暇もなく渋谷へ移動し、保険会社の一次面接に臨んだ。面接官二人に学生四人の集団面接だったのだが、僕だけなぜか圧迫面接を受けた。

四十代くらいのいかにも頭の切れそうな面接官から「あなた、弱そうに見えますが、交渉事などできますか？」と訊かれ、怯みながらも「頑張る自信はあります」と答える。面接官は苦笑し「頑張るなんて、お客様に対しても会社に対しても何の意味もない。分かりますか？」と訊く。僕が「はい、仰る通りだと思います」と答えると面接官は「あら。先ほど頑張ると仰ったのに、そんな簡単に相手に屈するんですか」とまた笑う。悔しさと無力感で顔が熱くなった。

その後、重い気分で新宿の不動産会社へ向かった。電車の中で面接官の冷たい声を思い浮かべながら、ビジネスマンにとってこれぐらいの理不尽は序の口なのかもしれないと思った。あなたは弱そうだ。そう言われて返す言葉がなかった。

ショックを引きずったまま臨んだ不動産会社の面接では、自分が何を話したかすらあまり覚えていない。面接が終わったあと、ふと朝から空を一度も見ていないことに気付いた。時間に追われたり思いつめたりしていると、空を見ることを忘れてしまう。空を見上げる心の余裕を大切にしたい。静が言っていたことを思い出した。新宿の街へ出て、心を鎮めて視線を空へ向ける。立ち並ぶビル群の上の空、ミッキーマウスにそっくりの形をした雲が夕陽の中を漂っていた。僕はビジネスバッグの中からカメラを取り出し、レンズを向ける。雲が笑っているように見えた。夕焼けを鮮やかにする街の空。就職活動で色々な街を歩く毎日の中、塵や埃に霞む東京の空が好きになっていた。

新宿の街を歩きながら、ビルの影に切り取られた四角い空を見上げる。高くそびえる東京都庁が目に入り、上ってみたいと思った。

エレベーターで展望フロアへ上ると、笑ってしまうぐらい美しい光景が広がっていた。街と空と海が一望できる。夕焼けの下、東京の街がぽつぽつと明かりを灯し始めていた。

完成間近のスカイツリーは街の真ん中に芽生えた希望のように、空へ向かってまっすぐ、ひたむきに伸びていた。一方、街の頂を明け渡した東京タワーが老いてなお気高く佇む。砂粒のような事柄がひしめく街と、雲を遊ばせながら移ろう空は、全く対照的なものに思えるのに、一緒に見るとお互いを引き立て、とても相性が良い。

一月最後の日曜日に二回目の気象予報士試験を受けた。準備不足がたたり、前回にも増して歯が立たなかった。実技試験の最後のほうになるとすっかり手が止まっていた。問題用紙や天気図を捲《めく》る音、解答用紙の上を走るペンの音を聞きながら、なぜこんなに多くの人が気象予報士試験を受けているのだろうかと考えた。受験者の全てが気象に携わる仕事を志しているわけではないだろう。むしろそういう仕事は限られている。それなのに、なぜこんなに多くの人が気象予報士試験に挑むのか。

空についてより深く知るための道標のようなものではないかと思った。空気象予報士試験で学んでいることは、空を見上げる楽しさを膨らませてくれる。空の青さの中に飛び散る光を思い浮かべたり、ふくよかな雲に上昇気流のエネルギーを感じたり、気圧を意識することで空の質量を感じたりするようになった。すると空の息吹がより生々しく感じられるような気がするのだ。空の移ろいに心を惹かれ、より深く知ろうとする自分にとって、気象予報士試験はひとつの道標になっている。

後期試験も終わろうとする頃、僕は曾根田の働く家電メーカーの会社説明会に参加した。就職支援サイトをこまめにチェックしていたところ、運良くエントリーすることができたのだ。

説明会では会社紹介のVTRを見た後、いくつかの事業の担当者が自分の仕事について語る。最後に人事の担当者が〝求める人材像〟について語る。どの話も、スケールが大きい。それを聞きながら、手持無沙汰で末席に座る曾根田の姿が脳裏に浮かんだ。〝グローバル〟に展開する世界企業の輝きの陰で、デスクの島の隅でくすぶっている人間もいる。

説明会が終わった後、曾根田と待ち合わせた。曾根田は終業時刻の十八時きっかりにロビーへ降りてきた。会社から少し離れた赤提灯の居酒屋に入って酒を飲んだ。試験は残すところあと一科目の上、翌日は試験がないので気が緩み、かなり深酒をした。飲んでいる間、説明会のことや就職活動の話はせず、思い出話ばかりしていた。曾根田は、度々「あの時は悪かったな」と僕に詫びた。そう言われる度、寂しい気持ちになった。

「もう一軒」と言われて連れて来られたのは、なぜか会社の近くの公園だった。コンビニで缶ビールとスナック菓子を買い、木製のベンチに腰掛ける。ブランコと滑り台と鉄棒と砂場があるだけの小さな公園だ。

「毎日昼休みになると、弁当を買ってこのベンチに座ってる。なかなかお洒落な公園だろう。お洒落過ぎてうちの会社の人間は誰も来ない。だから一人になれる」

缶ビールのプルタブを起こして一口飲む。

「人間、暇だと色々なことを考えるらしい……。ホントに、色々考えた」

そして曾根田はいきなりこう言った。

「俺は決めたよ」

何を決めたのか、次の言葉を待つ。

「いいか、笑うなよ」

僕は何のことか分からず、訊き返す。

「なんですか、突然」

「三年後に会社を起こすことに決めたよ」

曾根田は前を見つめたまま言った。その表情から、冗談ではないと分かる。

「三年間は今の会社にしがみつく。石の上にも三年、いや、石にかじりついてでも三年。力を蓄えるんだ。仕事中はどんな雑用でも全力でやって、経理を覚えて、貯金して、準備して」

曾根田は「笑うな」と言ったのに「どうだ、笑えるだろう」と訊いた。

「笑いませんよ。でも、何の会社ですか？」

「何も決めていない。ただ、三年後に会社を起こすということだけは決定した。どうだ?」

「いいんじゃないですか」

「この間、昼休みにここでこうやって座ってる時、決めたんだ。ぼーっと空を見てたら、そうだ、自分で会社を起こそうって思った。なんで今まで気付かなかったんだろうって、悔しくなったぐらいだ」

曾根田はそう言うとベンチから立ち上がり、缶ビールを手にしたまま滑り台へ向かって走り出した。そのままの勢いで滑り台を逆さまに駆け上る。そして振り返ってしゃがむと、尻で滑り降りた。

「お前もどうだ? やってみろよ」

滑り台の側に立ってみると、驚くほど小さい。僕の背丈より少し高いが、あまり差はない。恐る恐る階段を上る。自分は何をやっているのだろうと思う一方、童心《どうしん》に還《かえ》って少し心が躍った。足をかかえてしゃがみ、滑り降りた。ステンレスの板で尻がひんやりとしたのもほんの一瞬。あっと言う間に下まで降りていた。あまりに短いので拍子抜けしてしまった。

「どうだ」

「こんなに短かったなんて……。子供の頃はあんなに大きく感じたのに」

「大人になったんだよ、俺たち。少なくともガタイだけは。生まれてからずっと毎日食って飲んで、それが積み重なって今のガタイになった」

「身をもって感じますね……」

「自分っていうのも、これと同じなんだよな」

「どういうことですか」

「何かを選び取るっていうことは同時にその他の全部を切り捨てるっていうことだ。だから怖い。今も『決めた』なんて言いつつ、本当にそれでいいのかっていう心の声が聞こえる。失敗したらどうしようと思う。逆に、善は急げ、三年間も準備に充てるのは無駄じゃないかとも思う」

「はあ……」

僕が問うたことに対する答えになっていない。

「極端に言えばこうだ。例えば今、俺は缶ビールを飲んでいる。この瞬間、俺は他の全ての選択肢を切り捨てている」

「言われてみれば、そうですね」

この公園で今曾根田と缶ビールを飲んでいる僕も、家で眠る、明後日の試験の勉強をするなど、他の無数の選択肢を切り捨ててここにいる。

「一瞬一瞬、選び取ってきたものの積み重ねの上にある今。それが自分だ。自分探しの旅に出て見つかるようなものではない。自分っていうのは、いつのまにかこうなっている今この瞬間のことなんじゃないかって思った。だから今の自分に言い訳はできないはずなんだ」

「ストイックですね。曾根田さんみたいに理不尽な上司に睨まれて隅に追いやられるとか、自分ではどうしようもない要素がたくさんあると思うんですけど……」

「いや、俺だって、これまで自分に言い訳ばかりしてきたんだ。あの時ああしていればとか、こんなはずじゃなかったとか」

昔々からある夜空に、遠い遠い星の光がいくつも突き刺さり、進み降りてくる。こんなとてつもないものの下にあって、僕らが悩んだりもがいたりしていることなど、ちっぽけなことかもしれない。それでも僕らはちっぽけなことと向き合い、よりよく生きようとしている。

「笑わないでくださいよ」

今度は僕が曾根田に言った。

「なんだよ。聞いてみなきゃ分からないな」

「例えば僕が写真家を目指すと言ったら」

僕はそう言った後「笑いますか？」と訊いた。

「笑わないよ。冗談だとしても面白くないし」

「まあ、例えばの話です」

「そうか。でも写真家ってすごいと思うよ。究極の選択を繰り返す仕事じゃないか。世界中の景色の中からある部分のある瞬間だけを切り取ってるんだもんな。シャッターを切るって、他の被写体を全部切り捨てることのような気がする」

そして曾根田は僕の口真似をして言った。

「いいんじゃないすか」

「曾根田さんに流されて、おかげさまで楽しい大学生活を送ってきました」

皮肉などではない。曾根田は「悪かったって謝ってるだろ」と苦笑する。

「謝らないでください。さっき曾根田さんは言ったじゃないですか。積み重ねてきた上にある今、それこそが自分だって。今の僕だってそうです。積み重ねてきた時間の上に立っている。僕はよかったと思っています」

「本当か？　俺のせいで弱小音楽サークルに引きずり込まれ、大学徒歩五分のアパートを溜まり場にされ、有り余る時間をドブに投げ捨て続けた。それでも」

「はい。一度、門松に怒られたことがあるんです。無駄だったなんて言うなって」

「へえ、アイツがそんなことを」

「バンドメンバーもその他の仲間も、何かの因果《いんが》で出会うべくして出会ったのかもしれませんね。曾根田さんと話していて〝因果〟っていう言葉が頭に浮かびました」

因果、因果の繰り返しで、今ここにいる。僕は大学入試の時、六角鉛筆の尻に一から六までの数字を彫って鉛筆サイコロを作って試験に臨んだ。分からない問題は全てそのサイコロに従って答えた。六が出たらもう一回サイコロを振った。出したサイコロの目がひとつでも違っていたら、僕は曾根田と知り合うこともなかったかもしれない。そんなことを話した。

「今、曾根田さんと話していて改めて思いました。ドブに捨ててきた時間が、輝く大河に注ぐ時が来るかもしれないと。いや、違う。そうなるように一瞬一瞬を選び取らなければならないと」

「お前、変わったな」

「すみません」

「いや、いい方に変わった」

二人ともビニール袋から二本目の缶ビールを取り出してプルタブを上げた。曾根田は夜陰に向かって「はあ」と息を吐いた。息は公園灯《こうえんとう》の薄暗い明りの中を雲のように白く漂って消えた。

「突っ張ってやろうと思ってるんだ。突っ張って生きるのは疲れるかもしれないが、そういう生き方をしたい」

冷たいアルミの缶を持つ手に冬の夜風が当たって痛い。顔をあげて缶を傾け、ビールを喉に流し込む。曾根田が「お！」と声を上げた。そして「見たか」と僕に尋ねる。僕は「見ました」と答えた。オリオン座の上から斜め下へ向かって一閃、光の筋が流れたのだ。

「ああ、無駄にロマンチックだ。よりにもよって、お前といるときに流れるとは」

曾根田は苦々しそうに言った。

「流れ星がどうして光るか、知っていますか」

「さあ、知らないなあ。最初から光ってるんじゃないのか？」

「いや、摩擦《まさつ》の熱です」

「摩擦って、何とこすれ合うんだよ」

「空です。宇宙からものすごいスピードで大気圏《たいきけん》の中に突っ込んできて、空との摩擦で我が身を削りながら輝いて消える」

「へえ、潔い奴だなあ」

「突っ張って生きるのは大変だけれど、その分光り輝くのかもしれませんね」

曾根田は「ほお」と感心してから、ボブ・ディランの『ライク・ア・ローリングストーン』のメロディに乗せて口ずさんだ。

「ライク・ア・シューティングスター」

第八章　斜陽の輝き

林から、音を出そうという誘いがあったのは、後期試験が終わった日のこと。試験の手応えはまずまずだったが、留年を回避できるかどうかは分からない。やるだけのことはやったという心境だった。

夜、僕らは久しぶりにスタジオに集まった。門松以外は皆、就職活動の帰りで、楽器はスタジオにあるものをレンタルして使った。三人揃ってスーツ姿で楽器を提げて並び、浅野は「ビートルズみたいだな」と言って笑った。二時間もの間、僕らは特定の曲を練習するわけでもなくスリーコードのセッションを繰り返した。林は度々、得意の速弾きを披露《ひろう》してみせた。僕が「冴えてるなあ」と褒めると、林は「速いだけじゃだめなんだけどね」と苦笑した。

ほとんど休みなく音を出し続け、終わった頃には皆汗まみれになっていた。スポーツの後のような心地よい疲れが身体の芯に残る。

練習終了後、林がどうしても生ビールを飲みたいというので、駅前の居酒屋に入った。

「調子はどう？」

乾杯するなり林は浅野に尋ねた。

「試験のことか、就職活動のことか？　試験なら俺は頑張ったぞ！　我ながら自分の頑張りに涙が出てくるぐらいだ」

浅野は胸を張ってみせた。彼も僕と同じく、留年の崖っぷちに立たされていた。

「かたや就職活動のほうは、からっきしだよ。ほとんどが一次落ちだ。林はどうなんだよ」

浅野が尋ねた。林は喉を鳴らして勢いよく生ビールを飲み、一呼吸置いて答えた。

「ああ、だめだね。実は、色々と考えたんだけど、卒業したら北海道に帰ろうと思って……」

「なんでまた、唐突に」

僕は驚いて訊いた。就職活動が始まった当初から林は僕らの中で一番熱心に活動していた。むしろ楽しんでいる節さえあった。

「熱しやすく冷めやすい俺が長続きしてるのって、音楽と彼女ぐらいなんだ」

「それと北海道に帰るのと、どう関係があるの」

「いや、彼女がどうしても向こうで暮らしたいらしくて。卒業したら東京で一緒に暮らそうとか考えていたんだけど、どうもそうはいかないみたいで……」

林の彼女には一度だけ会ったことがある。一年生の秋、東京へ遊びに来た時に紹介され、皆で夕飯を食べた。彼女は林の高校時代の同級生で、札幌の大学に通っている。物静かだが話の面白い女の子だった。でもその時は正直、遠く離れた二人がいつまで続くだろうかと思っていた。

「うーん、まあ、言い辛いんだが、そこまでして一人の人にこだわることもないんじゃないか。何というか……、とにかく結論を急ぐなよ」

浅野の言葉に林はかぶりを振った。

「別に急いでるわけではないけどさ」

「だって、考えてもみろよ。あの娘と結婚でもするのか」

「うん、結婚すると思う。だからこだわるんだ」

浅野は天を仰ぎ「ああ、一途って素晴らしいね」と呆れたような口調で言った。

「本当にそれでいいの？」

僕は林に尋ねた。林は彼女のために自分を押し殺しているのではないか。でも林は、はっきりと頷いて言った。

「俺は幸せな家庭を作りたい。地元で仕事を見つけて、好きな人と暮らして、好きな音楽を一生の趣味として細く長く続けていこうかなあと思う。夢のない話だと思われるかもしれないけど」

「いや、そんなことはないだろう。家庭に生きることだって、ひとつの生き方だと思うよ」

僕は心の底から言った。

「むしろ二十一歳にして最先端のビジョンだ。俺なんて結婚とか家庭とか、考えたこともないよ……」

浅野が信じられないといった様子で感心してみせる。

「俺だって、少し前までは考えてもいなかった。高校生の頃まではギターで食っていけたら、なんて本気で思ってた。でもどうにもならないことってあるんだよなあ」

「思ってたのか？　それなら、諦めるの早過ぎやしないか？　お前ぐらいのレベルなら、必死に頑張ればなんとかなるかもしれないだろう」

浅野が言うと、林は呆れたような笑いを浮かべながら、かぶりを振った。

「とんでもないよ。文化祭で友達をびびらせる程度のレベルじゃ、どうにもならない。楽器で食ってる人たちって、とにかく圧倒的なんだ」

林は中学の頃から、三度の飯よりギターが好きな、ギター少年だった。弾きたい曲があると、寝食も忘れて練習した。速弾きの林。ミスター・ビッグでもイングヴェイ・マルムスティーンでもなんでも弾きこなした。軽音楽部でバンドを組み、文化祭ではちょっとしたスター、親戚や仲間内では天才扱いすらされた。

そんな中、叔父さんの知り合いにスタジオミュージシャンがいるというので、仕事場を見学させてもらえることになった。そこで林は衝撃的な光景を目にする。スタジオミュージシャンたちは初見で完璧に楽曲を弾きこなし、楽器を身体の一部のように操り、要求されたとおりの音を出す。超人のような技を皆、顔色ひとつ変えずにやってのける。林は、自分が井の中の蛙《かわず》であったことを知り愕然とした。

その後、林は暇さえあればギターを手にして技を磨いた。色々な曲のスコアブックを買ってきては初見で弾こうと試みたが、どうしてもできなかった。挑めば挑むほど、努力だけでは超えられない限界点が見えてくる。

「一人で曲作ってデモ音源作って、色々なオーディションに送ったりもしてみた。プロに片足突っ込んでるようなバンドと少しの間一緒にやったこともあったけど、結局技量が足りなくて断られた」

「そこまでやってたのか。意外と行動力あるんだなあ……」

浅野が感心してポロリと呟き「意外とっていうのは余計だな」と慌てて繕《つくろ》う。

「話すのも恥ずかしいぐらい、必死だったよ。やり尽くした。だからこそ、どうしようもないことがあるって散々思い知らされた」

大学では音楽をほどよく楽しもうと思い、たまたま勧誘された音楽サークルでたまたま最初に話した浅野とバンドを組んだ。

「マリーさんの演奏を初めて聴いた時は、別のカタチでショックを受けた。上手いというより、凄い。上手い下手の次元を超えて、どうにもならないことってあるんだなあって」

林はそう言って、通りかかった店員に生ビールを四つ注文した。僕はマリーのことを浅野と門松に簡単に話した。

「義元はどうするの？」

林が僕に訊いた。

「こいつは今になって、高校生の頃の林みたいな場所に迷い込んでるらしいよ」

浅野が横から答えて、この前僕が喫茶店で話したことを林に解説する。

「俺が忘れたあのカメラが……。なんだか俺、責任重大だなあ」

僕はビジネスバッグからカメラを取り出して林に手渡した。林は電源を入れてディスプレイをしげしげと見つめた。

「これ、義元にやるよ。大事に使ってやって」

「それはまずい」

「いいから」

「じゃあ、買い取るよ」

「買い取るって、いくらすると思ってんだよ。へへへ」

　林が悪戯っぽく笑う。そういえば、バイト代の三ヵ月分を突っ込んで買ったと言っていたのを思い出した。凝り性の林は自分のやりたい事のためなら食費すら平気で削る。

「出世払いってやつで。貰うのは気が引けるって言うなら、永久レンタルでもいい」

「分かった。半永久的に借りるよ」

　林から改めて差し出されたカメラを手にした時、僕の中で何かが大きく動いた。

　僕は両親と言い争った時、意地になって「写真家になる」と口走った。あの時は、心にもないことを言ったと後悔した。

　でも、全く心にもないことを持ち出してまであれほど激しく言い争うだろうか。

　本当に、心にもなかったことなのだろうか。

　日々、空の移ろいにカメラを向けながら、僕は心のどこかで写真家になる自分を思い描いていた。人を感動させるような空の写真を撮っている何年後かの自分を想像したことがあった。ただそれは、あくまで夢想に留まっていた。その夢想が膨らんでしまわぬよう、無意識のうちに自分でブレーキをかけていたのかもしれない。

　今更夢など見るな、大人になれよ、と。

　林からカメラを手渡され、夢想が意志を帯びて僕の心を揺さぶった。

「門松、お前はどうするんだ。うかうかしてると一年なんてあっという間だぞ」

浅野が門松に尋ねた。

「いえ、まだ何も考えてません……」

「駄目じゃないか、今のうちからきちんと考えとかないと」

浅野がふざけて言うと、林は「俺たちがそんなこと言えた義理か」と突っ込み、皆で笑った。

店員が生ビールを四つ持ってきた。僕は残りのビールを飲み干した。

「いつかさ、一度でいいから、真面目にやってみたいな」

浅野は煙草を咥えてそっぽを向きながら言った。

「何を？」

「バンドだよ。卒業までの間に、一度ぐらいきっちりやりたいな。このメンバーで」

あと一年もすれば、皆バラバラになるのだ。そのことが急に間近に感じられた。

立春から五日が過ぎた。寒さはますます厳しく、雪でも降りそうな夜だ。午後七時を過ぎ、部活帰りの高校生で賑わっていたスマイルマート目白通り店は客足も一段落。僕は店の外にあるゴミ箱を開け、溜まったゴミを回収していた。凍てつく空気が肌を刺す。南東の空にはオリオン座が昇り、月明かりや街の灯に照らされた雲が藍色の夜空に白く浮かび上がっている。

雲が多いわりには星がよく見える。星々の光は東京の霞んだ夜空を抜けて進み降りてくる。彼らは光速の旅行者。光の速さで宇宙を渡り、この夜空に突き刺さる。僕が今見ているのは遠い昔に放たれた光なのだ。ある星はもう滅びているかもしれない。帰れないからただ進む。そう思うと一見ロマンチックな星の光に、愚直なひたむきさや哀しさを感じる。

死んだ人のことを「夜空のお星様になった」と言うのには理由があるのだと思う。滅びた星が夜空に面影を残すように、死んでいった者も生きている者の心の中にずっと面影を残す。

ゴミ袋を手にしたまま、しばしの間星を見ていた。

黒いダウンジャケットを着た男が肩をすぼめて店から出て行く。僕は「ありがとうございました」と言った。吐く息が夜空を漂う雲のように暗がりの中で白く浮かび、消えた。

道路を挟んではす向かいのガソリンスタンドで女性の従業員が「オーライ、オーライ」と元気よく車を誘導している。正面のオフィスビルは煌々《こうこう》と蛍光灯がついている。目の前の道路を白いスカイラインが猛スピードで走り過ぎる。赤い円形をした四つのテールランプを見送り、また夜空を見上げた。

月明かりや星屑の光の下、ふと、自分は本来生まれてこなかったはずなのだと思った。街の灯もガソリンスタンドも女性従業員もオフィスビルも白いスカイラインも僕もなにもかも、今ここにあることのほうがおかしいのだ。

水と空気とほどよい光に生かされ、全てが何億分の一を何億回もかけたような奇跡を経て存在している。

とりとめもなく思いを巡らせていたその時、後ろから声がした。

「どきなさい」

同時に、何かにドンと背中を突かれた。お客さんの邪魔になってしまったと思い、僕は慌てて一歩立ち退く。その僕の横を紫色の髪をした初老の婦人が早足で通り過ぎ、自動扉へ向かって突進していった。むせぶような化粧の香りが鼻を突いた。

自動扉が開き、レジカウンターにいた店長がこわばった笑顔で紫婦人を迎える。

「いらっしゃいませ、いやあ、外は寒いですねえ」

紫婦人はレジカウンターの前に立つと下目遣いに店長を睨みつけた。なぜか両手に段ボール箱を抱えている。大儀そうに「ふぅ」と息を吐き、威厳を保とうとするかのようにひと呼吸置く。

そして例の、あらゆる感情を取り去って敵意だけを残したような声で言った。

「これ、あなたが処分しなさい」

紫婦人は段ボール箱をレジカウンターの上へ放り出すようにして置いた。店長が「何ですかこれは」と尋ねると、紫婦人は黙って箱の蓋を開けてみせた。中には掌に乗りそうなくらいの小さな子猫が入っていた。それも一匹ではなく四匹。箱の側面をよじ登ろうとしているが、高くて届かない。キジトラの子猫は腹を出して寝そべり、じゃれていた。

段ボール箱の側面には張り紙がしてある。黒いマジックでこう書かれている。

〈店主様、この子たちをよろしくお願いします〉

「あなたがいつも野良猫に餌付けをしていた店の裏の路地に置いてありましたわ。心優しい店主様に、無責任な飼い主が子猫を託した。頼りにされて結構ですこと」

紫婦人は皮肉たっぷりに言った。店長は苦笑いを浮かべて応じる。

「まったく、しょうがないですねえ。分かりました、お預かりしますので……」

「預かる？　預からなくて結構」

「いやいや、ご迷惑でしょう。私のほうでなんとかしますから。最近、里親探しもインターネットやら何やらで色々便利になって……」

紫婦人は店長の言葉を遮って言った。

「今すぐ保健所へ連絡しなさい」

「はい？」

「あなたが、今この場で保健所に連絡しなさい。そして二度とこういうことがないよう、この張り紙に『猫は保健所へ引き渡しました。店主より』と書いて元の場所に置きなさい」

「もう保健所は閉まっていると思いますから、とにかくここは私が……」

店長が宥めるのをまた紫婦人が遮る。

「閉まっているなら保健所の前まで行って置いてきなさいよ。ほら、早くしなさい」

平静を装っていた紫婦人は語気を荒げ、段ボール箱を店長の胸元へ押しやった。そして唇をわなわなと震わせた。来店客たちがレジカウンター前の異変に気付き、チラチラと様子を窺う。

「まあ、そう焦らずに。ここは私がいったん預かって、責任を持ってなんとかしますので」

「責任？　あなた、まだ分からないの？　あなたがそうやって安っぽい善意を振りかざすからこういうことになるんでしょう。責任だなんて言うなら、世界中の捨て猫に責任を持ってから言いなさい。そうすれば私も納得してあげる」

紫婦人は自分の言葉にますます激昂してゆく。店長の低姿勢な応対が余計に紫婦人を苛立たせているように見えた。

「そんな、善意とか世界中のなんていう大層なことではなくてですね、私は……」

「虫唾《むしず》が走るのよ！　この偽善者《ぎぜんしゃ》！」

紫婦人は店中に響き渡るような声で叫んだ。

「そんなに言うならあなた、この商売を今すぐ止めなさい」

「すみません、おっしゃっている意味がよく分からないんですが……」

店長が困り顔で言った。

「とぼけるのもいい加減にしなさい。売り物のあれもこれも、動物の肉を使っているでしょう」

「はあ……」

紫婦人は店内の商品棚をあちこち指差しながらまくし立てる。

「近所の住人の迷惑も顧みず野良猫の命を助ける人間が、動物の肉を売って儲けてるなんて、おかしいでしょう。野良猫は助ける、近所の人間はどうでもいい、肉は売ります。矛盾《むじゅん》だらけじゃないの。偽善よ、偽善！」

僕はとても救われない気持ちになった。

「落ち着いてください。なにしろ、ご迷惑はかからないようにしますので」

「いいから、止めなさい！　今すぐこの店を止めなさい！」

紫婦人は両手で店長のユニホームの襟を掴み、カウンターから引きずり出さんばかりの勢いで引っ張った。

僕は見かねて「止めてください」と割って入った。紫婦人は「放しなさい」と言って僕の手を振りほどくと、中華まんのショーケースの前に立った。

「これ、今すぐ捨てなさい。八つ裂きにした豚の肉を使っているでしょう！」

叫びながらショーケースを平手で二度、三度、力いっぱい叩いた。

「いや、奥さん。ちょっと待ってください」

「問答無用！　これも捨てなさい！　これも！　これも！」

紫婦人は弁当や惣菜の陳列棚の前へ駆け寄り、弁当を次々とレジカウンターへ向かって投げつけた。

「警察を呼びます」

僕がスタッフルームへ駆け込もうとするのを店長が止めた。そして店長はレジカウンターを出てゆっくりと歩み寄り、紫婦人の正面に立った。紫婦人は「偽善者！」と叫びながら、店長に向かってサンドイッチやおにぎりを手当たり次第に投げつける。次々と投げつけられる食べ物を店長はよけようともせず、じっと立ったまま力なく笑っていた。店長のこんなに悲しそうな顔を僕は見たことがなかった。

立ち読みをしていた男性客が駆けつけて紫婦人を取り押さえた。紫婦人は「放しなさい！　あなた、関係ないでしょう！」と叫びながらもがく。

「奥さん、分かりました。明日、保健所へ連絡しますので今日はお引き取りいただけませんか」

店長が頭を下げると紫婦人は息を荒くしながら「信じられるものですか」と言った。店長は「本当ですから」と懇願するように言った。

店内にいる人々の視線が紫婦人に集中している。紫婦人を取り押さえていた男性客がそっと手を放した。紫婦人は取り繕うように服装を正し「そうですか」と言った。

「分かりました。期限は明日ですから、必ず約束は守りなさいよ。今日のことは本部に連絡しますので、あしからず」

そう言い残して紫婦人は引きつった笑みを浮かべながら店を出ていった。

カウンターの上の段ボール箱から子猫の鳴き声が聞こえた。

床に散乱した弁当やおにぎりやサンドイッチを片付け、スタッフルームへ下げた。

「派手にやられたなあ……。でも元はと言えば、俺が悪いんだ」

店長はそう言いながらスタッフルームに段ボール箱を運び込み、ストアコンピューターの前に腰掛けた。そして力なく呟いた。

「偽善、か……」

大きく溜息を吐いて苦笑いを浮かべる。

「ただ、たまたま縁のあった者をどうにかしたいだけなんだ。偽善がどうこうとか、難しいこと言われても俺にはよく分からねえよ。でも、偽善なのかなあ。何もできないくせに目の前のもんは助けたいっていう気持ちは、おかしいのかなあ……」

「いいえ、おかしくないと思います」

僕は夏に読んだ『星の王子さま』の物語を思い出していた。

店長はストアコンピューターの画面を見つめたまま続ける。

「世界平和とか人類共通の愛とかは、ジョン・レノンみたいな人たちに任せておけばいい。俺は家族とか友達とかお客さんとか、たまたまなついた野良猫とか、目の前のもんのために尽くしたいし、それが精一杯だ」

地球に降り立った星の王子さまにキツネは言った。なつくということは、絆を結ぶということ。絆を結んだ者には責任がある。

王子さまには自分の星で大切に育てていた一輪のバラがあった。地球のバラ園に迷い込んだ王子さまは、自分のバラとそっくりなバラが五千本も咲いているのを見てショックを受ける。でもその後、王子さまは気付く。絆を結んだバラは他のバラとは違う、特別なバラなのだと。

この隠喩を平板な言い方に置き換えると「縁あるものを大切にせよ」ということだと僕は思った。ごく当たり前だけれど、当たり前過ぎて忘れてしまいがちなこと。

「困ったなあ。うちには既に三匹いるから、あと四匹飼うのは厳しいもんなあ」

店長は足元の段ボール箱を見ては途方に暮れた。

していた。


「本当に保健所へ連絡するんですか」

「あぁ、紫のおばちゃんとの約束通り明日、連絡するよ。子猫が四匹捨てられていたので、取りあえず私の家で預かりますってね。誰か預かってくれる人いないかなぁ」

そう言っている間にも子猫たちはじゃれ合ったり、箱の内側を登ろうともがいたりしている。

「僕が預かります。一匹ならなんとか」

考える前に言葉が口を衝いて出た。

「おお！　それはありがたい。でもシロちゃん、アパート暮らしだろ。大丈夫なのか？」

店長に言われて、賃貸の契約条件がどうなっていたか思い出そうとしたが思い出せない。契約当初、ペット飼育の可否など自分には関係のないことだったので気にかけていなかった。

大家の家へ電話をすると、運良く奥さんが出てくれた。アパートで猫を飼っても大丈夫かと尋ねると「猫ちゃん？　猫ちゃんなら大丈夫よ」とあっさり許してくれた。大家の奥さんは愛猫家《あいびょうか》で、ひとしきり自分の飼っている猫の話をしたのち、「何匹でもどうぞ」「犬はだめよ、吠《ほ》えるから」と付け加えて電話を切った。

何匹でもと言われてもあの狭い部屋ではさすがに無理だ。どの一匹を選ぼうか思案していると、呑気そうに腹を出して寝転がっていたキジトラの子猫とたまたま目が合った。これも何かの縁だと感じ、この子を預かることにした。あとの三匹は店長の家で預かり、例のごとく里親探しに出すことになった。

　店長が家からキャットフードとトイレの砂を持って来てくれたので、それをもらって子猫を連れて帰った。部屋の中に放すと子猫はキョロキョロと辺りを見回した。急に独りになって不安なのか、棚の後ろに入り込んだきり出て来なくなった。仕方なく、小皿にキャットフードを載せて子猫が出てくるのを待った。

　壁と棚の隙間に顔を近付けて「おーい」と呼びかけたが、後ずさりして余計に奥へ引っ込んでしまう。何度か「おーい」と呼びかけながら、そういえば名前を付けていなかったと気付く。少し思案した結果、小さな虎柄の猫なので、見たままのイメージで〝虎吉《とらきち》〟と名付けた。

　次の日の朝、虎吉はまだ棚の後ろから出て来ない。「虎吉」と呼びかけてみるが、また余計に縮こまってしまう。気長に待つしかないと諦めた。

　賞味期限切れのサンドイッチを食べた後、座卓の前に胡坐《あぐら》をかいてコーヒーを飲んでいた。すると棚のほうから虎吉がヨチヨチと歩いてきた。まだ辺りを見回しながら警戒しているが、手を出して呼びかけると少しずつ近付いてくる。やがて胡坐をかいている僕の膝の上に乗った。

この瞬間、僕は虎吉と絆を結んだ。

僕はたった一匹の子猫の命を救っただけだ。紫婦人はこれを偽善と言うかもしれない。でも、それならば僕は偽善者でよいと思った。

腿の内側に虎吉の体温を感じる。この子猫は僕にとって他の何千、何万の猫とは違う。絆を結んだ命だ。小さな頭をなでると虎吉は楽しそうに身体を反転させ、腹を出して寝転んだ。


後期試験を終えた大学は、人気もなく静まり返っている。曇天模様の空の下、僕は講堂前の石段に腰掛けて友恵を待っていた。石畳の広場には誰もいない。正門は閉ざされ、構内では入学試験が行われている。講堂の時計塔を見上げると、時刻は午後一時過ぎ。ちょうど午後の試験が始まったばかりらしく、心なしか正門の向こうから緊迫感が伝わってくる。あれからもう三年も経つのかとしみじみ思った。

空は厚い雲に閉ざされ、頬に吹き付ける北風が寒さを煽る。座って五分ぐらい経つと、あまりの寒さにじっとしていられなくなった。僕は立ってダウンジャケットのポケットに手を突っ込みながら闇雲に身体を動かす。キャンパスの上には畝《うね》のような雲が何層にも重なり合い、鉛色《なまりいろ》の畑が空いっぱいに広がっている。

しばらくすると友恵が駅とは違う方向から歩いてきた。グレーのダッフルコートに毛糸の手袋、マフラー、ニットの帽子、耳当てまで着けた完全装備。手にはビニール袋を提げている。

「対不起、我遅到了」

僕の前に立つと、笑顔でビニール袋を掲げてみせた。

「鶏肉のかけらを探しましょう」

袋の中身は茄子弁当だった。本当はどこか近くの店に入って昼食をとろうと思っていたのだが、是非もない。

「それはいい考えだ」

肌を刺すような寒空の下、冷たい石段に座って茄子弁当を食べた。

「遠くのほうは雨が降っているようだね」

鉛色の空の彼方、雲の底からたくさんの尻尾が垂れている。

やがて頭上からは雨ではなく雪がはらはらと舞い降りてきた。

「みぞれ丼みたい」

友恵は茄子弁当の上に落ちてきたひとひらの雪を指して笑う。笑っている場合ではないぐらい寒かったが「なるほど」と相槌を打った。確かに、揚げかすの上に載った雪は、鶏のから揚げにかかった大根おろしのように見える。

僕は鶏肉のかけらを二つ見つけた。

「今日の空は、なんだか心が落ち着きます」

友恵は鉛色の空に目を遣りながら言った。

「どうして？」

僕は寒さに身体を震わせながら尋ねた。

「日本海の冬の空って、こんな色をしていることが多いんです。東京にいると冬は毎日のように晴れ渡っていて、時々こういう灰色の空が恋しくなります」

弁当を食べ終えた後、近くの自販機で温かい缶コーヒーを二本買ってきて、一本を友恵に手渡した。僕は缶を両手で包みこんだり、頬に当てたりして暖を取る。それから少しずつ大事に飲みながら、二時にやって来るはずのもう一人の待ち人を待つ。

やがて石畳の広場の向こうから、ベビーカーを押して静が歩いてきた。僕は自分で声を掛けておきながら「本当に来た」と驚いた。

「友恵ちゃん、久しぶり」

「こんにちは。本当にお久しぶりです」

友恵が挨拶を返す。静は小さく頷いてひと呼吸置いた後、そっと言った。

「大変だったんだね」

こんなに短くてシンプルな言葉が、時として温かく響く。この人は他人の痛みが分かる人なのだと感じた。

「はい。でも今はだいぶ元気になりました」

友恵は笑顔で応えた。そして静に言った。

「すごく綺麗」

「まあ、今日は久しぶりのお出掛け仕様だからね」

静はそう言ってベビーカーから手を放し、くるりと一回転してみせた。カシミヤのコートの裾がふわりと風になびく。いつも後ろにひっ詰めている髪は、肩の下にほどかれている。とても若く、美しくみえる。

「静さん、本当に大丈夫なんですか」

僕は尋ねた。

「大丈夫とか大丈夫じゃないとかいう問題じゃないの。お義母さんと大喧嘩して出てきちゃったわ。せめてこの子は置いて行けって言われたけど、連れて出てきた。マリーさんの娘さんの千春さんの門出。他人事とは思えない」

静はベビーカーの中の千春を覗きこんで「そうだよね」と語りかけた。千春は小さな熊のぬいぐるみを両手でぶんぶん振り回しながら「あんばんばー」と答えた。

僕は三日前、静に電話をかけてマリーの娘〝ＣＨＩＨＡＲＵ〟のことを話した。どうしてか分からないが、話しておかなければいけない気がしたのだ。静は来られないだろうと思いつつ、ライブのことも話した。すると静は「観に行きたい」と言う。一応待ち合わせの時間と場所を告げたが正直、本当に来られるとは思っていなかった。

「もしこの子が泣き出してうるさくなったら、抱っこして外に出るから大丈夫」

「いや、そういう問題ではなく……」

僕が言いかけると静は「いいの、いいの」と遮った。

「初めて。あの人に対して、あんなにはっきり物を言ったのは」

静は舌を出して笑った。その表情に、いつものような影はない。晴れ晴れとした笑顔だった。

「きっとこれは一歩踏み出すためのきっかけだったの。そのきっかけは、あなたたちがくれた。空を見に外へ出て、友恵ちゃんやマリーさんや山城君に出会って」

「城山です」

静が「あ、ごめんなさい」と謝り、舌を出す。三人で笑った。暗いグレーの寒空の下に小さな陽だまりができたような気がした。

地下鉄を乗り継いで赤坂《あかさか》のコンサートホールへ向かった。テレビ局の近くに建つ、定員千人強の中規模ホールだ。出かける前にインターネットでライブ情報をチェックしたところ、チケットは完売していた。

赤坂の駅から地上に出ると、空は真っ白に変わっていた。白濁した空から大粒の雪が落ち、黒く濡れた路面で溶けてゆく。高いビルの高層階は雪雲の中に霞んでいた。

まだ開場前だが、ホールの入口前にたくさんの人が待っている。ざっと見たところ三十歳前後の人が多いようだ。

入口の前で林と合流した。彼は今日のライブをとても楽しみにしていた。

僕らは関係者入口で名前を告げると、係員がすぐに会場の中へ入れてくれた。マリーが話を通してくれていたらしく、ベビーカーも受付で預かってもらえた。僕らは客席の中央のブロックに二列設けられた関係者席へ案内された。ちょうどよい高さからステージを真正面に見据えられる特等席だ。長年のファンを差し置いてこんなによい席に座るのは少し気がひけた。

ステージの照明は落とされていて、暗がりの中にドラムやアンプなどの機材が静かに佇んでいる。向かって左側にはグランドピアノが置かれていた。

「すごいなあ！　今まで色んなライブを観たけど、関係者席なんて初めてだ」

林が周りをキョロキョロと見渡しながらはしゃぐ。それから「あ！」と声を上げて出入り口のほうを指差した。今日の最重要ゲストはいつもと変わらぬ格好をしていた。もこもこに重ね着したシャツの上に茶色い毛糸の上着を羽織り、伸び放題の白髪はあちこちで跳ね上がっている。

係員の丁重な案内を迷惑そうな表情であしらいながら、マリーはこちらへ向かってくる。

「やあ。物好きな暇人がたくさん来てくれて嬉しいねえ」

マリーはいつもの調子で僕らに挨拶した。

「お久しぶりです、マリーさん」

静がマリーに声を掛けた。

「おお、こちらは良い子の千春さん。大人しくていい子だ」

千春は静の腕の中で口をもぐもぐさせながら眠っている。

「具合はどうですか？」

静はマリーに尋ねた。

「ああ、悪いけど当分生きてると思うよ。今の医学を甘くみちゃいけない」

「もう娘さんとはお話ししたんですか」

「話なんてしないよ。ライブを観に来いって言われただけなんだからさ」

静は「ふふふ」と笑った。

マリーを挟んで静と友恵が座り、友恵の隣に僕、その隣に林が座った。

場内の照明が一斉に落とされた。ステージの暗がりの中、バックバンドのメンバーが定位置につく。それからステージ上のピアノだけがスポットライトに照らされる。

ステージの袖から白いドレスの女性が現れた。客席から拍手と歓声が沸き起こる。

派手な登場の演出もなく、客席に向かって手を振りながらゆっくりとピアノへ向かって歩いてゆく。そしてピアノの前に座った。

友恵は拍手を送りながらもう目を潤ませている。その横で当のマリーは「ふん、ご無沙汰のツラだ」と言って、口の片端を釣り上げながら笑っている。

白いドレスの女性は徐《おもむろ》にピアノを弾き始めた。一曲目はマイナーコードで始まるミドルテンポのラブソング。バックバンドは入れず、ピアノだけの弾き語りで歌い上げる。歌声は澄んでいて、マリーの嗄びた歌声とは対照的だ。サビになるとメジャーの明るいメロディに変調する。

歌い終えると客席に向かって手を上げて応えた。

「どうも改めましてこんにちは、ＣＨＩＨＡＲＵです」

ＦＭラジオのＤＪを思わせる、滑舌《かつぜつ》よくリズミカルな喋り方。

「今日はおかげさまで、目出度いデビューライブということですが！」

と言ったところで客席が沸いた。

「ですが、ですが。いつもと変わらず平常心で」

歌声のイメージとは打って変わって、コミカルで小気味のよい語り口だ。

「ただひとつ、ちょっとした問題がありまして。実はですね……今日は私の母が来ているらしいんです。多分、この客席のどこかで観てくれているかと思います」

客席がざわめいた。マリーを横目で見たが、腕を組んだまま微動だにしない。

「さらに実は……。諸事情ありまして十八歳で家を飛び出して以来、十年ぶりの再会なんです」

急にしんみりとした口調になって呟く。

「親不孝な娘でした……。女手ひとつで私を育ててくれたお母さんを悲しませて……」

泣き出しそうな声でポツリポツリと語る。

「胸を張ってお母さんの前で歌いたい、そして謝りたい……。そう思って頑張ってきました」

いよいよ泣き出したかと思うと、急にすくっと立ち上がって叫んだ。

「おかあさ〜ん、おかあさ〜ん、生きてますか〜。生きてたら返事してくださ〜い」

背伸びして額の前に手をかざしながら客席のほうをキョロキョロと見回す。前方の席に座るファンたちが関係者席のほうを振り返る。

「返事がありませんね。まあ、そう簡単にくたばる人じゃありませんから。そのうちどっかから野次のひとつでも飛ばしてくれるでしょう」

ファンたちは笑いながら煙に巻かれている。〝CHIHARU〟の言っていることが本当なのか冗談なのか分からなくなっているのかもしれない。気持ちの表し方がマリーによく似ていると思った。

マリーは「随分なご挨拶だな」と呟く。

「次いってみよう！」

CHIHARUの威勢のよい掛け声と共に二曲目が始まる。ギターのカッティングから始まるファンクナンバー。林が「テレビで観たのはこの曲だ」とはしゃいだ。ファンにはお馴染みの曲らしく、皆立ち上がって身体を揺らし始める。ピアノソロもファンキーでリズミカルで、思わず身体を揺らしたくなる。

それから立て続けに何曲かを演じた。アップテンポの曲を続けてファンを熱くしたかと思えば、しっとりとしたバラードでクールダウン。合間に客席と掛け合いのトークを始めたり、バックバンドのメンバーとコントを始めたり、やりたい放題のステージだった。ファンに媚びず、それでいてファンへの想いが溢れている。

僕はCHIHARUのステージに魅了されながら、二つ隣の席に座るマリーを時折横目で見た。ずっとステージの一点を見つめていた。友恵や静が何かを話しかけると曖昧に笑って応える。ただ、曲の合間には必ず小さく拍手をしていた。まるで隠すかのように膝の上で小さく手を叩く。

途中、友恵が静に「そちらの千春さんは大丈夫ですか？」と訊いた。静は千春の両脇を持って「ご機嫌でーす」と高く掲げてみせた。静の腕の中で千春は笑っていた。

ステージの終盤には三味線《しゃみせん》や和太鼓《わだいこ》、名前も分からない民族楽器まで出てきて、C

HIHARUの曲の中に織り込まれてゆく。そしてCHIHARU自身が全身を震わす楽器となって音楽の中に織り込まれてゆく。歌い手は全身を楽器にして音を奏でる。

「なんだか人生を駆け抜けている感じがしますね」

友恵が口にした言葉が、とてもしっくりきた。命を懸けているものには、その人の人生が浮かんで見えるのだと思った。

「さて、楽しい時間にも終わりが近づいてまいりました……」

CHIHARUが言うと客席から「まだまだ！」という掛け声が上がる。

「残念、ここのホール、長引くと延長料金が高いもんでね」

飄々と茶化して応える。

「終わりに今日は少し趣向を変えて、カバー曲をやってみたいと思います」

そう言うなりブルース調のイントロを弾き始めた。歌声の第一声を聴いて歓声を上げたのは僕らだけだった。ファンは誰の曲だか分からず戸惑っている。

「そら見やがれ！　しょっぱいほど目にしみるディープブルーが」

歌と共に、ステージの後ろの壁に空の絵が映し出され、次々と切り替わる。羊雲を湛えた青空、ビルの向こうに落ちる夕陽、三日月のかかった夜空。やがて天井や側面にも朝、昼、夜の空の絵が何枚も映し出され、ホールの中をぐるぐると回った。

間奏はピアノソロとギターソロの掛け合いで、それぞれ二度ずつ回す。その間、ホールの全面に何枚もの夕焼けの絵が映し出され、場内は真っ赤に染まった。演出の美しさも相まって、ファンたちはこの知らない歌に段々引き込まれてゆく。

演奏が終わってからしばらく、拍手が鳴り止まなかった。

「今の歌は皆さん、あまりご存知ないかと思います。それもそのはず、母が私の小さな頃によく歌って聞かせてくれた、駄洒落ブルースです」

客席から歓声が起こり、ファンたちは「そら見やがれ」と口々に叫ぶ。

「母は私が小さな頃よく、悲しい時には空を見やがれと教えてくれたもので、私はその教えだけは守ってきました。そうしたら、たくさん空の絵ができました。もっとも、あたしゃどんだけ悲しいんだっていう話じゃありませんよ。楽しい時も空を見て絵を描きます」

場内に浮かぶ空の絵はCHIHARUが自分で描いたものだった。僕らの視線がマリーに集まる。マリーはそれを払いのけるかのように言った。

「アタシはそんなこと教えた覚えはないよ」

場内にはまだ何枚もの空の絵が映し出されたまま、天井や壁を漂っている。青空の絵を見比べると、それぞれ青みの具合が違っていた。青空の青が一色ではないということを物語っている。

絵はひとつずつ消え、やがて全部消えた。暗くなったホールの中で、ステージだけが青白い光に薄く照らされて浮かび上がっている。

「次で最後の曲です」

ＣＨＩＨＡＲＵはピアノの前で居住まいを正して言った。

「ブルースやロックンロールばかり歌う母が、なぜか唯一好んで歌っていたバラードです」

そう言ってひとつ深呼吸をする。

そしてピアノでゆっくりと短いイントロを弾いた。あまりに有名な旋律に客席から「おお」という感嘆と拍手が起こる。

「デスペラード」

第一節を歌うと拍手はひと際大きくなり、その後客席は波が引いたように静かになった。

マリーは眉間に皺を寄せたまま、身じろぎひとつせずステージを見つめていた。

ホールの静けさをＣＨＩＨＡＲＵの歌声が優しく震わせる。その歌声を聴いていると、英語の詞のひとつひとつが心に沁み込んでくるようだった。

〈テーブルの上には、なかなかいい手が揃っているじゃないか。それなのにどうしてお前は手に入りにくいカードばかりを欲しがるんだ〉

印象的な一節が、天の邪鬼な生き方を通す頑固な〝デスペラード〟に問いかける。

CHIHARUはマリーに、あるいは自分自身に問いかけているのだろうか。

演奏が佳境へと盛り上がり、静まる。

〈自分を愛してくれる人を見つけるんだ。手遅れにならないうちに〉

CHIHARUはゆっくりと最後の一節を歌い終えた。

ピアノの残響が消えぬうちに万雷《ばんらい》の拍手が沸き起こる。マリーが立ち上がり、ステージへ向かって大声で叫んだ。

「下手くそ！　アンコールだ！　場数《ばかず》踏んでいきな！」

CHIHARUはステージの上から大きく手を振って応えた。

第九章　天使の梯子

曇り空の日が増えた。冷たい雨の日と生暖かい陽気の日を交互に繰り返しながら、北風は段々と東寄りの風に変わる。肌寒い中に春の兆しが感じられるようになった。

東風《こち》吹かば匂い起こせよ梅の花。

近所の庭の梅が咲き、盛りを過ぎてはや三月。母から、就職活動はしっかりやっているのかという確認の電話があった。僕は「しっかりやっている」と答えた。

実際、僕は毎日のように会社説明会に参加し、採用試験を受けていた。どんな会社へ行く時も、その会社で働く自分の姿を想像しながら行こうと決めていた。すると面接にも俄然《がぜん》、熱が入る。

就職戦線は厳しく、ほとんど書類選考か一次面接で落とされたが、稀にその先まで進むこともあった。本当にこの会社で頑張ってみようかと思うこともあった。不動産開発会社の採用試験では図らずも最終面接まで進み、合格してしまったらどうしようかと複雑な思いで面接を受けた。しかし中途半端な気持ちは見透かされてしまうもので、きっちり落とされた。

慌ただしい毎日。昼は会社訪問を重ね、夕方から夜はスマイルマートでアルバイトをする。その合間に八月の気象予報士試験へ向けて勉強する。とても充実していて、時間があっという間に過ぎてゆくような気がした。

そんな中、時々怖くなることがある。いつの間にか、忙しく動き回っていること自体に満足してしまいそうになるのだ。

今の僕がするべきことは、手帳のスケジュール欄を黒く埋めることではない。〝現実〟をこの目で確かめ、自分なりの答えを出すことだ。

三月半ば、学年末の成績発表の日を迎えた。しとしとと雨の降る朝だった。毎年、暗澹《あんたん》とした気分でこの日を迎える。成績は大学のホームページを介して各自確認する仕組みになっている。膝の上で丸くなって寝転がる虎吉の身体をなでながら、大学のホームページにアクセスし、成績発表の専用ページを開いた。

まず成績画面の全体を見渡しながらF評価すなわち〝不可〟の数を数える。もし〝不可〟が三つ以上ならば、留年が決まる。一つ、二つ。あと一つ。本当だろうか。僕はもう一度画面をひととおり確認する。やはり〝不可〟は二つだ。留年決定には一つ足りない。足りなかったのだ。

九割安堵、一割失望。

僕はどこか期待していた。一年ぐらい留年することになっても親に泣きつけばなんとかなるという甘えが、心のどこかにあったのだ。その一年の猶予《ゆうよ》期間を使って、将来のことをゆっくり考えてみるのもよいと。

しかし四年で卒業できる可能性を残した僕は、逃げ道をひとつ失った。

これでよかった。僕はそう自らに言い聞かせた。

来年度は厳しい一年になる。多くの学生は三年生までの間で卒業に必要な単位数のほとんどを取得し終えている。普通ならば四年生は最後の一年間、週に一、二回講義に出れば卒業できる。残りの時間は就職活動に充てるのだ。しかし僕はそうはいかない。俗にいう〝フル単位〟という状況に追い込まれた。一年間で履修できる上限いっぱいに科目を登録し、全科目で単位を取得しなければ卒業できない。

そうなると来年度の科目登録が運命の鍵を握る。僕は成績発表の余韻を引きずったまま、科目登録の書類を受け取るために学校へ向かった。川沿いの道を歩いていると何の花だろうか、甘い香りが風に乗って漂う。灰色の雲間から太陽が顔を覗かせている。雨はもう止みかけていた。

学校に着くまでの短い間に、雨はすっかり止んだ。

地下の教室に臨時の受付が設けられ、その前で学生たちが列をなして待っていた。僕の前に並んでいる男が、後ろを振り返ってはキョロキョロと周りを見渡す。列の中に知り合いを探しているようだ。

僕は係員に学生証を提示し、書類を一式受け取った。

教室の外へ出ると、廊下は立ち話をする学生でいっぱい。お互い、今朝発表された
ばかりの成績について報告し合っている。

その横を通り過ぎて階段を上り、一階へ上がった。学生ラウンジも人でいっぱい。

知っている顔がないか探してみたが見当たらない。諦めて自販機で缶コーヒーを買っ
て学生ラウンジの隅に座り、科目登録の書類を開いて眺めていた。すると誰かに後ろ
からトントンと背中を叩かれた。

振り向くと友恵が含み笑いを浮かべて立っている。

「どうでしたか？」

わざと声を潜めて僕に尋ねる。

「首の皮一枚、残ったよ。羽村さんは？」

「私は退学の手続きをしに来ました」

あまりにあっさりと言うので一瞬、事の重大さが分からなかった。思わず「そうな
んだ」と言った後、友恵に訊いた。

「いま、退学って言った？」

「はい。新潟の実家に帰ることにしました」

「どうして……」

「家庭の事情です」

僕は言葉を失った。あわよくばもう一年親のスネをかじればよいなどと考えていた僕に、何が言えるだろうか。それに何か言ったところで結論は変わらないだろう。友恵の表情からは迷いのかけらさえも感じられない。

「じゃあ、ちょっと行ってきますね」

友恵はそう言って窓口へ向かう。銀行のＡＴＭにでも寄るぐらいの軽い調子だ。

「あの」

呼び止めて言った。

「休学するっていう選択肢もある。サークルに体調を崩して休学してる後輩がいる。確か、休んでいる間は学費もほとんどかからないし……」

友恵は首を横に振った。そして「ありがとうございます」と言った。僕は何と言えばよいか分からず、友恵に訊いた。

「この後時間ある？」

「はい。じゃあ、ここで待っていてください」

学生事務所の中へ入ってゆく友恵の背中を見送る。僕は混乱していた。話したいことがたくさんあって訳が分からなくなる。

しばらく経つと友恵は学生事務所から出てきた。

二人とも昼食は済ませていたので、結局いつものように講堂前の石段に座った。既に科目登録書類の受け取りを済ませた学生たちがたくさん座っていて賑やかだ。

そんな中、友恵は別世界の人のようにみえた。

「どうにもならないことって、あるんですね。お父さんが働けなくなって学費も仕送りも厳しくなる、病院代もかかる、何より遠く離れているとお父さんを支えてあげられないので。それに叔父さんたちにいつまでも面倒をかけるわけにもいかない。車椅子で通院して、まだまだリハビリもしなきゃいけない」

「そうか……」

「どうにもならないことは存在する。でもその後どうするか、これから考えます」

「強いんだね」

「いいえ、たくさん泣きました。泣いたら気が晴れただけです。雨上がりの空って、塵も埃も雨に洗われて澄んでいるでしょう」

友恵は顔を上げて目を細めた。春雨を降らせた雲は遠くへ流れ、暖かな陽射しが注いでいる。高く突き抜けた青みの中を、たんぽぽの綿毛のような小さな筋雲がひとつだけ、のんびりと漂っていた。

「雨はどうして降るか、考えたことある？」

僕は友恵に訊いた。

「え？　水蒸気を含んだ空気が上昇したり、冷やされたりして雲になって、氷や水の粒ができて……」

「さすが天女だ。でもどうやって降るか、ではなくて、どうして降るか」

「そう言われてみると、考えたことありませんでした」

友恵は首を傾げる。

「空も自分を保とうとしているんだと思う」

「保とうとしている……」

僕は頷いた。

「世界の空のあちこちで熱くなったり冷たくなったり、湿ったり乾いたり、いつもどこかが不安定になってる。だから風を起こしたり、雨を降らせたりして均衡を保とうとする。人の心も同じように泣いたり笑ったり怒ったりして自分を、自分自身を保とうとしているんだと思う」

「なるほど、そうかもしれません。悲しい気持ちのことを湿っぽい、なんて言いますよね。心が湿って冷たくなると、雨が降る。そして心は雨に洗われる。そうだ、そうですね」

友恵は楽しげに話す。本当に雨上がりの空のような表情をしている。

「泣いた後に立ち直れる人は、強い人だと思う」

高校の頃、文芸部で宮沢賢治《みやざわけんじ》の本を読まされた時、心象スケッチという言葉が出てきたのを思い出した。そして、心象とは心の空の空模様みたいなものかもしれないと思った。

近くで男女五人の集団が科目登録について相談している。男が「経済史は楽勝科目だ」と得意げに話す。政治学は毎回出席を取るからサボれない、一般教養は日本文学論がおすすめだ。レポートさえ適当に書いて出せば単位がもらえる。そんな話が漏れ聞こえてくる。

「私、先週二十歳になったんです。もう大人です」

友恵は少し力を込めて言った。僕は「おめでとう」と言った。

「長年の夢はこれからどうするの」

「しばらくお預けになりますね。でも、私は諦めません。気象台じゃなくても、空に携わる道はあると思うので。城山さんはこの先どうするんですか？」

どうするのだろう。心の中に渦巻いていることを今の友恵の前で事細かに語るのは憚られた。友恵は狭く限られてしまった選択肢の中から考え抜いた末にその一つを選び取った。僕はまだ迷い道の中。宙ぶらりんの状態だ。

「もうすぐ自分なりの答えを出そうと思う」

そうとだけ答えて、友恵に訊き返した。

「いつ新潟に帰るの？」

「これから荷造りを始めて、明後日に帰ります」

もうすぐ新潟から恋人が駆けつけ明日までに荷造りを済ませ、明後日発つという。とても慌ただしいスケジュールである上に、大切な人がしっかり付き添っている。見送りに行こうかと思ったが、どうやらそうもいかないようだ。

ついさっきまで浮かんでいた綿毛のような筋雲は風にちぎれて消えていた。時計塔の針は三時を回った。もう時間がない。自然と言葉が口を衝いて出た。

「羽村さんに会えて本当によかった」

「そんな、急に改まって言われると、びっくりします……」

「空がどうして青いか、知っているか。あの言葉が、気が付けば色々なことのきっかけになっていた。蝶の羽ばたきが巡り巡って嵐に変わるように」

友恵と会っていなければ、今頃は全く違ったことを考え、違ったことをしていたと思う。彼女の言葉は僕の心の空にうねりを起こす蝶の羽ばたきだった。

それに、僕だけではなくマリーや静の心の中にも、友恵は蝶の羽ばたきを残していったのだろうと思う。

「元気でね」

月並みだが、この言葉が一番よいと思った。

「はい。お父さんのために夢を諦めましたなんて、そんなこと言われてお父さんが喜ぶわけないですから。私は諦めません」

明るい空に丸い月の影が白く浮かび上がっている。友恵がその白い月を指差して言った。

「昼間に白い月を見つけると、得した気分になります」

「小さな幸せだね」

「はい。茄子弁当の中の鶏肉のかけら」

友恵はそう答えて笑った。

別れ際、友恵の実家の住所を教えてもらった。羽村友恵文庫を送り返すためだ。返却期限は僕が気象予報士試験に受かった日。

「いつか必ず返せるように頑張るよ」

「はい。戻ってくる日を楽しみにしています」

「じゃあ、またいつか」

この先いつどこで会うか分からない、もしかしたらもう会うことはないかもしれないけれど、こう言わずにはいられなかった。

「私も城山さんに会えてよかったです」

「改めて言われると、びっくりするよ」

「私が一人で色々抱え込んでいた時に言われた、『鶏肉のかけらを探そう』っていうあの言葉、かなり効きました。あれがなかったら今頃まだぐずぐずとくすぶっていたかもしれません」

右手を差し出され、戸惑いながらそれを握った。妙な気恥ずかしさが胸をくすぐったが、それでもうれしかった。

僕の蝶は羽ばたいていた。僕の言葉もまた、蝶の羽ばたきとなって友恵の心の空にうねりを起こしていた。

地下鉄の駅のほうへ歩いてゆく友恵の背中を見送りながら、やっぱり自分はこの人のことを好きだったのだと思った。どうにもならないことは確かに存在する。でもそれを受け入れて、前へ進まなければいけない。

縁ある人々はみんなそれぞれの答えを出して、それに向かってまっすぐ動き出していた。林は北海道の企業のUターン採用に的を絞って会社訪問を始めた。浅野は〝椅子取りゲーム〟を勝ち抜こうと腹を決め、毎日スーツ姿で奔走していた。

宙ぶらりんなのは僕だけだ。

会社訪問を繰り返すさ中、街の空を見上げた。ビルの谷間の四角い空、オフィスタワーの最上階から見た空。ビジネスバッグの奥にカメラを携え、都度取り出してはシャッターを切った。

アルバイトから帰って玄関のドアを開けると、いつも虎吉が上がり框《かまち》まで迎えに来てくれる。僕は「ただいま」と声をかけて抱き上げる。「ただいま」を言う相手がいるというのはいいものだと思った。

夜になるとよく座卓の前で虎吉を膝に乗せて座り、将来について思いを巡らせた。失敗のイメージばかりが浮かんでくることもあった。同期生が家庭を築いてゆく中、食うや食わずの生活を続け、何ひとつモノにならないまま歳ばかりとってゆく自分。怖くなる。そんな時は虎吉の身体をなでながら頭の中をリセットする。そうすると、なんとかなるさという気持ちになる。

目標の五十社訪問まであと二つとなった。四十九社目の訪問先は一風変わっていた。僕は私服姿のまま、大通り沿いのスーパーを訪ねた。約束より十分早く着いた。

野菜や魚や肉のショーケースを見て回った。僕が見ていたのはスーパーの社員たちの仕事ではなく、主婦の仕事だ。赤子を連れている人は主婦の仕事と同時に母親の仕事もしている。ここにはいわゆるビジネスとは別の仕事がある。

店内にいるのはほとんどが主婦の人たち。野菜を手に取って大きさを見比べたり、割引品の棚からたくさんの食品をかごに入れたりしている。

そんな光景を見ているうちに、静がベビーカーを押して入口の自動扉から入ってきた。立ち止まり、辺りを見回して僕を探している様子だ。

僕は駆け寄って挨拶をした。

静は「お世話になっております、西村《にしむら》運送の西村でございます」と大げさに畏まって応えた。静の苗字が〝西村〟だと初めて知った。それから静はいつもの調子に戻って言った。

「城山君、面白い人ね。というか変な人かも」

「すみません、お忙しいのに」

三日前に電話をかけて「就職活動中なのですが静さんの仕事について話を聞かせてください」と頼んだのだった。

「私にあれこれ聞いたって、何も出て来ないんじゃないの？」

そう言いながら静は積み重ねられている黄色い買い物かごをひとつ引き抜いた。僕は「持ちます」と申し出たが静は「大丈夫」と言い、玉ねぎを手に取って買い物かごの中に放り込んだ。

「私らの仕事は年中無休。特に赤ちゃんがいる間は二十四時間労働よ。給料もらったってバチは当たらないと思うんだけどどね、あはは」

話し出すと静は問わず語りに色々と話してくれた。

高校を卒業してから信用金庫に勤め、窓口業務に従事していた。上司や同僚に恵まれ、仕事は苦にならなかった。二十三歳の時に顧客として窓口に来た運送会社の専務と出会う。それが後に夫となる人との出会いだった。忍ぶ恋で五年間交際した後に結婚。同時に退職し、家業の手伝いをすることに。義母が厳しくて口うるさいのが唯一にして最大の誤算だった。家事と家業、義母の監視と小言に追われ、気の休まる暇もない。千春が生まれてからは自分の時間がほとんどなくなった。

「私は彼と結婚したのであって、家と結婚したわけでも、会社と結婚したわけでもない。当たり前のことだけど、当たり前のことほど曖昧になっちゃうのよ」

静は生鮮食品の棚から商品をかごに放り込みながら話す。

「当たり前のことほど曖昧になる」

僕は静の言葉をそのまま口にして、確かにそうだと思った。なぜか今の僕にはよく分かるような気がした。

「だから私は当たり前のことを忘れず、大事に守ろうって決めたの。戦うんだ、って。相手はお義母さんでも誰でもなく、自分。言われるがままを受け入れてしまいそうになる自分と戦うの」

話しながらも陳列棚に目を走らせ、ツナ缶をかごの中へ入れる。

「大変なんですね。僕たち学生は気楽です」

「そんなことはないと思うけどな。私だって、十年ちょっと前は学生だったし、いわゆる〝最近の若者〟だったんだから。最近の若者にだって、自分なりの悩みとかあるでしょう」

「まあ、そうですが……」

「最近の子供は、最近の若者は……。そういうこと言ってる人だって昔はみんな子供だったでしょう、若者だったでしょう。なのにそのことを忘れてあれやこれやと言いたがる。私はそういう大人にはなりたくないと思う」

ベビーカーの中で千春が「うーうー」と大きな声を上げた。

「もし千春ちゃんが将来あまり普通ではない道を選ぼうとしたら、どうしますか？」

「普通ではない道って？」

「多くの人とは違う道というか、例えばマリーさんの娘さんみたいに」

「城山君、ひとつ訊いていい？」

「はい」

「誰かに背中を押してもらいたいんでしょう」

静に言われてそうだったのかもしれないと気付いた。

「いいえ、そういう訳では……」

「無責任なことは言えないけれど、好きなようにやってみればいいんじゃない。少なくとも私は娘にそう言ってやれるようになりたい。あとは自分で責任とりなさいって突き放してやれるぐらいの親になりたいわ」

「そうですか」

「もしかして私、既に無責任なこと言ってるかな。まあ、大丈夫か。結局、最後に決めるのは自分自身だもんね」

スーパーを出て少し歩くと、講堂前の石畳の広場にさしかかった。講堂の脇の庭園にある桜の木はまばらに花を開かせている。キャンパスの遥か向こうから時計塔の真上まで、灰色の雲が厚く、低く広がっていた。

「友恵ちゃんがいなくなって寂しいね」

静が時計塔を見上げながら言った。

「はい」

「好きだったでしょう」

少し口ごもってから「はい」と答えた。静は右手で僕の背中を力いっぱい叩いた。

「ファイト」

広場の隅で身体の大きな男がサックスの練習を始めた。その音に千春が目覚め、泣き出した。静はベビーカーから千春を抱き上げてあやす。そして僕に手渡した。

「はい、職業体験」

千春は顔を真っ赤にして、力の限り泣いている。僕も最初はこうだったのかなあと思い、不思議な心地がした。みんな最初は何も分からず生まれてきて、何も分からぬまま懸命に生きる。

千春の両脇を持って高く掲げると、ひと際大きな声で泣いた。生命力に満ち溢れていた。

静と会った二日後、僕は目標の五十社訪問を達成した。五十社目は風景写真をメインに活動する写真家、村岡一二三《むらおかひふみ》の事務所。

僕はたくさんの写真家のスタジオや事務所をインターネットで調べて電話をかけ、どうしても時間を頂きたいと頼み込んだ。もちろんどこも新卒採用などしていない。電話をかける度に断られた。

そんな中、村岡だけは僕の話を少し聞いてくれた。「朝出かける前の二、三分なら時間はあるよ」という半ば断りの言葉に対して「では、明日伺います」と切り返してアポを取りつけた。

早朝、東海道線で西へ向かった。春の青空の下、富士山がよく見える朝だった。湯《ゆ》河原《がわら》の駅からバスで温泉街を通り抜ける。村岡の事務所は湯河原町の外れにあった。コンクリート造りの三階建てのビルの三階が仕事場になっている。

「電話の人か。本当に来たんだね」

村岡は仕事の手を止めずに言った。広い作業机いっぱいに写真を並べ、その中から一枚ずつ代わる代わる手に取って見比べている。
二、三分で伝えたいことを伝えなければならない。本題から入る。
「私を助手にしていただけないでしょうか。どんなことでもやります」

「電話でも言ったけど、助手は募集していないよ」

「お願いします」

僕は本気だった。

「写真家になりたいんです。そのために先生の下で働いて……」

僕の言葉を遮って村岡は言った。

「私は先生なんかじゃないよ。君、撮りたいものはなんだ」

「空です」

「撮りたいものがあるんじゃないか。私の助手をやっている暇があったら、自分の写真を撮りなさい。撮って一人でも多くの人に見せる。それに尽きる」

「でも……」

「私は誰にも教わらなかったよ。ひたすら撮って人に見せる。最初は何も分からなかったけれど、無心にそれを繰り返しただけ。十年以上も鳴かず飛ばず、貧乏でも、認められなくても諦めなかっただけだ。だから他人に教えられることは特にない」

僕は何かを言い返そうとしたが言葉が出てこない。

「いいかな。もう出かけるから」

村岡はもうバッグに機材を詰め込んでいる。取りつく島もない。

「お忙しいところ、失礼しました」

「ひとつだけ、いいことを教えてあげよう」

「はい。ぜひ……」

「君はもう写真家になっている」

僕はどういうことかよく分からず、固まった。

「写真家になるには資格も何もいらない。一瞬を切り取って伝えたいという強い気持ちがあればいいと思うよ」

「ありがとうございます」

背中を押してもらった。押してくれたのは他でもない、自分自身の意志だ。

僕は決心した。


実家に帰り、決心したことをそのまま話した。

その話を聞いた母が、廃人のようになってしまった。

大声で泣き叫びながら寝室にこもり、中から襖《ふすま》を滅茶苦茶に破いた。それから畳の上にうずくまり、ぶつぶつと何かを呟きながら自分の髪の毛を掻《か》き毟《むし》っていた。外から話しかけると手鏡や木彫りの熊や化粧品の小瓶など、色々な物が飛んでくる。

母が取り乱すのも無理はない。大学を出て〝安定した〟企業に就職することが幸せへの方程式だと信じる両親にとって、僕が話したことは狂気の沙汰としか思えないのだろう。就職活動を打ち切って写真家の道を目指すなど、言語道断だと。

僕は自分なりに考えたことを言葉を尽くして話したが、理解は得られなかった。

「写真で飯が食えるか」

父は僕を怒鳴りつけた。確かに僕には技術も知識もなく、何の下地もない。でも自分の意志を貫く覚悟だけはあった。どうやって食べてゆくと問われれば「なんとかなる」と答えた。アルバイトで食い繋ぎながらでも、なんとかなる。

説明するほど父は「逃げているだけだ」「現実逃避だ」と言う。母は「いい加減に目を覚ましなさい」と泣いて僕を諭した。

でも僕は、父や母の言う〝現実〟をこの目で確かめてきた。大学を出てどこかの会社に就職するという道はあくまでもひとつの選択肢。他にも数えきれないほどの選択肢があり、自分はその中のひとつを選ぼうとしているだけなのだ。それを分かってほしかった。

だから言葉を尽くして話したが、話すほど溝は深まるばかりだった。

そして絶望した母は、泣き叫びながら寝室へこもってしまったのだった。

母は「おしまいだ、おしまいだ」と呟きながら泣き続ける。自分はそんなに悪いことをしているのだろうかと思い、泣きたい気持ちになった。あんまり母が取り乱すので、僕に説教をしていた父もそれどころではなくなってしまった。

父から「東京へ帰れ」と言われた。こんな状態の母を放って帰るのは辛いが、僕が家にいては母の精神状態がかえって悪くなる。

翌朝早く、二階の自分の部屋で着替えて荷物を持ち、一階へ下りた。階段を下りて玄関まで真っ直ぐに続く廊下を歩く。右手の寝室では母が奥の壁にもたれかかって畳の上のどこか一点を見つめている。「帰ります」と声をかけたが、全く反応はない。

居間の横を通る。出勤前の父が新聞を読みながら座っていた。僕は立ち止って「帰ります」と声を掛けた。

「早く出て行け。この先はもう勝手にしろ。母さんには俺から話しておく」

「お願いします……」

「手切れ金だ」

父はそう言って僕の足元に何かを投げてよこした。預金通帳と印鑑とキャッシュカードだった。黒く汚れた輪ゴムで束ねてある。僕は呆気にとられながらも、足元のそれを拾い上げた。

「中身を確認しろ」

父に言われて僕は預金通帳を開いた。これは家の口座とは別に僕の学費や仕送りのために両親が設けていた預金口座だ。

「残り十二ヵ月分の仕送りが入ってる。学費は払ってあるから卒業だけはしろ」

預金通帳の生々しい数字を見て、今更ながら親の力がなければ自分はここまで来られなかったのだと感じる。

「白黒つけるまで、この家には帰ってくるな」

「そのつもりだよ」

「親を捨てて行け。その代わりこっちも手助けは一切しない」

「ありがとう」

皮肉ではなく、心から言えた。父の横顔に向かって頭を下げた。そのうち一人前になったら拾いに来るさ。そんな減らず口を喉元で飲み込む。代わりに、ひとつだけ言いたいことを言った。

「子供の成長だけを楽しみにするっていうのは、あまりにも寂しいと思う」

「お前、この期に及んで説教をする気か」

父は新聞に目を落としたまま言った。

「説教なんかじゃない。お願いだよ」

「お願い？」

「歌唄いのお婆さんが言ってた。斜陽には斜陽なりの輝き方があるって」

父は黙ったままじっと僕の顔を見つめた。そして言った。

「参考までに憶えておく」

東へ帰る電車の中、頭の中は空っぽだった。窓の外は暗く、厚い雲の海が雨を落としていた。

熱海で乗り継いだ後いつの間にか眠りに落ち、終点の東京駅で車掌に起こされた。雨は止み、薄日が射し始めていた。

大手町まで歩いて地下鉄に乗って家路を辿る。昼過ぎの時間で、移動中のビジネスマンたちがたくさん乗っていた。電子手帳をチェックしている人、膝の上でノートパソコンを開いて作業している人もいる。就職活動を始めてから、日々の勤めを果たす人たちに対して敬意を抱くようになった。でも僕は別の生き方を選ぶ。

何かを選び取るということは他の全てを切り捨てることだ。だから怖い。曾根田がいつか言った言葉を思い出す。本当に怖い。決心したはずなのに、まだ怖かった。

地下鉄を降りてからまっすぐアパートへ帰る気にはなれず、足は学校へ向かっていた。講堂前の石段に腰掛けると、なぜか「帰ってきた」という心地がした。

曇り空の日ほど、花の香りは濃く漂う。春雨の後の空の下、生温かい東風がどこからともなく花の香りを運んでくる。雲は少しずつ晴れ、空の地肌が見え始める。

バッグからカメラを取り出して立ち上がり、レンズを向ける。太陽の前を白く濁った綿雲の群れが横切ってゆく。カメラから目を離すと雲の裂け目から太陽が光の手を伸ばし、空をまさぐるようにその手を広げる。

僕は立ちつくしたまま神々しい光の矢を見ていた。この下に立つ僕は、あまりにちっぽけだ。ちっぽけだからこそ悔いのないよう、精一杯生きようと思った。

はっきりとこの瞬間、迷いが晴れた。

〈分かったよ……〉

僕は心の中で友恵の問いに答える。空はなぜ青いか。それはきみが教えてくれたように、太陽の青い光が空いっぱいに散らばっているから。そして、その青さをもっと輝かせるのは、人の心だ。生きている喜びや空の下にあることの有難さ、そういうものを感じる時、空はもっと青く輝く。

この今の光景を忘れぬよう、空へカメラを向けシャッターを切った。それから記憶の中に焼きつけるよう、心のシャッターを切る。下を向いて目を閉じ、三つ数えて顔を上げ、目を開く。

空の色が変わった。

第十章　グリーンフラッシュ

約束の日が訪れた。僕はゆっくりと段ボール箱の蓋を閉じる。長らく借りたままだった羽村友恵文庫が、待望の返却期限を迎えた。たくさんの本と一緒に気象予報士試験の合格通知のコピーを同封する。手紙も入れようと思ったが書くことがまとまらず、合格通知のコピーの余白に「ありがとう。対不起、我遅到了！」と書いておいた。

結局〝四度目の正直〟だった。八月の三度目の受験では、実技試験は不合格だったが学科試験のみ合格。この時点で学科試験は免除となり、そして一月、四度目の挑戦で実技試験に合格し、晴れて気象予報士の資格を得た。少し空に近付けたような気がして嬉しかった。

四年生の一年間は慌ただしく、矢のように過ぎた。

怠惰な三年間を過ごしたツケと、未来の自分からの注文との間に挟まれ、まさに〝自業自得〟という言葉がぴったりの一年だった。

単位をひとつたりとも落とせないため、毎日講義に出席した。まともな四年生ならばゼミに入り、週に一、二度ぐらい学校に来て、残りの時間は就職活動や卒論に充てる。ゼミはキャンパスライフの醍醐味《だいごみ》であり、ゼミ仲間は生涯の友になりうるともいわれる。しかし僕や浅野は成績が悪くてゼミに入れず、卒論がない代わりに日々の講義と定期試験に追われ、ほとんど一、二年生と同じような大学生活を送る羽目になった。浅野には就職活動があったが、それすら止めてしまった僕にはひとつも四年生らしい要素がなかった。

自分は多くの同期生たちとは随分違っていた。

キャンパスを歩いていると、ゼミで連れだって飲みに行く男女や、スーツ姿の四年生が嫌でも目に入ってくる。就職活動を終えた者は卒業旅行の計画を立てたり、飲み歩いたりしていた。そんな中で時々、自分がたくさんの落とし物をしてきたように思えて寂しくなることもあった。でもそれはないものねだりなのだ。何かを選ぶということは、他の全てを切り捨てること。落とし物のように思えるものは全部、選び取ってきたものと引き換えに切り捨ててきたものなのだと思う。

日々の学業に追われる傍ら、アルバイトの数を増やした。定職に就かない僕が卒業後、金に困るのは目に見えている。父からもらった〝手切れ金〟があるうちに、なるべく多くの貯金を作っておきたかった。スマイルマートでは夜勤を一日増やした。

さらに土日は日雇いの力仕事を見つけて少しでも多く稼いだ。

日雇いの仕事では運輸倉庫の荷物の仕分け業務などが多かった。朝早く埠頭《ふとう》の倉庫へバスで運ばれ、フォークリフトから積み下ろされる荷物を仕分ける。それほど重くない荷物でも、一日中運び続けるとくたくたになった。

引越しや工事現場の作業補助の仕事も多かった。引越しの仕事では恐ろしいチーフ社員から「バイト」と呼ばれてしょっちゅう怒鳴られた。作業に手間取ると尻や太ももに蹴りが飛んできた。

最後の一年間、足しげく学校へ通わなければならなくなったのも、少しばかりの金のため労働に精を出すことになったのも、全て自業自得の因果。図らずもよく学び、よく働いた。

並行して気象予報士試験の勉強も続けながら、折あるごとに空を見上げ、カメラを向け、シャッターを切った。写真の技術を本やインターネットを使って独学で勉強しつつ、空の一瞬を切り取る勘を養うために習作をたくさん撮った。そうして撮り貯めた写真を出版社や旅行専門誌などに持ち込んだ。どこからも相手にされなかったが、不思議と気持ちは折れなかった。

どうにもならないことは確かに存在する。でも自分で選び取ったこの道だけは、どうにもならないとは思いたくなかった。

卒業式を三日後に控えた日の夜、バンド全員でスタジオに集まって最後のライブに向けた最後の練習をした。僕らは六月と十月の定期演奏会には出ず、三月に開かれる最後の演奏会だけに照準を合わせて準備してきた。

〈最後にまともなものを形にして終わろう〉

リーダー浅野の意向で一年前から課題曲を決め、各々が自分のパートを少しずつ練習していた。それぞれ忙しい中でも月に一、二回はスタジオに集まって音を合わせ、完成度を高めてきた。自分たちの力量の中でベストを尽くし、自分たちの力量以上のものを作ろう。練習を重ねるうちにそう思えるようになった。

そして迎えた最後の練習。僕らにとって上々の出来だった。同じ曲をしつこく繰り返して練習してきた成果が出ていた。僕個人の演奏に関しても、課題曲だけならば身体で覚えてしまったので、目をつぶっても演奏できる。

「今の俺たちは錐《きり》だな」

曲の合間、浅野が満足げに言った。錐の先端のように力を一点へ集中させればそこそこやれるのだということを実感した。

練習を終えた後、僕のアパートで酒を飲んだ。いつもならば誰かがテレビのスイッチを入れるが、今夜は誰もスイッチを入れようとしない。

流れる雲の切れ間から月明かりが滲んで見える、静かな夜だった。

「まだ実感が湧かないなあ。本当に卒業するんだよな、俺たち」

僕と同様にギリギリで卒業を決めた浅野が呟く。

浅野は就職が決まったのもギリギリだった。会社訪問に奔走する傍ら講義にも毎日出席せねばならず、両立に苦しんでいた。なかなか内定が取れず去年の十二月までの間に訪問した会社の数は百を超えた。年が明け、後期試験が始まる直前になってようやくＯＡ機器の販売会社から内定をもらうことができた。体育会系の社風で有名な中堅企業だ。来月からの研修で学生気分を叩き直された後、営業マンとして全国のどこかの営業所に配属される。

「四月からは毎朝六時起きだ。俺、本当に起きられるのかな」

浅野は苦笑しながら座卓の上にあったピザ屋のチラシを丸めて「ほい」と窓際に向けて投げた。虎吉がその方向へ飛び跳ね、紙のボールを前足で小突き回す。

「おい虎吉、こっちにおいで」

林が呼ぶと虎吉は「ニャー」と鳴きながらこちらへ戻ってくる。僕らは月に一、二回の練習の度に、その後この部屋で飲んでいたので、虎吉はすっかりバンド仲間になついていた。

「お前とも当分の間は会えなくなるな」

虎吉の頭をなでながら林が言った。

林は北海道の会社に絞って就職活動を続け、夏が終わる前には就職を決めていた。四月から札幌の郊外のアパートで彼女と一緒に暮らし、農協の事務職員として勤める。就職が決まった後、彼女が東京へ遊びに来たので皆で飲んだ。二人ともとても幸せそうだった。

浅野は座卓の上に一冊のファイルを開いた。僕が撮った空の写真集だ。撮り貯めた写真の中から気に入ったものをプリントしてそのファイルに収めてある。

「義元、これ、わざとやってるのか」

「何が？」

「ほとんどの写真に空と一緒にビルとか木とか人が入ってるよな」

「ああ、わざとだよ」

僕は街の空が好きだった。大きな空とその下にある小さなものとの対比が好きだ。これは就職活動をしてみなければ気付かなかったことだと思う。ビル街の四角い空を流れる雲、空き地の金網越しに見える草むらと空。何かとの対比の中で空を捉えた。

「なんだ、これ」

横から覗き込んでいた林が一枚の写真を指差して言った。

「夕陽が緑色になってる」

林が指差したのは埼玉で工事現場の作業補助のアルバイトをした時に撮った写真だ。高台の下に広がる住宅街、その向こうにそびえる山の稜線に夕陽が沈む瞬間を収めた。

「グリーンフラッシュだ。夕陽は沈み切る間際にほんの少しの間だけ緑色に輝くことがある。太陽が普段は見せない緑の光。秘められた光なんだ」

僕が説明すると浅野はしきりに感心する。そして写真を見つめながら「よし」と何かを思い出したように言った。

「明日のバンド名、『グリーンフラッシュ』にしよう」

「おお、バンド名ねえ……。そういえば俺たち、バンド名すら決めてなかったな」

林があっけらかんと笑う。

以前、バンド名を決めようとして案を出し合ったこともあったが、結局決まらぬまずっと『浅野バンド(仮)』で通してきた。

「なるほど『グリーンフラッシュ』か。いいね！　俺たちは、冴えない青春の終わりにキラリと閃くグリーンの閃光！　なんてね」

林が大げさなこぶしを利かせて言った。〝青春〟という言葉が妙にこそばゆく聞こえる。

窓の外には月明かりの夜空。街灯に照らされた川沿いの桜は少しずつほころび始めている。桜は出会いと別れの季節に咲く花だ。

「しかしまあ、この部屋ではよく飲んで、よく寝たなあ。あんなに堕落した生活はこの先もうできないだろう」

浅野が自嘲気味に笑った。

「ここがなかったら、俺たち何をしてただろうかな。意外と資格を取ったり、語学留学したりしてたかも」

林がしみじみと部屋の中を見回す。

この部屋がなかったら……。曾根田の言葉を思い出す。一瞬一瞬、選び取ってきたものの積み重ねの上にある今。それが自分だ。

「これでいいのだ」

僕は自分に言い聞かせるように呟いた。

「なんだ？　どうした、お前」

浅野が怪訝な表情で僕に訊く。

「バカボンのパパだよ」

「いや、そりゃ知ってるけどさ。突然どうしたんだって」

「自分たちが積み重ねてきた時間に言ってやろう。これでいいのだ。もし今まで過ごした時間の中のどこかひとつでも違っていたら、今こうしてみんなで集まっていなかったかもしれない」

ドブに捨ててきた時間がきらきら輝く大河へ注ぐよう、これからを生きればよい。

「まあ、そうだな……」

浅野が相槌を打つ。

「それに、たとえ一年生からやり直せたとしても、結局また同じことを繰り返すような気がする。やっておけばよかったと思うことは色々あるけれど、きりがない。これでよかったんだよ」

僕は横目で門松を見ながら言った。寂しそうに缶ビールを飲んでいる。

門松は来年大学院の試験を受け、考古学《こうこがく》の研究者の道を目指す。門松の専攻は文学部の哲学科だが、遺跡の発掘現場でアルバイトを始めてから考古学の世界に魅了された。口数の少ない門松が、土器や石器の話になると熱く語り出すようになった。そんな門松が通り過ぎてきた時間の中には、死んでしまった村山がいて、僕たちバンドメンバーがいる。

「なんとなく飲みながらバカな話をしていただけの時間も、無駄ではなかったのだと思う」

門松の気持ちを代弁したつもりだったが、口に出してみて、これは自分自身の気持ちから発した言葉なのだと気付いた。

「そうだな。後悔はあまりしたくない。なんだかんだいっても、楽しかったし」

林はそう言ってコップに入れた日本酒をぐいと飲み干す。

「明日で最後だな」

浅野がしみじみと言った。明日のライブが終われば、バンドメンバーでゆっくり集まることはもうない。浅野は三月の終わりから出社しなければならず、林もライブの三日後には北海道へ発つ。無限であるかのように思えた時間が、終わりを迎えようとしていた。

僕らが臨もうとしているのは小さなライブハウスで開かれる小さなライブ。でも今の僕らにとって、それをやり遂げることがなぜだかとても大切なことに思えた。

飲み明かしたい気持ちを抑え、みんな終電前に帰った。

毎年三月の下旬に開かれる最後の定期演奏会は『追い出しライブ』と称され、卒業生のバンドが主役となる。

いつも使っている高円寺の小さなライブハウスで演奏し、夜は近くの居酒屋で浴びるように飲むのが恒例だ。そのためライブは昼から夕方の間に行われる。出演順はくじ引きで決められ、僕らは奇《く》しくもトリを飾ることになった。

小さいながらも最後の舞台。卒業生の中には外部の人を招待する者もあり、客席は普段の定期演奏会よりも多くの観客で賑わう。林は引越しの手伝いのためにこの日北海道から駆けつけた彼女を、僕はマリーと静と店長を招待した。

ライブ当日、昼前に高円寺のライブハウスに集まり、出演順の遅いバンドから順にリハーサルを行う。リハーサルといっても少しサウンドチェックをして、一曲合わせてみるぐらいの簡単なものだ。

このライブハウスのPA担当はいい加減な〝クマさん〟だ。百キロはあろうかという巨体と髭面がクマを連想させるため、僕らは密かにそう呼ぶようになった。年中Tシャツに黒の革ジャンを羽織り、いつも煙草をくわえながら仏頂面でPA席に座っている。学生のお遊びバンド相手だから手抜きをしているのだろうというのがサークル員たち共通の見解だ。でもこのライブハウスは他と比べて料金が安いし、何よりクマさんが怖くて誰もクレームを付けようとしなかった。

リハーサルの前、浅野が「ちょっと」と手招きして僕らを集めた。そして浅野はPA席の前まで歩いて行き「すみません」とクマさんに声を掛けた。

「この四人で演奏するのは今日で最後なんです。よろしくお願いします」

浅野はそう言って頭を下げた。僕と林と門松も、釣られて頭を下げる。クマさんは灰皿で煙草の火を揉み消し、かったるそうに右手を上げた。

リハーサルの間、浅野は「ボーカルの音をもう少し返してください」「コーラスのマイクをあと少しだけ絞ってください」などPA席に向かって色々な要求をした。その度にクマさんはかったるそうに右手を上げて応えた。最後に浅野はステージから客席へ下り、全体の音を確認する。いつもなら適当に音を出してさっさと切り上げるのに、今日はチェックに余念がない。

自分たちのリハーサルを終えて客席に座り、スマイルマートでもらった賞味期限切れの弁当で腹ごしらえをしながら、他のバンドのリハーサルを見ていた。心なしか皆いつもより音のバランスが取れているような気がした。

午後一時、全バンドがリハーサルを済ませ、開場する。一番乗りで現れた外部の客は、意外にもマリーだった。サークルの仲間は怪訝な表情でマリーを見ていた。

僕は「友人のマリーさん」と皆に紹介した。

「暇だから来てやったよ」

マリーはぶっきらぼうに挨拶する。

娘の千春と一緒に暮らし始めたマリーは二度目の手術の後、抗癌剤治療を拒み、気力だけで癌と戦っていた。久しぶりに見たその姿はだいぶ痩せていたが眼光は鋭く、まだまだ元気そうにみえた。〝冥土の土産ライブ〟はパート10を超え、今もなお続いている。

「申し訳ないが、あと五十年は生きられそうだよ」

マリーはいつもの調子で言うと口の片端を釣り上げて笑った。

開演が近付くに連れて客席は埋まり始める。いつもならサークル員同士が演奏を披露し合う内輪の会だが、今回は外からの客も多い。僕らはマリーと談笑しながら開演時間を待った。マリーと話していると本当にあと五十年ぐらい生きるのではないかと思えた。

午後一時半、一年生バンドの演奏でライブが始まった。卒業式のような構成になっていて、前半の〝送辞の部〟では一年生から三年生のバンドが卒業生へのはなむけに、十五分ずつ代わる代わる演奏する。特定の卒業生をネタにした替え歌を披露するバンドもあった。こんな内輪のじゃれ合いを見てマリーが退屈しないかと心配になったが、楽しんで聴いているようだった。

前半の〝送辞の部〟が終わったところで、静が現れた。腕には千春を抱いている。

「間に合ってよかった」

静は千春を下に降ろして言った。そして「千春、こんにちはしなさい」と促す。千春は静の足にしがみつきながらキョロキョロと僕らの顔を見上げて「こんいちは」と言った。

二歳になったばかりの千春は物怖じせず、笑いながらよちよちと歩き回った。しばらく会わないうちに言葉もだいぶ話せるようになっている。サークルの仲間たちに愛嬌をふりまいて人気者になっていた。

ライブの後半は〝答辞の部〟。卒業生の時間へと移る。最後のパフォーマンスとあって、皆この日のために準備を整えてくる。着ぐるみや演歌も飛び出した。

同期生たちのステージを見ながら、あまり付き合いのなかった者同士でさえも、お互いの心に何らかの足跡を残しているのだと感じた。梨村《なしむら》が浅野に麻雀を教え込み、それから僕らは麻雀に付き合わされるようになった。一年生の頃、白石《しらいし》が持ち込んだ格闘ゲームのせいで、僕の部屋は一時期ゲームセンターのようになった。少しでも触れ合った人は、多かれ少なかれ記憶の中に何かを残してゆく。これからもそうやって縁ある人と影響し合いながら生きていくのだろう。そんなことを考えた。

卒業生のバンドが次々と出演を終え、ライブは佳境へと入ってゆく。最後から二番目に出演するのは矢口のバンド。就職が決まらなかった五人で結成した企画バンドだ。〝就活戦隊ご縁ジャー〟と名乗り、子供の頃流行った戦隊シリーズ『ダイレンジャー』『カクレンジャー』などのテーマソングを演奏した。最後に演奏したオリジナル曲では「地球の平和を守るため、永遠に就職活動を続ける」という趣旨の歌詞を、矢口がキックやパンチを交えながら熱唱した。自分たちの境遇を自虐的に笑い飛ばすパフォーマンスが笑いを誘った。みんな悩んでいるのだと思った。

正義のヒーローたちがステージから降り、いよいよ僕らの出番がきた。客席に店長の姿は見当たらない。「絶対見に行くよ」と言ってくれてはいたが、やはり店を離れられなかったのだろう。

僕らは楽器を携えて客席を掻き分け、全員で小さなステージに上がる。なぜだかとてもうれしかった。

セッティングを終えると浅野はドラムセットの前に全員を集めた。

「いいか、〝迷わず行けよ、行けばわかるさ作戦〟だからな」

浅野の作戦は大胆かつ単純明快だった。全ての課題曲は轟音のアップテンポにアレンジしてある。僕らはその勢いに任せて突っ走る。それだけだ。

カバー曲を演奏するにも、原曲のアレンジをそのまま再現しようとするとボロが出てしまうことが多い。轟音を鳴らしてテンポを上げてしまえば、ボロは目立ちにくいし勢いがつく。ノリで押し切ってグルーブ感を出すというやり方は、技術に乏しい僕らなりの最善策だった。

それぞれが持ち場に散って準備はＯＫ。

「どうも『浅野バンド（仮）』改め『グリーンフラッシュ』です！」

浅野が新しいバンド名を名乗る。ステージのライトが一斉に明るくなり、門松がドラムスティックを四回打ち鳴らす。

一曲目はビートルズの『アイ・ソー・ハー・スタンディング・ゼア』。二年半前、門松を入れたこのメンバーで初めてのライブで演奏した曲だ。その時は途中で演奏が空中分解して止まってしまった。二年半越しのリベンジだ。

もともとアップテンポで賑やかな曲だが、更にテンポを上げ、掻き鳴らすギターの轟音で音の隙間をびっしりと埋める。浅野のボーカルも僕と林のコーラスも、楽器の音圧に負けぬよう半ばシャウトのようになる。

僕は声を張り上げながら、異変に気付いた。

何かがおかしい。色々なことが噛み合い過ぎている。ぶつかり合った轟音が恐ろしいほど上手くひとつの塊となり、心地よく鳴り響いていた。

一曲終えて拍手を浴びる。客席の反応も明らかにいつもと違っていた。

拍手と歓声。一見これまでのライブで見たのと変わらぬ光景だ。それなのにいつもとは全く違った気持ちで拍手を浴びている。僕は初めて知った。心から贈られた拍手は、義理の拍手とは響きが違う。それは拍手の大きさでも、数でもない。拍手に込められた敬意や感動のようなものが、響き方を変えるのだ。

「シロちゃん！」

客席から僕を呼ぶ声がした。この呼び方をするのはあの人しかいない。客席へ目を走らせてその姿を探す。そうしている間に門松がスティックを打ち鳴らして二曲目の始まりを告げる。イントロの第一音を発したのと同時に、見つけた。

〈グッチョ！〉

鳴り始めた音に掻き消されて聞こえなかったが、親指を高々と掲げて叫ぶ店長の顔が確かに見えた。

二曲目はオペラの名曲『トゥーランドット』をパンク・ロック仕立てにして演奏する。林がスタジオでふざけてやってみせたのが意外にも格好よかったので課題曲に加えられた。

疾走するドラムに合わせてギターとベースがごうごうと鳴り響く。浅野がギターを滅茶苦茶に掻き鳴らしながら、本来なら情感的に歌われる『トゥーランドット』の歌詞を野暮ったいがなり声で歌う。

自分たちの出している音が、信じられなかった。一曲目の時にも抱いた「何かがおかしい」という感覚が一層強くなる。見えないものが僕らを高みへ連れてゆこうとしている。練習で何度も音を合わせてよく仕上がってはいたが、ここまで凄いものになるとは思ってもいなかった。本当にこれは自分たちが出している音なのだろうか。

神がかっている。畏れ多いが、そんな表現しか思い浮かばなかった。

曲の合間に浅野が何か言いたげに僕と林へ交互に視線を送ってくる。近寄ると浅野は呆れたように笑いながら言った。

「どうしちゃったんだ、俺たち」

今日は何かが違うと皆気付き始めていた。一かける四が四ではなくなっていた。それぞれが共鳴し合い、何倍にも増幅してゆく。林以外のメンバーはみんな凡庸《ぼんよう》な演奏者だ。でもこのメンバーの中ではそれぞれがお互いを活かし合い、ひとつの大きな力へと昇華させていた。

そのままの勢いに乗り、ボブ・ディランの『ミスター・タンブリンマン』、『ブロウイン・イン・ザ・ウィンド』を轟音アップテンポアレンジで二曲続ける。

昂揚感《こうようかん》の中、羽が生えたような心地がした。どんどん良くなってゆくのが分かる。完全燃焼というのはこういう感覚なのかと今更ながら思った。たった四曲の間に、全員顔も身体も汗でびっしょり濡れていた。

五曲目はビートルズの『ルーシー・イン・ザ・スカイ・ウィズ・ダイアモンズ』。僕の選曲だ。課題曲を決める時に浅野から「お前もなにかやりたい曲はないのか」と訊かれ、空にまつわるこの曲の名を出した。再現が難しいサイケデリックな原曲を思い切ってパンク・ロック調にアレンジして演奏する。原曲では三拍子になっている部分もアップテンポのエイトビートに変えて押し切る。

もはや上手い下手の次元ではない。奇跡の産物《さんぶつ》に思えた。

熱のこもった拍手と歓声が客席を塗りつぶしていた。

最後の曲は、僕ら初のオリジナル曲だ。オリジナルといっても決まった旋律があるわけではない。スリーコードのロックンロールの展開に沿ってそれぞれアドリブで音を奏でて合わせる。歌詞もないので曲名もなかったのだが、ライブの直前、急遽《きゅうきょ》『グリーンフラッシュ』に決まった。いよいよ最後の最後だ。

何度も練習したが、林以外のメンバーはなかなかアドリブに慣れることができず、この曲だけはまだあまり上手くいったことがなかった。

しかし今の僕らにならできる気がした。

「グリーンフラッシュ！」

直前に決まった曲の名前を浅野が叫び、門松がエイトビートを刻み始める。それから僕のベースと浅野のリズムギターに乗って林が自由に旋律を奏でる。林のフレーズはいつにも増して伸びやかでソウルフルだ。気が付くと客席ではたくさんの人たちが踊り始めていた。サークルの仲間たちが思い思いに身体を動かす。静は千春を膝に抱えて身体を揺らし、店長はどさくさに紛れて二年生の女の子たちとハイタッチをしながら阿波踊《あわおど》りのような動きで周りを笑わせている。

林と浅野のギターワークが螺旋のように絡み合い、グルーブ感を増してゆく。僕はなるべく堅実に低音を支えながら、所々に歌うようなフレーズを入れて変化を加える。曲の途中から門松の刻むビートが前のめり気味に走り出したが気にならない。逆に音の塊が怒濤《どとう》の勢いを駆って疾走し始める。

そして一番の難関がやってくる。門松、林、浅野、僕の順番でソロのリレーをするのだ。ライブで全員にソロを回すなど、僕らにとって最初で最後の挑戦だった。

浅野の合図でドラム以外の楽器は一斉にブレイクする。

「ドラムス、門松学！」

浅野が門松の名前をコールした。

＊

門松学は泣いていた。

ステージライトの光がやけに熱く、顔も身体も水を被ったかのように汗まみれだ。

浅野のコールを受けてドラムソロに入る。本番前まで全く自信がなかったが、今日はなぜか失敗する気がしなかった。他の全ての楽器が鳴り止んだ中、自分の鳴らすドラムの音だけが響く。

ビートルズの有終を飾った曲『ジ・エンド』でリンゴ・スターが演じたドラムソロに倣《なら》った。バスドラムでリズムを刻みながら静かに、重厚なタッチでタムを叩き撫でる。派手さはないが印象深い名演を、いつか自分もやってみたいと思っていた。

最近はサークル内のいくつかのバンドから声がかかり、来年からは二つのバンドを掛け持ちしてドラムを叩く。必要とされていることがうれしかった。

子供の頃からトーテムポールと呼ばれ、いじめられることすらなく、そこに存在していること自体を忘れられてしまうような子供だった。身体だけは大きいのに、セロファンのように存在感が薄い。遠足のグループ分けではいつもあぶれていた。このサークルに入った時も同じ。浅野から声をかけられるまで、最初はどのバンドにも入れなかった。

でも今は違う。

〈僕はもうトーテムポールじゃない〉

最後の一小節でスネアタムやシンバルを力いっぱい連打し、林へギターソロの合図を送る。アイコンタクトも送ったつもりだったが、林の顔は涙でよく見えなかった。

＊

林太一は震えていた。

理屈を超えてこういうことも起こりうるのかと驚くばかり。同時に、二度とこんな音は出せるものではないことも分かっていた。マジックだ。

門松からのサインでソロのパートが回ってきた。

ここからは〝速弾きの林〟が贈る四十八小節のマシンガンギター。浅野が「お前はエースだから長く弾け」と見せ場をお膳立てしてくれた。このメンバーでは今日で弾きおさめ。客席からは、大切な人が見守っている。思えば大学に入ってからライブを見せるのは初めてだ。

音よ、音の速さを追い越せとばかりに間断なく音を繰り出して弾きまくる。ピックを持つ右手が極限まで小さく上下動を繰り返しながら弦を震わせ、旋律を司《つかさど》る左手の指は生き急ぐように指板の上を躍る。指が五本しかないことがもどかしい。

中学生の頃、速さばかりを追い求めて練習にふけった。ひたすら空を速く飛ぶための飛行訓練に明け暮れたカモメのジョナサンのように。そして林ジョナサン太一の辿り着いた先は、努力だけではどうにもならない、行き止まりの壁だった。

プロにはなれない。でも音楽は、飽きっぽい自分が続けていられる数少ない大切なものだ。楽しむだけでよいと思えば、この早弾きで人を歓ばせるのも悪くない。

〈速いだけじゃダメなんだけどね〉

終わりの十二小節、スピードは限界点に達しているはずなのに、もっと突き抜けられるような気がした。大気圏を突き抜け、重力圏から飛び出すように、もっと速く。

炸裂する音の弾幕の向こう、歓声が遠くに聞こえる。幸せだった。

「ギターボーカル、浅野武志！」

リーダーへ次のソロを振りながら、一生音楽を続けていこうと思った。

＊

浅野武志は悔しかった。

まるで大量失点の負け試合の最後に飛び出した満塁ホームランのようだ。なぜもっと早くから本気で活動しなかったのだろうか。

悔しさをぶつけるように、慣れないアドリブでギターソロを奏でる。間違えても構わない。最後ぐらい格好悪いほど感情を込めて本気になってみよう。捨て身の心境だ。

この四年間で分かったことは、自分は何者でもないということ。何を待っているかさえ分からずに漫然と何かを待ち続け、気が付けば何者にもならぬまま時間ばかりが過ぎていた。

もう少し上手くやれたのではないか。

振り返ると、我ながら苦笑がこみ上げてくる。

昔からあまり器用なほうではなかった。我が強く、よく周りと衝突し、いつも自分の素直な気持ちを表すことができない。自分で集めたこのバンドも、当初は本気で打ち込むつもりで結成したはずだった。それなのになかなか本心を言い出せず、四年生の最後になってようやくこうして形になった。嬉しくて、悔しかった。

自分勝手なリーダーだが、義元も林も門松も何も言わずに付き合ってくれた。だからこそ、自分が早くから本気になっていれば、もっといいバンドになったかもしれない。

でも義元が言ったように、これでよかったのだとも思える。もしかしたら四六時中あのアパートの汚い部屋で酒を飲んで無駄話をしていた時間が自分たちの中を流れ、今の一体感に辿り着いているのかもしれないとも思えた。

大量失点の負け試合で、最後に飛び出した満塁ホームラン。いいじゃないか。何に対してか分からないが、何かに一矢報いたような気がした。

自分のギターソロも佳境へと入ってゆく。左手の薬指で弦を目一杯押し上げては下げ、チョーキングをひたすら繰り返す。アンプが火を噴いたように唸りを上げる。林のように難しいことはできない。この粗野《そや》で直情的なフレーズが一番自分らしい。

〈上手くなんてなりたかねえ。やりたいようにやってやるんだ〉

最後の一音、左手で弦をむんずと押し上げたまま荒っぽくビブラートをかけ、長く伸ばす。渾身のチョーキング・ビブラート。馬のいななきのようにギターが高く鋭い声を上げて鳴いた。

「ベース、城山義元！」

ソロのリレーを締めくくる義元の名をコールする。

これからでも間に合う。自分は何者かになるのだ。今は大きな流れに敢えて身を任せながら、その中で何者かになろうと思った。

＊

城山義元は感謝していた。

自分たちは今、見えない力に導かれたような、そしてなにより長い時間を共有してきたこの四人にしかできない演奏をしている。これは縁の力、絆の力なのだと思った。

ギターはブレイクに入り、門松が鳴らすハイハットの音だけがリズムを刻む。浅野と林は演奏を休みながらも足でリズムを取っている。そのリズムに乗ってベースソロを奏でる。

不思議だ。自分はベースギターを弾く凡庸な大学生。どちらかと言えば下手なほうの部類に入る。でもこのライブでは確かにいい仕事をしている。一人の演奏者としては並み以下だが、今このバンドの中では輝くことができている。

いつもこのようにありたいと思った。縁ある者を大切にし、縁ある者の中では持てる以上の力を出すことができる、そういう人間でありたい。今は未熟で助けられることのほうが多いけれど、いつかそうなりたいと思う。

友恵にも、曾根田にも、浅野にも、林にも、門松にも、静にも、千春にも、マリーにも、藤吉店長にも、虎吉にも、父や母にも感謝しよう。

子供の頃から周りになんとなく流されてきた。でも今となってはそれすらも自ら選び取ってきたことのように思える。流されてきたからこそ気付いたこともあり、その過程があったからこそ二十歳を過ぎた今、自分の意志らしきものが芽生えてきた気がする。

もうすぐ終わろうとしているこの音楽の中、ひとつひとつの音を愛《いと》おしむように奏でる。

即興演奏は人生に似ていると思う。楽譜はなく、自分の意志で次の音を選び取ってゆく。自由に音を奏でてよいが、旋律を組み立てるのに使ってよい音はある程度決まっている。限られた条件の中での自由だ。でもそんな中、所々に半音ばかり外れた音を入れてみると面白い旋律になる。同じように、時々はみ出してみるのも人生の味わい深さなのかもしれない。

〈自分の意志で生きよう〉

ネックを握る左手を勢いよく滑らせ、高音域にスライドさせる。右手で力いっぱい弦をはじきながら左手の薬指で指板を何度も叩いて音をうねらせる。

繰り返しうねるベースの音を合図にギターが合流し、再び四人の音が一斉に鳴り始めた。

積み重ねてきた選択の末に色々な出会いに恵まれ、今こうしてここにいる。

これでいいのだ。胸を張ってそう思えた。

*

僕のソロが終わり、演奏はエンディングへと向かう。浅野が和音を掻き鳴らして音の隙間を埋め、その上に林がアドリブの旋律をかぶせながら十二小節を二度回す。

客席は皆立ち上がってやんやの歓声を送っている。楽しくて、幸せで、もっと長い間こうしていたい。

浅野が全員に合図を送り、曲はとうとうエンディングに入った。門松が阿修羅の怒りの面のような形相でシンバルとタムを乱れ打ちする。本当に腕が六本あるかのような壮烈なドラミングだ。ギターもベースもボリュームを上げてこれでもかと掻き鳴らし、最後の名残とばかりに長く長く引き伸ばす。浅野が全員にアイコンタクトを送りながら、まだまだ伸ばせと煽る。

その時、突然門松のビートがつまずいた。

後ろを振り向くと、スティックが門松の左手から離れて宙を舞っていた。手を滑らせてスティックを飛ばしてしまったのだ。門松は慌ててバスドラムの上に備え付けてある予備のスティックを握ろうとしたがまた手を滑らせる。止むを得ず片手だけでスネアドラムとシンバルを交互に連打して取り繕う。

浅野と林と僕は半ばやけくそに音を掻き鳴らした。浅野が林に向かってしきりに何かを叫んでいるが音に掻き消されて聞こえない。三人でアイコンタクトを取りながら顔を寄せ合った。浅野がもう一度、林に向かって叫ぶ。

〈俺がコード鳴らしとく！〉

林と僕は浅野のほうへ耳を寄せる。

〈スティック拾ってやって！〉

浅野の言葉に林は慌ただしく頷くと一旦手を止め、足元に転がっているスティックを拾い上げて門松に手渡した。

しかし、態勢を立て直すことはできなかった。門松は泣き崩れていて、必死に連打を繰り出すもリズムが滅茶苦茶。僕らはドラムの前へ集まり、滅茶苦茶なリズムに振り回されながら音を鳴らす。そして顔を見合わせ「ドンマイ、ドンマイ」と叫び合いながら大笑いしていた。

このままではいつまで経っても終わらないので、三人で門松へ終わりの合図を送る。しかし門松は下を向いたまま不規則な連打を続けている。

〈終わるぞ!〉

浅野は僕と林に向かって叫んだ。三人頷き合い、タイミングを測る。浅野がギターを高く掲げたのを合図に、「いっせぇのおせ」で最後の一音を鳴らした。

門松のドラムだけが終わりのタイミングを逸し、フェイドアウトのように段々と小さくなって、消えた。

浅野が両手を上げて「お粗末さまでございやした!」とおちゃらけてみせる。

客席からは拍手と歓声と指笛の嵐。それらは自分たちの演奏がどんなものであったかを物語っていた。

「すみません……!」

泣き崩れて謝る門松を浅野が宥める。

「そう謝るなって。出来過ぎだ。俺たちはオチが付くぐらいでちょうどいい」

オチは付いたが『グリーンフラッシュ』の名に恥じぬ演奏だった。

僕らが客席へ下りると、もう一度割れんばかりの拍手が鳴った。汗まみれのまま、客席の奥の方へ進んでゆくと、マリーと目が合った。口の端を釣り上げて笑いながら頷いている。

「いや、たまげたな」

マリーが感嘆する。

「兄ちゃんたち、今日出した音を忘れちゃいけないよ」

忘れない。二度とこんな音は出せないが、絶対に忘れないだろう。

奇跡というものが本当にあるということを知った。繰り返し練習してきた六曲に何かが降りてきて、僕らは魔法にかかった。もう一度演奏すれば僕らはまた下手くそな学生バンドに逆戻りするだろう。でもこの小さなライブでたったの六曲をやり遂げたというだけのことが、僕らにとってはとてつもなく大きかった。

最後にひとかけらの自信を手にして、僕は卒業した。

エピローグ

ボックス席の車窓の向こう、肥えた綿雲を湛えて夏の青空が広がる。僕は各駅停車の列車に独り揺られながら、流れる景色を眺めていた。トンネルを抜けてしばらく走ると、列車は漁港のある町へ差し掛かる。

湾の向こうに広がる日本海の水平線から入道雲が立ち昇り、白く輝いている。巨大な怪獣が海の向こうからこちらへ歩いて来るようにも見える。

いい雲だ。僕は身を乗り出し、林から半永久的に借りた一眼レフのデジタルカメラを構える。

もうすぐ大仕事が終わろうとしていた。六泊七日、各駅停車の列車を乗り継ぎ、太平洋沿いを東京から青森へ、それから津軽平野を西へ走り日本海側を南へ下った。車窓からあるいは降り立った駅から夏空へレンズを向け、シャッターを切り続けた。

卒業してから三年余、ようやく摑んだ自分の仕事だ。撮り貯めた写真を鉄道会社が発行する旅行誌に持ち込んだら幸運にも担当者の目に留まり、各駅停車で夏空を追う企画を付けてデスクに提案したところ、採用されたのだった。

分かってはいたが、夢や希望だけで食べてゆけるほど世の中は甘くない。

これまでの三年間は苦しかった。引っ越す金もないので相変わらず神田川沿いのアパートで虎吉と暮らしながら、初めのうちは工事現場のアルバイトで生計を立てた。お世話になったスマイルマートのアルバイトを続けたい気持ちもあったが、時給九百円では生活が苦しいので止むを得ず辞めさせてもらった。

工事現場の仕事を選んだ理由は、時給が高い上に、いつでも空が見られるからだ。仕事の前後や休み時間にカメラを手にして写真を撮り貯める。休日は心ゆくまで街の空を撮った。その写真を出版社や雑誌社へ持ち込んで回ったが、相手にされなかった。写真コンテストにも何度も応募し、ことごとく落選し続けた。気持ちが焦ることもあったが、そんな時は虎吉を膝の上に乗せて気持ちを鎮める。のほほんとした虎吉の表情を見ていると「そうカリカリするなよ」と言われているような気がするのだ。

写真学校へ入る金もないので、知識や技術は本などを通して独学で身に付けた。

生活はいつもギリギリ。日々の力仕事に耐えられるよう最低限、食事だけはきちんと摂るようにしていた。しかし卒業して半年ぐらいの頃、写真の機材をいくつか購入した月に財布の中身がすっからかんになり、しばらくかつおぶしご飯とキャベツの千切りだけで過ごしたこともあった。虎吉の餌代さえもままならず、彼も一緒にかつおぶしご飯を食べた。僕は身体がおかしくなり、この時ばかりはさすがに心が折れそうになった。

弁当にも毎日キャベツの千切りを持って行ったので、工事現場の先輩たちは僕のことを〝キャベツ〟と呼んだ。先輩たちは僕の貧相な弁当を見かねて、よくおかずを分けてくれた。半分情けなくて、半分涙が出るほどありがたかった。

食べなければ生きてゆけないという当たり前のことを僕は頭でしか理解していなかったのだ。自分が実際に食べられなくなって初めて、家族を食べさせてきた父親の凄さを思い知った。

電気と水道とガスは止められないよう、滞納分の督促を受けながらもなんとか料金を払い続けた。息をしているだけで金は減ってゆく。郵便受けに届く検針票の数字が命の維持経費を示しているように見えて、怖かった。次第に心の余裕がなくなり、空を見上げる余裕もなくなる。いつの間にか、ただ生きるために生きているような状態に陥りかけていた。

そんな窮地を救ってくれたのがスマイルマートの藤吉店長だった。駅で久しぶりに遇ってげっそり痩せた僕を見て「週に一回でもいいからうちでバイトしないか」と声を掛けてくれたのだ。それから僕は日曜の朝勤で三時間だけシフトに入れてもらい、賞味期限切れの弁当やパンなどをもらって食い繋いだ。

こうしてなんとか衣食住を保ちながら勝手に写真家を名乗って暮らしているうちに、言霊が僕を思いがけぬところへ連れて行った。藤吉店長の高校の同級生が学校向けの写真サービス会社『いきいきフォトサービス』を経営していて、一年半前からその契約カメラマンとして仕事をするようになったのだ。当時ちょうどカメラマンが辞めてしまい、募集しているところだったらしい。たまたま同窓会の席でその話を聞いた藤吉店長が、僕のことを紹介してくれたのだ。

主な仕事は学校の遠足や修学旅行などに付き添って写真を撮ること。仕事が入るその都度に声がかかる。工事現場のアルバイトと比べて収入は少なくなった。でも多くの時間を空の下で過ごせるので、その点は好都合だった。自分のカメラも携え、暇をみては行く先々で空の写真を撮った。仕事で何日も帰らない時はいつも、藤吉店長が虎吉を預かってくれた。

いきいきフォトサービスでの仕事を引き受けてよかったと思う。自分の撮りたいものとはかけ離れていたが、人を撮るというのは難しく、とても勉強になる。それに、楽しそうに笑っている子供たちの写真を撮るのも悪くない。笑った瞬間を上手く捉えるのは、移り変わる空の一瞬に狙いを定めるのと似ている。中には生意気で手が焼ける子供もいる。そんな時は「まったく、最近の子供は」と嘆きたくなるのを心の中で押し殺す。僕も昔は〝最近の子供〟だったのだから。

藤吉店長は僕にとって恩人だ。この人がいなかったら今頃、全てを諦めて実家の両親に泣きついていたかもしれない。

今回の旅の間も、虎吉を預かってくれている。頭が上がらない。

曾根田が立ち上げた会社に誘われたこともあった。家電メーカーを退職した曾根田は一年前にスマートフォンのアプリ開発会社を起こした。その時に「しばらく手伝わないか」と声を掛けてくれたのだ。僕は丁重に断った。その後も曾根田は時々僕を飲みに連れて行ってくれる。生まれたての会社の話を聞いていると、とても励みになる。ビジョンを語る時の曾根田の目は、いつも活き活きとしている。助けられてばかりの三年間だった。


列車は海岸線を離れて小さな駅に停まった。お婆さんがひとり乗ってくる。行商だろうか、自分の身体と同じぐらいの大きな風呂敷包みを背負っている。アブラゼミの声が焼け付く陽射しを増幅させるようにジリジリと響く。木造の駅舎の脇には向日葵《ひまわり》が咲き、朝顔のつるが金網を伝って伸びている。遥か遠くに見える入道雲は拳を突き上げるようにしてぐんぐんと立ち昇っていた。

車内の雑誌の中吊り広告に目を向けると、リオデジャネイロ五輪の話題で持ち切りだ。前回の五輪の時はまだ学生だったのかと改めて実感し、不思議な心地がした。

あっという間だ。助けられてばかりいるうちに、あっという間に二十五歳になっていた。一人では生きてゆけないというのは本当のことだと思う。

もうひとつ、色々な場面で僕を助けてくれているものがある。

僕はいつもポケットに音楽プレーヤーを持ち歩き、辛くなると『グリーンフラッシュ』のライブ音源を聴く。

初めて自分の仕事を摑んで少しだけ報われた今、車窓の外の夏空を見ながら改めてあの演奏を聴こうと思った。

イヤホンからあの時の音を聴く度「どうにかなるさ」という気持ちになれる。

浅野や林や門松とは一年以上会っていないのに、四人で奏でた音楽を繰り返し聴いているせいか、頻繁に会っているような錯覚に囚われることがある。実際のところはそれぞれ皆忙しく、時々メールで連絡を取り合う程度だ。

リーダーの浅野は大阪で猛烈営業マンとしてOA機器を売り歩いている。死に物狂いで働いているらしく「今の俺なら戦車でも売れる」と豪語する。去年の下半期は関西圏でトップの成績を上げ、ハワイ旅行の褒美をもらったと自慢していた。目の前のことに全力を尽くしながら、浅野は何者かになりつつあるのかもしれない。

林は長年付き合った彼女と、来年の春に結婚することになった。札幌で式を挙げるから必ず来いと、一年も前から念を押されている。一生の趣味と決めた音楽も順調のようだ。職場の仲間とバンドを組んで定期的にライブ活動をしているらしい。バンドのホームページで林が作ったオリジナル曲を何曲か聴いてみたが、速弾きの腕が衰えていないので驚いた。

門松は地元・島根の大学院の考古学研究科を修了し、現在は博士課程の研究に取り組んでいる。時々発掘現場のレポートを浅野と林と僕にメールで送ってくる。そのメールがいつもとてつもなく長い。メールの度に浅野から「お前、本当はお喋りだろう」と突っ込まれている。

ライブ音源を聴きながらいつも思い出すのは、アパートやラウンジや安い居酒屋などで交わした他愛もないバカ話の数々。浅野の借りてきたアダルトＤＶＤがデッキから取り出せなくなった時のこと、寝ている林の額にマジックで「肉」と書いて笑いを堪《こら》えた夜のこと、定期演奏会の打ち上げで徹夜した翌朝に四人揃って山手線を何周も寝過ごしたこと。そんなことばかりが、時間の経つほどにかけがえのないものに思えてくる。

僕ら四人は『グリーンフラッシュ』の後、それぞれの時間を生きている。願わくは、空に青く飛び散る太陽の光のように、皆それぞれの場所で輝けますように。

音楽プレーヤーの中にはもう一曲、いつも聴いている歌がある。再生ボタンを押すと粘っこいブルースのギターフレーズが聞こえてくる。

〈そら見やがれ！〉

イヤホンをぶち破るような、あの人の歌声が響く。

マリーは死の三ヵ月前までステージに立っていた。まだ元気だった二年前、娘のCHIHARUのステージに前座で上がったことがあり、僕はそのライブを観に行った。千人以上も客の入るホールで、「暇人が多いんだねえ。客が多いと上がっちまうよ」などと例の調子で毒づきながら、主役を食うほどの圧巻のステージをやってのけた。

一方、都内各地のライブハウスで行われた〝冥土の土産ライブ〟はパート30を超え、そのうちの何回かにCHIHARUも参加した。僕も三回観に行ったが、いつも親子で悪態を吐き合いながら楽しそうに歌っていた。衰えながら最後まで歌い続けたマリーの姿は、まさに斜陽の輝きのようだった。その姿に共感したミュージシャンたちが共演を申し入れるようになり、冥土へ向かってゆくはずのライブはどんどん賑やかで楽しいイベントになっていった。

昨年、マリーの葬儀で久々に静と会った。静は少しずつ自分の時間を勝ち取り、マリーのライブに何度か足を運んでいた。彼女はなぜかマリーを母のように慕っていた。友恵と空が結んだ縁。静は僕やマリーに会うたびに「奇妙な縁ね」と笑った。初めて会った時には生後二ヵ月だった千春は、もう四歳になっていた。

葬儀は不謹慎という言葉さえ吹っ飛んでしまいそうなほど賑やかで、半ばお祭りのようだった。喪主のCHIHARUは泣き笑いしながら遺影に向かって毒づいていた。告別式ではミュージシャンたちが代わる代わる演奏し、幼い千春が「しょらみやがれ」と楽しげに歌って周囲の弔問客を笑わせていた。

悲しい時にはそら見やがれ。楽しい時にもそら見やがれ。マリーとの出会いも僕にとって一生忘れられない、かけがえのないものだ。

列車はだんだんと新潟駅に近付いてゆく。

友恵が暮らしている街。初めて訪れる街だ。

ちょうどこの旅に出る前、友恵から手紙が届いた。新潟の街を眺めながら、その手紙をもう一度読み返す。

〈お元気ですか。こちらは父もだいぶ一人で行動できるようになり、先月から、勤めていた会社の嘱託《しょくたく》社員として働かせてもらえるようになりました。幸い、私の夢も動き始めました。先月から地元のコミュニティFM局に勤めることになり、十分間の天気レポート番組を担当することになりました。高台の上にあるFM局からは空が良く見えます。月曜日から金曜日、十四時五十分から十五時まで、空模様のレポートや雲の話、四季折々の歳時記《さいじき》的な話などもしています。天気予報ではなく〝レポート〟なので、空にまつわる話をかなり自由に色々とお伝えすることができ、楽しみながらや

っています。始まったばかりの仕事でまだまだ慣れませんが、頑張ります〉

ビル街に差し掛かり、間もなく列車は新潟の駅に着いた。ホームのベンチに腰掛け、トランジスタラジオのチャンネルを合わせる。

時刻は十四時五十分。地元のコミュニティFMが流す情報番組が、次の番組へ切り替わる。

〈空がどうして青いか、知っていますか〉

こんな言葉で始まる天気レポート。確かに友恵の声が聞こえてきた。物静かだが輪郭のはっきりした声で、ゆっくりと今の空模様を語る。

〈今日の青空はとても鮮やかですが、昨日と比べると少し淡い色をしていますね。スタジオからは西の空にヒコーキ雲が長く伸びているのが見えます。なかなか消えません。ヒコーキ雲がいつまでも消え残る時は、上空の空気が湿っていることが多いようです〉

所々言葉を選びながら話しているようで、少しおぼつかない。でも、目を閉じていても今の空模様が瞼の裏に浮かんでくるような、不思議な力を感じる。

思えば友恵と初めて話した日も、淡い青空にヒコーキ雲が消え残っていた。

私は諦めません。去ってゆく前に友恵が力強く言った言葉を思い出す。電波に乗って空を渡る友恵の声を聴きながら、心からうれしく思った。

旅から帰ったらすぐに手紙の返事を書こうと思っていたが、止めにする。代わりに今回の仕事が形になった後、旅行誌の記事と写真を送ろう。

〈遠くで雷雲がもくもくと発達していますので、お出かけの方はお気をつけください〉

イヤホンから聞こえてくる友恵の声とほぼ同時に青空の彼方から雷鳴が轟く。お見事。さすが天女だ。

バッグのポケットから携帯気象観測機を取り出してみる。気温三十二度、湿度七五パーセントで、気圧は一〇〇〇ヘクトパスカル。

ホームに強く吹きつける風の音が、訪れる夕立の気配を知らせている。

僕はラジオの電源を切り、長野へ向かう列車に乗り込んだ。

解説

沢田史郎（書店員）

社史編纂《へんさん》室とは名ばかりで、その実態は窓一つ無い地下二階の追い出し部屋。そこに左遷《させん》された玉木敏晴《たまきとしはる》四十五歳を待っていたのは、朝から晩までひたすら使用済みのフロッピーを解体する「仕事」――『ちょいワル社史編纂室』（幻冬舎文庫）

大翔製菓《たいしょう》宣伝部の平社員・山田くんは、何の特技も特徴も無い平凡を絵に描いたようなサラリーマン。そんな彼が販促キャンペーンの主役に抜擢《ばってき》された……のはいいけれど、その役回りはなんと「ゆるキャラ」――『大翔製菓広報宣伝部　おい！山田』（講談社文庫）

失業後、右往左往している内に全財産が二千三百円……。立浪拓真《たつなみたくま》がやっとの思いで転がり込んだ「テノヒラ幕府」は、スマホゲームのベンチャー企業。だけど拓真はスマホに触れたことすらないという、今どき珍しいＩＴ音痴。果たしてお役に立てる

のか⁉――『テノヒラ幕府株式会社』(講談社)

　こうして改めて並べてみると、安藤祐介の小説ってのはあっちもこっちも、パッとしないし頼りないしモテそうもないし金も無さそうな奴ばっかりだな。最新刊『不惑《ふわく》のスクラム』(KADOKAWA)はラグビーの話だっつーからおやっ? と思ったけど、主役を務めるのは失業してネットカフェで寝泊まりする四十オヤジで、やっぱりウダツが上がらないこと甚《はなは》だしい。

　前から薄々感じてはいたけれど、そろそろね、断言してしまってもいいかもしんない。安藤祐介は、冴《さ》えない男ばっかり描く作家である、と。

　同時に、だからこそなんだろうな、とも思う。僕らが彼の作品に感情移入せずにはいられないのは。映画やドラマに出て来るような美男美女とは程遠い、向う三軒両隣りにちらちらするただの人が、日常の些事《さじ》に汲々《きゅうきゅう》として、三歩進んで二歩下がる。そんな地味な世界の地味な登場人物たちに、僕らはしばしば、自分自身を重ね合わせる。だって、現実を生きる僕らの日々の生活に、ドラマティックな要素なんてめったに無いじゃん。

　要は「親近感」なんだろう。汗と涙の全国制覇とか一難去ってまた一難の冒険活劇とか命を燃やし尽くす大恋愛みたいな劇的な展開に、スカッとしたり涙したりするのとは全く別の回路を通って、安藤祐介の紡《つむ》ぐ物語は僕らの胸に飛び込んで来る。

ただし。それだけで彼の作品を語ろうとすると、恐らくは大事な何かが欠けてしまう。彼が生み出してきた人物たちは、確かに「等身大」だし「月並み」だし、誰の身の回りにも居そうな親しみやすさをまとってはいる。だけど、いや、だからこそ、そんな凡庸な人々ばかりが登場する物語に、夢中になっている自分自身を不思議に思うことがある。

一体僕らは安藤祐介の小説の、何にこんなにも惹《ひ》かれるのだろう?

その魅力の一つとして、彼独特のハッとさせる言葉、胸に響くセリフを挙げることに、異を唱える人は少なかろう。

例えば『ちょいワル社史編纂室』では、窓際に追いやられた主人公の敏晴が、受験に失敗して気落ちする娘にしみじみと言う。「ふと立ち止まった時にできた仲間って、意外といいもんだぞ」と。敏晴が、二十二年間脇目も振らずに働いてきたモーレツサラリーマンのままだったら、決して気付かなかった真理だろう。艱難汝《かんなんなんじ》を玉《たま》にす、なんて古言もあるけど、島流し同様の憂《う》き目に遭って、不本意ながらも周囲を見渡すゆとりができた。そんな敏晴ならではの、静かだけれど熱い声援ではなかろうか。

新商品のプロジェクトチームで孤軍奮闘を強いられながらも、むやみと前向きなのが『大翔製菓広報宣伝部　おい! 山田』の主人公・山田くん。「景気や世界はそう簡単に変えられませんけど、自分自身やその半径五メートルぐらいなら変えることができるかもしれない」なんて言いながら、何度転んでも立ち上がる。そのプラス思考に居ても立ってもいられなくなるほど心が弾むのは、読者である僕らだけでは当然なくて、例えばチームの一人はこんな述懐《じゅっかい》をふと漏らす。曰く「今はまだ絵に描いた餅に過ぎない。でも私たちに足りなかったのは、絵に描いた餅でもまずは描いてみようというちょっとした行動力だったのかもしれない」。

どうせ、しょせん、でも、だって……。二言目にはそんな弁解ばかりして自ら毎日をつまんなくしている僕らの頬げたを、バシンッと引っ叩いてくれるような著者の檄《げき》は、『テノヒラ幕府株式会社』にもてんこ盛りだ。主人公の拓真青年は当初、ゲーム開発の裏方仕事、言わば雑用ばっかりをやらされて腐りかける。けれども、雑用だろうとパシリだろうと、積み重ねることでしか習得できない知識やノウハウというのは在るもので、彼も徐々にではあるけど気が付いてゆく。「でも毎日あくせく仕事しながら、今目の前のことに没頭するって、悪いことじゃないんだって思えるようになった。（中略）俺たち夢中で仕事しているうちにきっと、毎日少しずつ何かしら築いてるんじゃないかって思い始めた。経験値を積んでるんだって」。

ほら、ね。安藤祐介の小説を読むと、見慣れたいつもの風景が昨日までとはちょっと違って見えてくる。言い訳も諦《あきら》めも僻《ひが》みも妬《ねた》みも打っちゃって、何はともあれ一歩いない。

前へ！　なんて気に、否《いや》が応《おう》でもさせられる。そんな筆遣いは、この『一〇〇〇ヘクトパスカル』でも、勿論いささかもブレてはいない。

主人公は、「いいんじゃないですか」が口癖で何事にも自己主張が薄い、大学二年生の城山義元くん。その学生生活は、毎年ぎりぎりの単位数で進級し、サークルのバンド活動は定演の前だけちょこちょこっと練習してお茶を濁す。出席日数を稼ぐためだけに授業に出て、それが終わればコンビニでバイトして、売れ残りの弁当を貰って帰るとバンド仲間と目的も無くダラダラと酒を飲む。恋人ができたらできたで楽しいけれども、いなきゃいないで不足は無い。現状に不満も無い代わりに将来の夢も特に無い……。

こんな風にふわふわと頼りない義元くんだから、就活がスタートした当初、当然ながらはっきりとしたビジョンも目標も持ってはいない。みんなが行くからと参加した就職ガイダンスの会場で、「このまま大きな流れに乗ってゆけば、どこかに辿り着けるような気がした」などと、実に生ぬるいことを言う。そうかと思うと、順調に就活を進める周囲を見て俄《にわ》かに焦りを募らせて、堕落しきった学生生活を今更ながらに深く悔やんでみたりもする。「想像もしていなかったが、有り余る時間にもタイムリミットはあった。僕らは今、就職活動という形でそのタイムリミットを突きつけられている」。何なんだろうね、この歩くモラトリアムは。もう一度、言おう。安藤祐介は、冴えない男ばっかり描く作家である（笑）。

だがしかし。そんなふわふわ男の義元くんにも、やがて脱皮の時期が来る。最初のきっかけは「空」だった。序盤、クラスメートの女の子が彼に空の不思議さと面白さを教えてくれる。二人で何気なく眺めていた上空に、偶然見つけた虹色の雲——彩《さい》雲《うん》。そのささやかな幸運を喜びながら、彼女は、日々移ろい続ける空に励まされたからこそ乗り越えられた、辛《つら》い幼年時代を振り返る。「広い空を毎日見ていると、私は何をくすぶっているんだろうって思えるようになりました。それから段々、さっき見えた彩雲のように小さな幸せがたくさん見つかることに気付いたんです」。以後、義元くんも凹《へこ》んだり気持ちが萎縮《いしゅく》したりする度に、空を見上げるのが癖になる。紅葉狩りならぬ「雲狩り」などと称して、彼女と二人、空と雲の写真を撮りに鈍行列車で日帰りの旅に出たりもする。その楽しげな様子には読んでるこちらまで気持ちがくつろいで、思わず空を見上げたくなることが再三再四。実は義元くんの他にもう一人、「空」も主役なのではないかと思うぐらい、様々な表情の「空」が、この物語には溢れている。

物語が幕を開けた当初の彼は、前述の通り、覇気も大志も向上心も無い青年だった。でもその代わり、彼には老若男女の出会いがあった。「社会」という理不尽で居丈高で得体の知れない大きな存在を前にして、怯《ひる》んだり憤慨したりする仲間がいた。そのつながりを糧《かて》にして、彼は力を蓄《たくわ》えてゆく。

例えば——。バンド仲間の一人は、就活のベルトコンベアーで否応なく運ばれてゆく状況に時に苛立《いらだ》ち、時に途惑《とまど》いながらも、自らの甘さに気付いて襟《えり》を正す。「お目出度い人間だったよ。子供の頃から自分は何者かになるもんだって、根拠もなく信じ込んでた。その何者かっていうのが全然具体的じゃないんだ。とにかく〝何か〟でかいことをやるとか、〝何か〟で大儲けするとか、漠然とし過ぎていて妄想にすらなっていない。気が付いたら何者でもないまま時間だけが経ってた」。また、一足先に社会に飛び立って行った先輩は、半分は自分に言い聞かせるようにして義元くんに助言する。「例えば今、俺は缶ビールを飲んでいる。この瞬間、俺は他の全ての選択肢を切り捨てている。一瞬一瞬、選び取ってきたものの積み重ねの上にある今。それが自分だ。自分探しの旅に出て見つかるようなものではない」。或《ある》いは、アルバイト先の店長は、店の裏に住みついた野良猫に餌をやりながらポロリとこぼす。「世界平和とか人類共通の愛とかは、ジョン・レノンみたいな人たちに任せておけばいい。俺は家族とか友達とかお客さんとか、たまたまなついた野良猫とか、目の前のもんのために尽くしたいし、それが精一杯だ」。

こんな調子で引用を続けたら紙数が幾らあっても足りないのだけれど、自分が大切にしている人たちの真摯な言葉や思いの数々を胸に刻み付けながら、義元くんは知らず知らずに巣立ちへの助走を開始する。そして遂に、世間一般の「当たり前」とは違った航路に舵《かじ》を切る。

無論、不安はあっただろう。手堅く「当たり前」の道を行くその他大勢の学生に囲まれて、覚悟が揺らぐこともあったかも知れない。それでも彼は、自らに言い聞かせるようにして静かに己を叱咤《しった》する。「そんな中で時々、自分がたくさんの落とし物をしてきたように思えて寂しくなることもあった。でもそれはないものねだりなのだ。何かを選ぶということは、他の全てを切り捨てること。落とし物のように思えるものは全部、選び取ってきたものと引き換えに切り捨ててきたものなのだと思う」。

男子、三日会わざれば刮目《かつもく》して待つべし、である。作中で明示されている訳ではないけれど、序盤と終盤では彼の顔つきまでもが、恐らくは違っているのではなかろうか。「前途は遠い。そして暗い。然し恐れてはならぬ。恐れない者の前に道は開ける。行け。勇んで。小さき者よ」というのは有島武郎《ありしまたけお》の『小さき者へ』の掉尾《ちょうび》だけれど、未知の世界に一歩を踏み出す義元くんに送辞代わりに贈るなら、かの名文こそぴったりだろう、などと思ったりもした。

それにしても、この変貌は一体どういう訳だろう？　何が彼を、こんなにも逞《たくま》しくしたのだろう？

そのヒントは、意外にも義元くん本人によって提示される。大学生活最後の演奏を明日に控えた夜のこと。例の如く呑んだくれながら、四年という歳月を皆で振り返る名場面。徒《いたずら》に青春を浪費したと嘆く仲間に向かって、彼は朗《ほが》らかに反論する。「自分たちが積み重ねてきた時間に言ってやろう。これでいいのだ。もし今まで過ごした時間の中のどこかひとつでも違っていたら、今こうしてみんなで集まっていなかったかもしれない」。そして、あたかも選手宣誓でもするかのように、胸の中で力強く言い放つ。「縁ある者を大切にし、縁ある者の中では持てる以上の力を出すことができる、そういう人間でありたい。今は未熟で助けられることのほうが多いけれど、いつかそうなりたいと思う」。

実はこういった文章こそが、「安藤節」とでも呼びたくなるこんな言葉の連なりこそが、安藤祐介という作家の最大の魅力であると僕は思う。無論それは本書に限った話ではなく、例えば『ちょいワル社史編纂室』ならば、新しい生き方を見つけた敏晴が、左遷のお蔭で手にした幸福をしみじみと噛《か》みしめる。「立ち止まってよかった。そう思えた。地下二階の穴倉に追い遣られたからこそ、そこにいる仲間と出会えたからこそ、今この場所に立っている」。『おい！　山田』では、結束を固めてゆくプロセスで、チームメイトの一人がこんなセリフを口にする。「夢は小さくてもいい。たとえ小さな夢でも、みんなで見れば大きくなる」。或いは『テノヒラ幕府株式会社』の拓真青年は、社内で散々意見をぶつけ合ったメンバーをぐるりと見回して、そっと呟《つぶや》く。「生きてきた環境も時代も違う。どんなに歩み寄ろうとしても、分かり合うことはできないのかもしれない。でも、認め合うことならできる」。

そろそろお解《わか》り頂けただろうか？　これこそが、安藤祐介の真骨頂であると思うのだ。

この世に生を受けて日々暮らしを積み重ねていれば、やり直したい過去や悔やみきれない記憶は、どうしたって増えていく。けれども、そういった軌跡のどこか一ヵ所でも違っていたら、今、大切に育んでいる「縁」は、かけがえが無いと思っているあの人やこの人とのつながりは、生まれなかったかも知れないのだ。

くどいようだが、三度《みたび》言おう。安藤祐介は、冴えない男ばっかり描く作家である。同時に、その冴えない連中が、「縁」の助けを借りてすっくと立ち上がり、前を見据《みす》える姿を描き続ける作家でもある。僕らはただただ普通に生きているだけで、嫌なことも悲しいこともひっきりなしにやってくるけど、そういった日々があったからこそ、かけがえの無い「縁」が生まれて今があるのだ。

今あなたに、大切にしたい「縁」があるのなら、一見無駄と思える過ぎ来し方も決して無駄ではなかったんだよ。安藤祐介の小説を読む度に、僕はそうやって励まされているような気持ちになるのだ。

この作品は、二〇一一年七月に小社より刊行された『1000ヘクトパスカルの主人公』を文庫化にあたり改筆修正し、改題したものです。

|著者|安藤祐介　1977年、福岡県生まれ。早稲田大学政治経済学部卒業。2007年、『被取締役新入社員』でTBS・講談社第1回ドラマ原作大賞を受賞。主な著書に『営業零課接待班』『宝くじが当たったら』『大翔製菓広報宣伝部　おい！　山田』『テノヒラ幕府株式会社』『不惑のスクラム』などがある。

一〇〇〇ヘクトパスカル

安藤祐介《あんどうゆうすけ》
© Yusuke Ando 2016
2016年5月13日第1刷発行
2019年9月20日第2刷発行

発行者――渡瀬昌彦
発行所――株式会社　講談社
東京都文京区音羽2-12-21　〒112-8001
電話　出版（03）5395-3510
　　　販売（03）5395-5817
　　　業務（03）5395-3615
Printed in Japan

講談社文庫
定価はカバーに
表示してあります

デザイン――菊地信義
本文データ制作―講談社デジタル製作
カバー・表紙印刷―大日本印刷株式会社
本文印刷・製本―株式会社講談社

落丁本・乱丁本は購入書店名を明記のうえ、小社業務あてにお送りください。送料は小社負担にてお取替えします。なお、この本の内容についてのお問い合わせは講談社文庫あてにお願いいたします。
本書のコピー、スキャン、デジタル化等の無断複製は著作権法上での例外を除き禁じられています。本書を代行業者等の第三者に依頼してスキャンやデジタル化することはたとえ個人や家庭内の利用でも著作権法違反です。

ISBN978-4-06-293417-6

講談社文庫刊行の辞

二十一世紀の到来を目睫に望みながら、われわれはいま、人類史上かつて例を見ない巨大な転換期をむかえようとしている。

世界も、日本も、激動の予兆に対する期待とおののきを内に蔵して、未知の時代に歩み入ろうとしている。このときにあたり、創業の人野間清治の「ナショナル・エデュケイター」への志を現代に甦らせようと意図して、われわれはここに古今の文芸作品はいうまでもなく、ひろく人文・社会・自然の諸科学から東西の名著を網羅する、新しい綜合文庫の発刊を決意した。

激動の転換期はまた断絶の時代である。われわれは戦後二十五年間の出版文化のありかたへの深い反省をこめて、この断絶の時代にあえて人間的な持続を求めようとする。いたずらに浮薄な商業主義のあだ花を追い求めることなく、長期にわたって良書に生命をあたえようとつとめるところにしか、今後の出版文化の真の繁栄はあり得ないと信じるからである。

同時にわれわれはこの綜合文庫の刊行を通じて、人文・社会・自然の諸科学が、結局人間の学にほかならないことを立証しようと願っている。かつて知識とは、「汝自身を知る」ことにつきていた。現代社会の瑣末な情報の氾濫のなかから、力強い知識の源泉を掘り起し、技術文明のただなかに、生きた人間の姿を復活させること。それこそわれわれの切なる希求である。

われわれは権威に盲従せず、俗流に媚びることなく、渾然一体となって日本の「草の根」をかたちづくる若く新しい世代の人々に、心をこめてこの新しい綜合文庫をおくり届けたい。それは知識の泉であるとともに感受性のふるさとであり、もっとも有機的に組織され、社会に開かれた万人のための大学をめざしている。大方の支援と協力を衷心より切望してやまない。

一九七一年七月

野間省一